CAFÉ, AMOR e ESPECIARIAS

Laurie Gilmore

CAFÉ, AMOR e ESPECIARIAS

Tradução de
Beatriz S. S. Cunha

intrinseca

Primeira publicação no Reino Unido em e-book pela HarperCollinsPublishers com o título
THE PUMPKIN SPICE CAFÉ
Copyright © Laurie Gilmore 2023
Tradução © Editora Intrínseca 2025, traduzido sob licença de HarperCollinsPublishers Ltd.
Melissa McTernan afirma o seu direito moral de ser reconhecida como a autora desta obra

TÍTULO ORIGINAL
The Pumpkin Spice Café

COPIDESQUE
Leticia Campopiano

REVISÃO
Ilana Goldfeld

ADAPTAÇÃO DE PROJETO E DIAGRAMAÇÃO
Juliana Brandt

DESIGN DE CAPA
Lucy Bennett/HarperCollinsPublishers Ltd

ILUSTRAÇÃO DE CAPA
© Kelley McMorris/Shannon Associates

MAPA
© Laura Hall

CIP-BRASIL. CATALOGAÇÃO NA PUBLICAÇÃO
SINDICATO NACIONAL DOS EDITORES DE LIVROS, RJ

G398c

Gilmore, Laurie
  Café, amor e especiarias / Laurie Gilmore ; tradução Beatriz S. S. Cunha. - 1. ed. - Rio de Janeiro : Intrínseca, 2025.
  (Dream Harbor ; 1)

  Tradução de: The pumpkin spice café
  ISBN 978-85-510-1323-6

  1. Romance americano. I. Cunha, Beatriz S. S. II. Título. III. Série.

25-95919
CDD: 813
CDU: 82-31(73)

Meri Gleice Rodrigues de Souza - Bibliotecária - CRB-7/6439

[2025]
Todos os direitos desta edição reservados à
EDITORA INTRÍNSECA LTDA.
Av. das Américas, 500, bloco 12, sala 303
Barra da Tijuca, Rio de Janeiro - RJ
CEP 22640-904
Tel./Fax: (21) 3206-7400
www.intrinseca.com.br

Para o cara mais barbudo e que mais usa camisa de flanela que eu conheço. Obrigada por ser uma fonte de tanta inspiração.

DREAM HARBOR

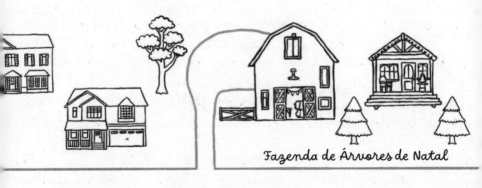
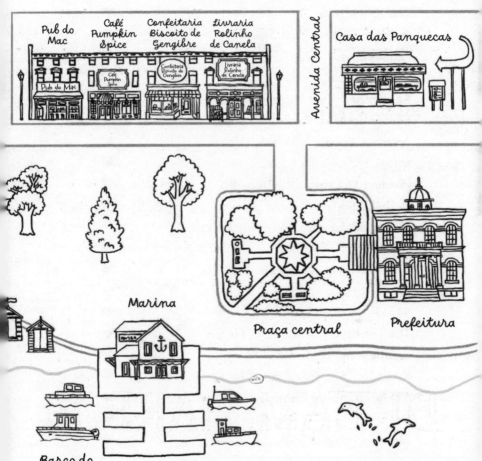

Playlist

we fell in love in october - girl in red ♥
Dancing With Your Ghost - Sasha Sloan ♥
invisible string - Taylor Swift ♥
Autumn Leaves - Ed Sheeran ♥
Amoeba - Clairo ♥
Falling - Harry Styles ♥
Remember That Night? - Sara Kays ♥
Hands To Myself - Selena Gomez ♥
Another Love - Tom Odell ♥
ceilings - Lizzy McAlpine ♥
Wildest Dreams - Taylor Swift ♥
Before You Go - Lewis Capaldi ♥
Haunted House - Holly Humberstone ♥
cardigan - Taylor Swift ♥
Video Games - Lana Del Rey ♥
Flicker - Niall Horan ♥
34+35 - Ariana Grande ♥
The Night We Met - Lord Huron ♥
Dandelions - Ruth B. ♥
Kiss Me - Sixpence None The Richer ♥
Everything Has Changed - Taylor Swift ♥
Dreams - The Cranberries ♥
Maroon - Taylor Swift ♥

CAPÍTULO UM

Jeanie Ellis nunca tinha matado um homem, mas isso talvez mudasse naquela noite. "Situações extremas exigem medidas desesperadas" e tal. Ela ajustou o taco de beisebol nas mãos, segurou firme e desceu a escada decrépita dos fundos bem devagar.

Fazia três noites que ela não pregava os olhos; não conseguia dormir desde que tinha se mudado para o apartamento em cima do café da tia. Bem, o café *dela*, na verdade. Jeanie era oficialmente a nova dona do Café Pumpkin Spice, o grande orgulho de sua tia Dot até exatas duas semanas antes, quando a senhora anunciou que ia se aposentar (e fazer uma viagem ao Caribe por algumas semanas para renovar o bronzeado). Ao que tudo indicava, Dot não conseguia pensar em ninguém melhor para assumir seu amado café do que a sobrinha favorita — e *única*, como Jeanie observou. Agora, enquanto Jeanie descia o último degrau na ponta dos pés, preparada para partir para a batalha, a ideia parecia um completo absurdo.

Toda noite ela ouvia ruídos estranhos; às vezes alguma coisa arranhando, às vezes umas batidas. No começo, tentou atribuir os sons ao vento ou talvez a um animal correndo pelo beco atrás do estabelecimento, pois se recusava a deixar sua imaginação criar o pior cenário possível, como era comum acontecer. Ela *não ia* se permitir imaginar um serial killer fugitivo se esgueirando pela escada dos fundos. Aquelas batidas *não eram* um ladrão armado tentando entrar para roubar os trocados que sua tia deixava na caixa registradora.

Jeanie estava começando do zero.
Jeanie era uma nova mulher.

A charmosa cidade litorânea de Dream Harbor e seus habitantes não sabiam nada a respeito dela, e ela planejava tirar o máximo proveito disso.

Um som na porta dos fundos chamou sua atenção. Ela tiraria o máximo proveito do plano "Vida Nova, Nova Jeanie" assim que descobrisse quem era o responsável por suas noites em claro. Era impossível levar uma vida tranquila e pitoresca numa cidadezinha quando havia um assassino à espreita na porta dos fundos. Isso precisava ser resolvido, era uma questão lógica.

Ela agarrou o taco de beisebol com todas as forças e atravessou o pequeno hall entre a escada e a porta que dava no beco atrás do café. A palavra "beco", no entanto, não descrevia bem aquela rua. Um "beco" evoca imagens de latas de lixo transbordando e ratos correndo por aí, mas Jeanie não estava mais em Boston. Estava em Dream Harbor, uma cidade que, de fato, parecia ter saído dos sonhos de alguém; idílica demais para ter surgido de maneira orgânica. Não, a viela atrás do café e dos outros comércios na rua principal era mais como uma travessa, com espaço suficiente para abrigar caminhões de entrega e lixeiras organizadas. Ela até já tinha visto alguns dos outros donos de lojas descansando e conversando ali durante o dia, apesar de ainda não ter falado com ninguém. Não estava pronta para isso, para ser reconhecida como a vizinha nova.

Jeanie tentou retomar o foco. Estava desviando demais do problema — ela podia estar prestes a ser assassinada! Alguma coisa naquele beco — ou ruela, ou travessa, tanto faz — a impedia de dormir, e, depois de três noites em claro, ela mal conseguia se aguentar de pé. Jeanie apoiou o taco no ombro e encostou na maçaneta. Era quase dia, e uma luz fraca e acinzentada entrava pela janela acima da porta.

Ah, maravilha, pensou Jeanie. *Pelo menos vou conseguir enxergar meu agressor antes de morrer.* Com esse pensamento desagradável (que não combinava nem um pouco com a nova persona otimista que ela almejava adotar), abriu a porta de uma só vez...

E deu de cara com um caixote de abóboras pequenininhas. Cabaças? Bem, não importava, porque antes que Jeanie tivesse tempo para associar o nome certo dos legumes diante dela, o homem gigante que segurava a caixa de miniabóboras se pronunciou.

Ou pelo menos soltou um resmungo rouco de susto que lembrou Jeanie do motivo pelo qual ela estava segurando um taco de beisebol com tanta agressividade. Ela quase largou a arma no chão, mas aí se lembrou: aquele ainda era um homem bem grande que ela não conhecia. Fosse qual fosse a espécie das abóboras, ainda não era uma boa ideia baixar a guarda.

— Quem é você? — perguntou, ainda com a outra mão na porta, para o caso de precisar batê-la na cara do homem misterioso das abóboras.

Ele ergueu sutilmente as sobrancelhas escuras, parecendo surpreso com a pergunta.

— Logan Anders — respondeu, como se a informação fosse suficiente para esclarecer a situação toda. Não esclarecia.

— E o que você está fazendo nos fundos da minha casa, Logan Anders? — indagou ela.

Ele soltou um suspiro alto de frustração e ajeitou o caixote nos braços. Tinha cara de estar pesado, mas Jeanie não comprometeria sua segurança só porque aquele homem era a personificação da fartura outonal, com o caixote de legumes no colo, a camisa de flanela puída e a barba cheia. Ela observou o rosto dele por mais um segundo, só para fixar a imagem caso precisasse identificá-lo numa delegacia. Talvez fosse necessário lembrar que acima da barba havia um nariz longo e reto, bochechas rosadas. O policial podia perguntar se ele tinha cílios quilométricos, e a resposta seria sim. Talvez fosse de extrema importância para a investigação saber que mesmo à luz fraca da manhã os olhos dele eram de um azul devastador.

— Hoje é quinta-feira.

Jeanie piscou. O que o dia da semana tinha a ver com o motivo pelo qual aquele homem estava ali, atrapalhando seu sono?

— E você não me deixa dormir desde segunda — replicou ela.

Agora foi a vez de Logan parecer confuso.

— Eu acabei de chegar — disse ele.

O sujeito ajeitou o caixote outra vez, os antebraços tensionados pelo esforço. Devia estar pesado de verdade, mas ele não tomou a iniciativa de entrar nem de colocá-lo no chão.

— Olha, eu tenho ouvido barulhos estranhos a semana toda e tentei fingir que era só o vento, um guaxinim ou algo do tipo. Mas aí comecei a pensar que talvez seja assim que as pessoas se tranquilizam logo antes do assassino entrar com tudo pela porta.

Logan se engasgou de leve e arregalou os olhos.

— Assassino?

Jeanie sentiu as bochechas esquentarem. Talvez tivesse deixado sua imaginação falar mais alto.

— Ou algo do tipo... — acrescentou com a voz falhando. Ela não tinha certeza do que dizer àquele desconhecido, e ele parecia estar tão confuso quanto ela. — Então, o que você está fazendo aqui?

— Ah, sim... eu entrego vegetais toda quinta-feira. — Ele apontou com a cabeça em direção ao caixote.

Jeanie se encolheu. A entrega de vegetais, lógico. Tia Dot dera milhões de instruções antes de ir embora, mas Jeanie não havia anotado nenhuma delas. O café não abria desde sua chegada, e ela ainda não tinha entendido tudo o que precisava fazer para mantê-lo funcionando. Ainda bem que Norman, gerente de longa data do estabelecimento, estava lá para ajudar e garantiu que até o fim de semana o local estaria pronto para voltar às atividades.

Logan ajeitou o caixote de novo. O caixote pesado que continuava segurando.

— Mil desculpas! — Jeanie deu um passo para trás e estendeu o braço, indicando o café. — Entre, vou arranjar um canto para colocar essas... hã... abóboras?

Logan hesitou na porta e olhou de Jeanie para o taco de beisebol que ela ainda apoiava no ombro.

— Opa! Desculpa. Não vou te dar uma pancada na cabeça, prometo. — Tentou abrir um sorriso reconfortante para ele, mas não adiantou muita coisa. Ele continuava parado. — Olha, eu sinto muito mesmo por ter presumido que você era um assassino, não é nada pessoal. É que eu não durmo há três noites, e tem alguma coisa fazendo barulho aqui embaixo, juro. Além disso, eu ainda estou tentando entender essa coisa toda de herdar um café.

Logan continuava a encará-la, hesitante. Droga. Era tarde demais, ela já tinha assustado o vizinho. Jeanie havia sido rotulada como uma pessoa "intensa" algumas vezes ao longo da vida e tinha certeza de que a palavra estava até registrada em um ou dois boletins na época da escola. Era algo que vinha tentando melhorar. O plano era incorporar os ajustes à sua nova persona e se tornar uma Jeanie que falava menos, pensava menos. Menos intensa.

Ela respirou fundo e soltou o ar devagar. A Jeanie dona do café era calma e descontraída, uma moça simpática que sempre sorria enquanto preparava a bebida favorita do cliente, nunca elaborava teorias a respeito de quem ou o que estava tentando matá-la, não transmitia as últimas notícias do derretimento das calotas polares nem listava as dezoito coisas que precisava fazer ainda naquele dia.

Tentando se inspirar no espírito livre da tia Dot — embora desejasse que a mulher tivesse sido um pouco mais cuidadosa e deixado instruções mais detalhadas —, ela testou abrir um sorriso mais meigo e gentil que lhe deu uma sensação esquisita no rosto.

— Por favor, entre. Isso aí deve estar bem pesado.

Logan fez que sim de leve com a cabeça.

— Geralmente eu deixo aqui fora.

— Ah.

Então ela não tinha assustado o vizinho com seu monólogo, só interrompido seu procedimento operacional de costume. Entendia muito bem como esse tipo de coisa podia desorientar uma pessoa. Quando sua cafeteria favorita na esquina passou uma semana fechada, ela mal conseguiu seguir a rotina. E não era a cafeína que lhe fazia falta — a cidade estava cheia de cafeterias, mas nenhuma delas era a sua. Ela passou aquela semana inteira de mau humor.

O sorriso dessa vez foi verdadeiro.

— Bem, você já está aqui e eu estou acordada. Que tal uma xícara de café?

CAPÍTULO DOIS

Logan gostava mais da nova dona do Café PS quando ela não estava prestes a golpeá-lo com um taco de beisebol. Mas isso não mudava muita coisa. Ele ainda precisava trabalhar, fazer entregas e evitar vizinhos simpáticos. Não tinha tempo para ficar sentado ali tomando algo com ela antes do amanhecer, mas não conseguia encontrar uma maneira de fugir da conversa. Nem de participar dela. A sobrinha de Dot insistiu para que entrasse e não parou mais de falar desde então.

Toda quinta-feira pelos últimos cinco anos, desde que começou a administrar a fazenda, ele deixava os quatro caixotes de vegetais de Dot ao lado da porta dos fundos. Gostava de cumprir suas tarefas na cidade antes de o sol nascer e as pessoas saírem de casa. Gostava de resolver tudo antes de qualquer outro negócio abrir.

Logan não era dado a conversa fiada, odiava falar sobre o tempo, não tinha o menor interesse em saber do escândalo mais recente da cidade e repudiava ainda mais a ideia de estar *envolvido* no escândalo mais recente da cidade. Então, quanto mais rápido terminasse suas entregas, mais cedo podia voltar para o silêncio da fazenda — ou melhor, para o silêncio possível em uma fazenda que abrigava meia dúzia de galinhas, dois bodes idosos, uma alpaca resgatada e uma avó que adorava tagarelar. Para sua sorte, o avô era tão quieto quanto ele. A avó falava o suficiente pelos dois, quase tanto quanto a tal Jeanie.

— E aí, o que você acha que minha tia pretendia fazer com aquelas... hã... miniabóboras? — perguntou ela, e olhou para o caixote que ele tinha deixado no chão, junto aos pés.

Jeanie estava atrás do balcão, com uma das mãos na cintura e a outra afastando do rosto as mechas de cabelo que haviam se soltado do coque bagunçado.

— Cabaças — corrigiu Logan do outro lado do balcão.
— Ah, sim. Cabaças. Imaginei que fossem cabaças. — Jeanie ainda parecia confusa. — Mas... não são comestíveis, são?
Ele quase riu. Quase. Ainda estava irritado demais para rir.
— Não, cabaças não são comestíveis.
Jeanie deu uma olhada nos outros três caixotes que ele havia carregado para dentro do café em vez de deixá-los em seu devido lugar junto à porta. O lugar onde sempre os deixava. O lugar onde gostaria de tê-los deixado naquela manhã.
— Acho que o restante das coisas é para os smoothies que ela acrescentou ao menu.
Logan assentiu. A cidade amava smoothies. Mas ele não podia reclamar — como o estabelecimento vendia muitos smoothies, encomendava uma boa quantidade de frutas e legumes frescos de sua fazenda. Smoothies eram bons para os negócios.
— As cabaças são apenas decorativas — disse ele, poupando os dois de mais palpites.
Os olhos de Jeanie brilharam como se ele tivesse acabado de resolver todos os problemas do mundo, e Logan fez de conta que não sentiu o orgulho explodir em seu peito ao ver a gratidão no rosto dela. Fazia tempo que não se sentia útil resolvendo os problemas de alguém.
— Claro, eu deveria ter pensado nisso! É a privação de sono!
Ela apoiou os cotovelos no balcão e o queixo nas mãos. Usava um cardigã velho e grande, as mangas tão longas que cobriam as mãos, e por baixo uma camiseta gasta e calça de pijama. Ele tinha certeza de que a calça tinha uma estampa de ouriços pequenininhos, mas tentou não prestar muita atenção.
Logan estava se esforçando bastante para não prestar atenção em muitas coisas a respeito de Jeanie, como no quanto suas sobrancelhas escuras eram expressivas, no seu jeito inquieto... ela não parava de se mexer, preparando o café com movimentos rápidos e eficientes. A moça era um verdadeiro estudo de contradição: competente, mas ao mesmo tempo perdida; sorria com facilidade, mas franzia a testa

o tempo todo. Cada emoção era nítida em seus olhos — olhos de um castanho profundo, quase preto, assim como o café que ele havia pedido.

Jeanie esfregou o rosto, rompendo o momento de hipnose. Fazia quanto tempo que ele a estava encarando? Ela bocejou e alongou os braços para cima. A camiseta subiu junto, e Logan desviou o olhar da pele exposta da cintura. Definitivamente não ia prestar atenção naquilo.

Quando ousou olhar para a mulher de novo, Jeanie havia apoiado os cotovelos no balcão outra vez. As olheiras se destacavam em seu rosto, o cabelo preto reunido num coque bagunçado no topo da cabeça. A postura caída e derrotada mexeu com ele, despertando uma sensação inconveniente. Uma coisa para a qual ele não tinha tempo naquele instante.

Ele abriu a boca para dizer que precisava continuar sua rota de entregas, mas ela já estava falando de novo.

— É tão estranho. Fico ouvindo esses sons todas as noites. Você acha que talvez este lugar seja mal-assombrado?

Logan quase se engasgou com o café.

— Mal-assombrado?

— Sim. — Ela se endireitou, e seus olhos ganharam brilho com a nova teoria. — Mal-assombrado. Como se talvez os espíritos que vivem aqui não estivessem felizes com a nova dona.

— Os espíritos? — Era cedo demais para encarar aquele nível de insanidade.

— Fantasmas, espíritos, tanto faz. — Jeanie balançou a mão no ar como se o tipo de assombração não importasse. — Minha presença está incomodando alguma coisa.

— Eu não acho que...

— Não existe outra explicação lógica. — Ela cruzou os braços. Caso encerrado. — Este lugar é mal-assombrado. É isso.

— Não existe nenhuma outra explicação? — Logan bateu a caneca no balcão. Era demais para ele. — Guaxinins, canos velhos, janelas com correntes de ar, sua imaginação. — Ele foi contando as outras possibilidades nos dedos. Jeanie semicerrou os olhos com a última hipótese, mas ele continuou: — Podem ser as crianças da cidade fazendo arte... Existe um número infinito de explicações que fazem mais sentido do que fantasmas. Agora eu preciso mesmo ir embora...

— Como assim, crianças fazendo arte?

Logan respirou fundo e se concentrou em não arrancar os próprios cabelos.

— Eu não sei. Talvez algumas crianças estejam brincando e fazendo barulho no beco.

Jeanie fez que sim com a cabeça lentamente, assimilando aquela nova teoria.

Logan deslizou a caneca pelo balcão com um obrigado e um tchau na ponta da língua, mas Jeanie foi mais rápida.

— Então... o que vamos fazer para resolver isso? Eu preciso muito dormir.

— "Vamos"?

Ele se afastou do balcão. Talvez ainda desse tempo de dar as costas e sair correndo. A última coisa de que precisava era se envolver ainda mais com a nova dona do Café PS. Já quase dava para ouvir as senhoras do clube do livro dando risadinhas quando ficassem sabendo. Fofoca era o café da manhã daquele grupinho.

Jeanie assentiu.

— Você é meu único amigo na cidade, eu não posso enfrentar uma gangue de adolescentes sozinha.

— *Gangue* é uma palavra bem generosa — respondeu ele, baixo, ainda recuando em direção à porta, mas então Jeanie começou a segui-lo.

Veredito: pijama de ouriços, sem dúvida. Ele se recusava a achar aquilo encantador.

— Por favor! Eu sou nova aqui e não faço ideia do que estou fazendo... — Então, ela balançou a cabeça e parou de falar. — Desculpa. Isso não é problema seu. — Ela sorriu. — Eu vou dar um jeito.

O sorriso forçado de Jeanie mexeu com ele outra vez. Ela parecia tão... tão perdida. Mesmo enquanto sorria e afastava o cabelo do rosto, tentando lhe garantir que estava bem, era óbvio que não estava. Aquilo o perturbou ainda mais do que todo o falatório.

Que saco.

— Apareça na reunião de moradores hoje à noite — disse ele.

— Reunião de moradores?

— Isso. — Logan passou a mão na barba, já se arrependendo de suas próximas palavras. — Elas acontecem semana sim, semana não, sempre na quinta-feira. Você pode comentar sobre o seu... problema. Talvez alguém consiga ajudar.

O sorriso dela ganhou força e se transformou em algo luminoso, verdadeiro. *Ah, não.* O sorriso sincero de Jeanie era ainda mais encantador que o maldito pijama de ouriços. Como uma entrega de rotina havia sofrido um desvio tão drástico?

— Obrigada! Essa é uma ótima ideia — disse Jeanie.

Ela juntou as mãos como se estivesse impedindo a si mesma de estendê-las para pedir um abraço. Logan não sabia se sentia alívio ou decepção.

Ele precisava ir embora. Já estava segurando a maçaneta, quase lá. Quase de volta à sua manhã normal, seu bendito silêncio.

— Você vai estar lá?

A pergunta de Jeanie o deteve antes que ele pudesse fugir. Logan só ia às reuniões de moradores se fosse obrigado por conta de algum problema na fazenda — e, mesmo assim, só se a avó estivesse muito ocupada com o tricô para ir à cidade. Já o avô preferia ter os dentes arrancados sem anestesia a comparecer a uma daquelas reuniões (palavras dele).

Logan não precisava aparecer esta semana, mas, ainda assim, por algum motivo, se viu dizendo:

— Sim, vou estar lá.

O gritinho de alegria de Jeanie o seguiu até a luz do amanhecer.

O clube do livro ia fazer a festa.

CAPÍTULO TRÊS

Olá, me chamo Jeanie Ellis, sou sobrinha da Dorothy e a nova dona do Café Pumpkin Spice. Tenho tido um probleminha com uma perturbação noturna...

Perturbação noturna? Isso a fazia soar ainda mais louca do que de manhã. Jeanie balançava a perna freneticamente, apesar das tentativas de parar. Estava nervosa. Queria causar uma boa primeira impressão nos outros moradores e tinha repassado seu breve discurso na cabeça pelo menos uma dúzia de vezes desde que chegara. Vinte minutos adiantada, pelo jeito.

Ela se sentou no fundo da sala, o movimento acompanhado por um rangido do piso antigo e da cadeira possivelmente ainda mais antiga. Algumas poucas pessoas circulavam pelo salão e se cumprimentavam com uma familiaridade que ela não experienciava desde a infância. Sentia falta disso, da sensação de pertencimento, de ter um lar... mas não tinha se dado conta dessa falta até aquele momento. Na verdade, havia fugido da cidadezinha onde crescera assim que se formou no ensino médio, pronta para se libertar das fronteiras que a limitavam. Mas, em algum ponto ao longo do caminho, a agitação da cidade grande, as multidões e o concreto perderam o encanto.

Ela se mexeu, e o rangido da cadeira soou como uma ameaça. Um senhor mais velho abriu um sorriso amigável e acenou para ela enquanto caminhava na direção de um grupo reunido em frente ao palanque. Jeanie levantou a mão para retribuir o cumprimento, mas ele já havia se virado. Colocando as mãos entre as pernas para aquecê-las e interromper a própria inquietude, viu o grupo receber o homem com sorrisos e comentários espirituosos sobre a gravata verde vibrante que ele usava. Jeanie não conseguia se lembrar da última vez que havia feito brincadeiras assim, nem da última vez que tivera pessoas próximas assim com quem brincar. Pelo menos não pessoalmente. Nos últimos anos, o irmão havia se tornado seu amigo mais próximo, e o relacionamento deles consistia em trocas de mensagens aleatórias, memes e uma ou outra conversa esporádica via FaceTime.

Jeanie colocou o casaco. O lugar estava congelante, apesar de todo o esforço dos aquecedores barulhentos nas paredes.

As reuniões de moradores da cidade aconteciam no prédio original da prefeitura, que, de acordo com a gravação na fachada, havia sido construído em 1870. Jeanie não conseguia imaginar como o prédio devia ser em 1870, mas naquela noite parecia um pequeno auditório com várias cadeiras de metal dobráveis enfileiradas e um palanque na frente. O palco atrás do palanque estava decorado para o que Jeanie imaginou ser uma apresentação de outono que ainda ia acontecer. Os cenários eram pintados à mão, havia abóboras e macieiras alinhadas na parte de trás e fardos de feno espalhados na frente. Jeanie imaginou crianças fantasiadas dançando lá em cima, acenando para os pais na plateia. Ia ser uma graça, disso tinha certeza (embora questionasse se era seguro colocar crianças em cima de um palco tão velho. Será que aquelas tábuas de madeira sustentariam bem o peso?).

Ela afastou o pensamento e olhou para as portas duplas da entrada do salão. Ainda nada de Logan. Talvez ele tivesse dito que iria apenas para fazê-la parar de falar; não seria a primeira vez que alguém concordava com ela só para que calasse a boca. Ela havia ido com muita sede ao pote, como sempre, jogando todos os seus problemas e teorias — frutos da privação de sono — no colo do fazendeiro caladão. Muito bonito e caladão.

Jeanie passou as mãos nas pernas, tentando conter a inquietude, uma luta difícil de vencer. Não importava que Logan era bonito. Tipo, muito, muito bonito. Tipo, se houvesse uma revista chamada *Fazendeiro Sexy*, ele estaria na capa.

Não importava porque se envolver com fazendeiros bonitos não estava no plano da Nova Jeanie. Ela havia concordado com a ideia maluca da tia de assumir o café por causa da oportunidade de começar do zero.

Jeanie havia passado os sete anos anteriores como assistente executiva do CEO da Franklin, Mercer & Young Finanças. Mas então, certa noite, ele teve um ataque cardíaco e morreu na mesa do escritório. Jeanie foi quem o encontrou na manhã seguinte, os olhos vazios fixos na direção dela assim que entrou na sala dele com o café na mão. A mancha de café no carpete de quando derrubou a caneca, em choque, ainda estava lá quando ela pediu demissão.

O médico disse que o ataque cardíaco havia sido causado pelo estresse. Estresse e a dieta abominável de Marvin, composta em grande parte por bacon e delivery tarde da noite. Mas foi a parte induzida pelo estresse que impressionou Jeanie. Esse era o futuro dela? Trabalhar e trabalhar até o coração simplesmente dar pane? Desistir?

Jeanie tinha tendência a pensar demais. Falar demais. Trabalhar demais. Não sabia descansar nem relaxar direito, achava difícil manter a calma, mas estava determinada a tentar. Pela sua saúde, estava determinada a tentar. De repente, o fato de sua vida se resumir apenas a trabalho, umas bebidas com colegas do escritório às sextas-feiras — isso quando não estava exausta demais para se juntar a eles — e algumas tentativas lamentáveis e esporádicas de namoro pareceu um grande problema. Um problema fatal.

Quando, apenas algumas semanas após a morte de Marvin, tia Dot convidou Jeanie a se mudar para Dream Harbor e assumir a administração do café, o plano pareceu a fuga perfeita. Só que agora Jeanie tinha certeza de que já estava fracassando, especialmente depois da cena com o belo fazendeiro de manhã. Quase havia estourado a cabeça dele com uma pancada, depois quase havia estourado seus tímpanos tagarelando sem parar, a mil por hora. Ela tinha percebido o olhar horrorizado do homem. Não havia nada no mundo que ele desejasse mais do que fugir dali.

Ela olhou para a porta outra vez: nada além de um grupinho de mulheres mais velhas entrando depressa. Elas sorriram para Jeanie ao se sentarem.

Era melhor assim, na verdade. Jeanie também não era boa com relacionamentos que durassem mais de algumas semanas, e ter um namorico numa cidade tão pequena quanto aquela era uma ideia terrível. Não que Logan quisesse ter um namorico com ela. Não queria sequer tomar uma xícara de café em sua companhia de manhã, antes de ela o obrigar a...

— Oi.

O cumprimento rouco a arrancou de seus pensamentos, enquanto ele se sentava no assento ao lado dela. Logan tinha cheiro de ar livre, como folhas de outono e fogueira. Jeanie resistiu à vontade de se aconchegar no calor do corpo dele, em meio a todas aquelas correntes de ar.

— Oi. — *Fica fria, seja casual.* Ela o olhou de relance enquanto ele se acomodava. Continuava bonito. *Droga.* — Como foi seu dia?

Uma simples pergunta casual para um recém-conhecido, nada de teorias malucas sobre fantasmas.

— Ah... bom. — Ele pigarreou. — Normal.

Jeanie sorriu.

— Normal é bom.

Logan assentiu.

— Se você gosta de normalidade, vai odiar essa reunião.

Jeanie sorriu mais. Tinha acabado de ouvir uma piadinha do fazendeiro sério?

— As reuniões quinzenais dos moradores de Dream Harbor são caóticas?

— Você vai ver — respondeu ele, se inclinando para Jeanie, e sua voz baixa ecoou dentro dela.

Mas não havia tempo para pensar naquela sensação que a fez se arrepiar, porque o salão ia enchendo e Jeanie estava ocupada assimilando cada cena.

As pessoas começaram a se sentar, e a sala foi esquentando bastante com o fluxo de corpos. Uma risada alta chamou a atenção de Jeanie para algumas fileiras adiante. A dona da risada era uma mulher, talvez na casa dos quarenta (mas se tivesse essa idade estava ótima, o que era um incentivo para Jeanie seguir o plano de morar numa cidade pequena. As pessoas ali envelheciam tão bem!). A mulher riu de novo, o cabelo curto, preto e elegante emoldurando o rosto redondo. Ela se sentou entre uma mulher mais velha de cabelo curto e grisalho e um homem na casa dos vinte que falava alto e gesticulava o tempo todo.

— Clube do livro — disse Logan baixinho em seu ouvido.

— Clube do livro — repetiu Jeanie num murmúrio, observando enquanto duas outras mulheres, uma delas com um bebê no sling, se sentavam em outra fileira ali perto e se juntavam à conversa. — Parecem divertidos.

— Divertidos. Ha! Eles comandam a cidade. — O tom ameaçador de Logan estava em completo desacordo com o grupo alegre e sorridente, e a discrepância aumentou ainda mais quando a mulher de cabelo preto curtinho se virou e acenou animada para o fazendeiro.

Ele resmungou e acenou de volta. O resto do grupo também se virou, e Jeanie viu os olhos deles brilharem, todo o grupo nitidamente feliz em vê-lo.

— Logan! Que raridade termos sua presença ilustre aqui! — comentou a mulher mais velha.

— Oi, Nancy.

— Sentimos sua falta nas nossas reuniões do clube — disse o rapaz com uma piscadinha. Uma piscadinha?

Logan resmungou de novo.

— Eu nunca frequentei as reuniões do clube de vocês.

O homem riu.

— Bem, talvez não de propósito, mas gostamos de te incluir, principalmente quando lemos *Paixão nos campos: O fazendeiro e a leiteira*. — O homem falava tão alto que a sala inteira conseguia ouvir.

Várias pessoas riram e olharam para Logan.

— Ai, aquele livro foi tão bom... — A mulher com o bebê pôs a mão no coração e fingiu um desmaio na cadeira.

Jeanie deu uma espiadinha em Logan e viu que a parte de seu rosto que não era coberta pela barba estava em chamas de tão vermelha. Ela reprimiu um sorriso.

— Você é a nova dona do café? — perguntou a mulher de cabelo preto. — Eu sou a Kaori.

— Jeanie. E, sim, sou eu mesma.

— Coloque aquele lugar para funcionar de novo! — repreendeu a mulher com o bebê, com uma risada. — Estou cansada de ir aos encontros na casa da Kaori, é abarrotada demais. Tem vasos e bugigangas estranhas por toda parte! Dá até coceira.

Kaori deu um tapinha de brincadeira no ombro da mulher.

— Ignore a Isabel e seja bem-vinda a Dream Harbor.

O pessoal do clube do livro voltou a conversar entre si.

— *Paixão nos campos*, é? — perguntou Jeanie, incapaz de resistir à piada.

Logan pigarreou e se mexeu na cadeira, que rangeu alto em protesto.

— Eu não li.

— Que pena, parece ótimo. — Ela reprimiu uma risada ao pensar em Logan lendo um livro sobre um fazendeiro e uma leiteira, e teve que se esforçar para não se imaginar no papel da "leiteira" em questão. — É melhor eu tratar de reabrir o café logo, não quero irritar o clube do livro.

A intenção era fazer uma piada, mas até ela percebeu a incerteza em sua voz, o estresse por não estar pronta para abrir se infiltrando na frase.

— Não se preocupe com esse pessoal, só estão procurando um lugar para divulgar a pornografia que eles leem.

Jeanie levantou a cabeça bem a tempo de ver o sorrisinho no rosto de Logan. Outra piada.

— Bem, não aprovamos isso. E certamente não aprovamos a objetificação dos fazendeiros.

Ele abriu um sorriso mais largo. Ah, droga, ela ia ser obrigada a dar uma olhada naquele livro mais tarde para satisfazer de uma maneira segura sua nova quedinha por fazendeiros.

— Perdi alguma coisa? — Uma mulher com cabelo castanho cacheado se sentou do outro lado de Logan.

— Não.

— Na verdade, perdeu uma conversa literária bem interessante — comentou Jeanie, lembrando Logan de sua presença.

— Passou longe de ser interessante. Jeanie, esta é a Hazel. Hazel, Jeanie.

Hazel estendeu a mão pela frente de Logan e Jeanie a apertou. Hazel usava luvas sem dedos, e Jeanie sentiu sua pele gelada.

— Prazer.

O olhar de Hazel passou de Jeanie para Logan e vice-versa.

— O prazer é meu. Eu toco a livraria que fica perto do seu café.

Jeanie sorriu.

— Ah, é tão bonitinha!

As bochechas de Hazel coraram.

— Obrigada.

Jeanie ficou imaginando se Hazel teria algum romance de fazendeiro no estoque, a ponto de quase não ouvir a pergunta seguinte da mulher.

— Como vocês dois se conheceram? — quis saber.

— Ah, do jeito de sempre — disse Jeanie. — Eu quase abri a cabeça dele com um taco de beisebol porque achei que ele fosse um intruso querendo me matar, mas ele só estava entregando um caixote de adoráveis miniabóboras... quer dizer, cabaças. Então eu mencionei que o café podia ser mal-assombrado, e ele sugeriu que eu viesse à reunião hoje para... hã, pedir ajuda.

Os olhos de Hazel se arregalaram por trás dos óculos.

— Ah... uau.

Jeanie tentou sorrir e parecer um pouco menos desequilibrada, mas achou que o gesto não amenizou a situação constrangedora. Hazel se recostou na cadeira com um sorrisinho contido, depois sussurrou algo para Logan, que balançou a cabeça em negativa de forma enfática. Jeanie não teve tempo de pensar muito no assunto antes que outra mulher se sentasse numa cadeira na fileira da frente.

— Viram que ele já está ali? É óbvio que está tramando alguma coisa — disse ela, entrando direto em uma conversa que Jeanie não sabia que estava acontecendo.

— Ele só tá conversando — murmurou Logan, e a nova mulher semicerrou os olhos para ele.

— Claro, *conversando* com o prefeito. Deve ter elaborado mais planos malucos para arruinar a cidade.

— É só uma noite de quiz, Annie.

— Uma noite de quiz que vai acontecer na mesma data da minha aula de Confeitaria para Iniciantes! Ele fez de propósito!

A mulher olhou feio para o homem do outro lado da sala. Jeanie seguiu o olhar.

O sujeito que planejava a noite de quiz e arruinava a cidade era alto e bonito. Não bonito tipo fazendeiro, mas sem dúvidas atraente. Cabelo escuro, pele bronzeada... um sorriso meio arrogante. O que tinha na água daquele lugar? Todos os homens da cidade eram gatos? Por isso se chamava "Dream" Harbor, era um lugar habitado por "homens dos sonhos"? Jeanie com certeza não estava nem um pouco incomodada com aquilo.

— Você age como se não conhecêssemos Mac desde o jardim de infância — disse Logan.

Annie franziu a testa.

— Esse é exatamente o problema. Você lembra como ele era maldoso. Roubava seu achocolatado todos os dias no segundo ano do fundamental! Você, mais do que ninguém, deveria entender!

Logan soltou uma risadinha contida, mais como um sopro que uma risada.

— Eu já superei.

Annie cruzou os braços.

— Ótimo, eu não.

Enfim, ela olhou para Jeanie, que sorriu e deu um aceno discreto.

— Ai, meu Deus! Você deve ser a nova dona misteriosa do café! Eu sou a Annie, dona da confeitaria. É um prazer finalmente te conhecer.

— Eu sou misteriosa? — perguntou Jeanie e deu uma olhadinha furtiva para Logan. Seu rosto estava sério, mas ele não se pronunciou. — É um prazer te conhecer também. Sua confeitaria deixa um cheiro delicioso todo dia de manhã.

— Então passe lá! Ah, e eu também entrego scones no seu café cedinho todo fim de semana. Por favor, não me receba como recebeu o Logan.

As bochechas de Jeanie esquentaram de vergonha, mas Annie estava rindo, achando graça da brincadeira.

— Eu juro que não foi pessoal... — começou a explicar, mas a outra fez sinal para interrompê-la.

— Se eu visse esse bobalhão enorme se esgueirando pelo beco e não o conhecesse desde sempre, é bem provável que tentaria dar uma pancada na cabeça dele também — comentou.

— Eu não fico "me esgueirando".

— Você foi um pouco furtivo — argumentou Jeanie.

Annie apontou um dedo para Logan.

— Viu? Fica se esgueirando, sim. Gostei dela — declarou, fazendo sinal para Jeanie.

— Quando essa maldita reunião vai começar? — A voz de Logan era uma adorável mistura de irritação e desespero.

Hazel deu um tapinha no joelho dele, ainda usando as luvas.

— Você sabe que o prefeito Kelly nunca começa na hora.

— Por que você o chama assim? Todo mundo sabe que ele é seu pai.

Hazel deu de ombros.

— Ele está no trabalho, eu tento ser respeitosa.

Logan revirou os olhos, mas Jeanie não conseguiu evitar um sorriso. Já gostava daquelas pessoas. Gostava da cidade. Gostava do fazendeiro rabugento. Era demais querer se encaixar ali? Desejar que Annie gostasse dela de verdade, que o clube do livro a convidasse para participar dos encontros, que Hazel a apresentasse ao pai, o prefeito?

A pressão para reabrir o café o quanto antes estava aumentando. Mas, se Jeanie conseguia garantir que Marvin estivesse pronto para suas reuniões semanais com investidores bilionários, certamente conseguiria administrar um pequena cafeteria. Certo?

CAPÍTULO QUATRO

Logan sempre imaginou que o inferno fosse um lugar com fogo e enxofre, mas na verdade era uma reunião de moradores com a mulher que ele estava tentando esquecer desde aquela manhã e uma de suas melhores amigas intrometidas, cada uma de um lado. Toda vez que olhava para Hazel, ela erguia as sobrancelhas de um jeito que o deixava sem graça; toda vez que ele olhava para Jeanie, ela sorria como se estivesse se divertindo muito. No que ele havia se metido?

Logan não sabia por que tinha contado a Jeanie sobre a maldita reunião, ou, mais importante, por que tinha concordado em participar também. Ela parecia tão nervosa mais cedo, tão confusa. E cansada. Não sabia sequer por onde começar, e a verdade é que ele estava fazendo um favor à cidade. O Café Pumpkin Spice era a única cafeteria decente que havia por lá, e, se Jeanie não a colocasse para funcionar logo, as pessoas seriam obrigadas a recorrer à bebida aguada e à comida queimada que serviam no posto de gasolina perto da rodovia. Ou poderiam simplesmente virar zumbis de uma vez e começar a comer o cérebro umas das outras no café da manhã. Pensando dessa maneira, ele meio que era um herói.

Annie assumiu a dianteira, apontando todas as principais figuras da cidade enquanto desenrolava do pescoço o cachecol mais longo do mundo, o cabelo loiro fazendo um redemoinho ao redor da cabeça.

— Então, o cara ali na frente com aquela gravata verde horrorosa é obviamente o prefeito.

— Ei! Eu comprei aquela gravata pra ele.

— Desculpe, Haze, mas essa cor é horrenda. — Annie deu de ombros. — Enfim, a mulher ao lado dele vestida com um terninho é a vice-prefeita e nossa antiga diretora do colégio. O nome dela é Mindy, mas eu nunca deixarei de pensar nela como a diretora Walsh. — Annie abaixou a voz e se aproximou de Jeanie. — Ela é assustadora.

Jeanie riu. Logan ignorou a maneira como o som ecoou e se aconchegou dentro dele.

— E ali está meu arqui-inimigo, Macaulay Sullivan.

— O cara do quiz?

— Não se deixe enganar pelo quiz, Jeanie. Ele é dono do pub ao lado do seu café, tome cuidado com ele.

Logan bufou. O único problema entre Annie e Mac é que os dois queriam se pegar, mas nenhum deles admitia. Mas longe dele abordar o assunto naquele momento.

— Continuando, ao lado dele estão Greg e Shawn, os donos do pet shop na esquina.

Jeanie assentiu, tentando assimilar as informações, e Logan não ficaria surpreso se a visse pegar um bloco e fazer uma colinha para não se esquecer de nada. Ela tinha cara de quem fazia anotações. Não que ele se importasse com que cara a mulher tinha; estava lá pelo café, para ajudar a cidade e evitar um apocalipse zumbi, não ficar imaginando como devia ser a caligrafia de Jeanie ou conjecturar se ela rabiscava nas margens.

Era bem provável que sim.

— E ali estão os Sharma, que acabaram de abrir um novo restaurante na rua principal. Eles servem o melhor frango tandoori que existe — Annie informou Jeanie.

Hazel deu uma cotovelada suave em Logan, desviando a atenção do tour de Annie.

— Vai me dizer como ela conseguiu te trazer aqui? Você nunca aparece nessas coisas — sussurrou ela.

— Só estou sendo prestativo. Um bom vizinho, sabe?

— Bom vizinho? — Sua voz aumentou, incrédula, como se ele nunca tivesse feito um único gesto pelos vizinhos na vida.

— É, eu consigo ser prestativo.

Hazel deu uma risadinha irônica.

— Eu acredito, mas vir a uma reunião de moradores? Isso vai muito além dos seus padrões de ser prestativo. — Ela ajeitou os óculos no rosto com o dedo indicador e abriu um sorrisinho desagradável. — Acho que você tem uma quedinha por ela.

— Eu não tenho uma quedinha — rebateu ele, com os dentes cerrados, tão preocupado com a possibilidade de Jeanie ouvi-los que chegava a ser ridículo. — Não sou uma menininha de doze anos, só quero poder tomar uma xícara de café decente.

Sua amiguinha irritante deu de ombros.

— Ah, sim, tá bom. Você é só um vizinho prestativo a fim de tomar café. Entendi.

Ele a encarou, irritado, mas ela apenas retribuiu com um sorriso inocente. Logan não tinha muitos amigos; talvez fosse melhor não assassinar uma das poucas.

Ele se acomodou na velha e frágil cadeira e cruzou os braços. Uma quedinha. Que absurdo! Ele mal conhecia a mulher, só sabia que ela usava calças de pijama bonitinhas, tinha o sorriso mais iluminado que ele já vira e segurava um taco de beisebol como um jogador profissional. Fora isso, mal a conhecia — e queria continuar assim.

A poeira mal havia baixado desde a última vez que ele quebrou a cara na frente da cidade inteira. Não estava disposto a cometer os mesmos erros tão cedo. Da próxima vez que namorasse alguém, manteria a coisa toda bem longe de Dream Harbor, talvez se envolvesse em um daqueles relacionamentos a distância de que todo mundo sempre falava.

Não que ele quisesse namorar Jeanie.

Só queria tomar um bom café.

O prefeito Kelly se aproximou do palanque e pigarreou. Logan resmungou por dentro.

— Bem-vindos, dreamers — disse o prefeito, exibindo o sorriso bobo que lhe era característico.

Alguém me mata, por favor.

— Primeira pauta do dia. — Ele ajeitou os óculos no nariz com o dedo indicador de um jeito tão parecido com o de Hazel que

Logan sentiu uma ternura involuntária pelo homem. — O pub do Mac agora vai sediar uma noite de quiz às terças-feiras, começando às oito.

Logan podia sentir a raiva irradiando de Annie, ou talvez uma tensão sexual reprimida; era impossível distinguir uma coisa da outra. A aula de confeitaria começava às seis, então as pessoas podiam tanto fazer a aula como participar do quiz, mas ele sabia que Annie não aceitaria essa lógica. Mac havia acabado com sua noite.

O prefeito Kelly esperou os sussurros entusiasmados da multidão diminuírem, pois as pessoas já estavam selecionando os membros das equipes. Mac teve a audácia de se virar e piscar para Annie. Ela ameaçou se levantar, com os punhos cerrados ao lado do corpo, mas Logan a segurou pelos ombros e a empurrou de volta para a cadeira. Depois, esperou mais um minutinho antes de soltá-la, só para garantir que ela não ia atravessar a sala em um impulso e esganar Mac — ou apagar seu sorriso irônico com um beijo. Qualquer uma das alternativas atrasaria a reunião de moradores inteira.

— Bem, continuando. O próximo item da pauta é a sugestão de colocar uma placa de pare na esquina da Mayberry com a Cherry.

— Esquece a placa de pare, Pete! Quando vamos ter nosso café de volta? — gritou Leroy da primeira fileira.

Logan sentiu Jeanie ficar tensa ao seu lado.

— É! Não vou sobreviver ao chá de ervas esquisito da minha esposa nem mais um dia!

— Ok, ok, Tim. Calma. Ninguém vai te obrigar a beber o chá da Tammy. — O prefeito levantou as mãos para silenciar a multidão. Logan estava certo: a cidade estava à beira de um apocalipse zumbi.

— Acredito que a nova dona do Café PS está aqui conosco esta noite. — Pete sorriu para Jeanie, tentando incentivá-la. — Talvez ela possa vir aqui e compartilhar conosco seu planejamento.

Jeanie respirou fundo, e Logan pensou que talvez ela não se sentisse à vontade para falar na frente de todo mundo. Na verdade, estava prestes a intervir e explicar que o plano era abrir o café no fim de semana quando a viu caminhando em direção ao palanque.

Ele havia se esforçado tanto para não prestar atenção em Jeanie a noite inteira que não tinha percebido como o cabelo dela estava preso em um coque elegante e arrumado, e como em vez de pijama com estampa de ouriços ela usava uma calça cinza e um suéter creme. As batidas do salto alto preto ecoavam no velho piso de madeira.

Ele piscou rápido, tentando assimilar a imagem. Aquela mulher não era a mesma que ele havia conhecido de manhã, não precisava ser resgatada. Pela primeira vez, ele ficou imaginando quem Jeanie havia sido antes de se mudar para lá, o que havia feito antes de chegar a Dream Harbor. Ele estava tão certo de que sua ajuda era necessária, de que precisava consertar algo para ela... era um mau hábito seu.

Ela abriu um de seus sorrisos iluminados para Pete e se posicionou atrás do palanque.

— Oi, todo mundo. Eu sou a Jeanie. Sobrinha da Dot. — Ela pigarreou, o sorriso começando a vacilar. Sinal de que estava um pouco nervosa, então. — Peço desculpas por ter privado vocês de cafeína por uma semana inteira. Eu estava... é... bem, me familiarizando. Mas o café vai reabrir neste sábado.

Aplausos surgiram da multidão, e gritos de encorajamento e boas-vindas fizeram o sorriso de Jeanie se abrir ainda mais. Logan sentiu os próprios lábios se curvarem em um sorriso parecido. Pelo café. Ele estava feliz por causa do café.

— Mas tem outra coisa que preciso dizer: estou tendo um probleminha... — continuou Jeanie. — Tenho ouvido barulhos estranhos à noite. E tem sido... bastante prejudicial ao meu sono. Queria saber se alguém tem alguma ideia do que pode ser.

— Fazendeiros assassinos?! — gritou Annie, e Logan chutou as costas da cadeira dela.

— Devem ser só guaxinins — sugeriu Mac. — Vi alguns bem grandes revirando o lixo.

Jeanie balançou a cabeça.

— Não sei... não parece ser um animal. E os sons mudam um pouco a cada noite, às vezes são como pancadas, às vezes como arranhões.

Ah, essa curiosidade foi um prato cheio para a multidão. De repente, a sala inteira explodiu em teorias.

— Adolescentes! Estão sempre causando problemas.

— Deve ser alguma travessurinha, é outubro.

— Talvez seja um sonho por conta do estresse. Eu faço leituras de sonhos, venha me ver um dia desses!

— Tem ventado bastante ultimamente.

— Você só está ansiosa, querida.

Jeanie foi olhando para o autor de cada sugestão maluca.

— A casa pode estar mal-assombrada — opinou alguém.

Era Noah, capitão da SS Ginger (a única empresa de turismo de pesca da cidade) e o outro melhor amigo de Logan. Além de um grande apreciador de histórias exageradas e mulheres bonitas.

— Mal-assombrada?

— Sim. — Logan podia ver a cabeça ruiva de Noah assentindo. — Com certeza. Aqueles prédios na rua principal são muito antigos. Para ser sincero, me surpreenderia mais se *não* fossem assombrados.

Logan até jogaria algo na nuca do amigo se achasse que conseguiria acertá-lo daquela distância. Ele havia convidado Jeanie para encontrar uma explicação lógica para o problema do barulho, não para confirmar sua teoria de assombração. Olhando ao redor do cômodo, no entanto, não soube dizer por que achava que um grupo como aquele chegaria a uma resposta mais razoável.

— Foi o que eu pensei também! Mas Logan achou a ideia uma completa maluquice.

— Ah, ele achou? — questionou Noah, erguendo a sobrancelha acobreada enquanto todas as cabeças se viravam para encarar Logan.

A pergunta estava estampada na cara de todos eles; e a dúvida não era em relação ao barulho ou aos fantasmas, mas ao que podia estar rolando entre ele e Jeanie. O ponto central era: como ele já conhecia a mulher bonita e recém-chegada?

Não, bonita, não.

Apenas uma vizinha nova.

Ele sentiu o calor subir pelo pescoço.

— Acho que essa teoria deveria ser considerada — interrompeu o prefeito Kelly antes que Logan fosse obrigado a responder qualquer pergunta. Por um segundo, Logan se sentiu grato, mas isso durou apenas até as próximas palavras saírem da boca do prefeito. — Na verdade, agora que você comentou, eu tive um sonho relacionado a isso.

Meu Deus, tenha misericórdia. Um sonho do prefeito Kelly não. Era definitivo: Logan estava mesmo no inferno. Aquela era oficialmente a última vez que tentaria salvar a cidade de zumbis viciados em cafeína.

— Um sonho? — perguntou Jeanie, completamente alheia à maneira insana como a cidade era administrada.

Logan deve ter resmungado alto dessa vez, porque Hazel lhe deu outra cotovelada. Ele passou a mão na costela. Os cotovelos de Hazel eram pontudos pra caramba, e, virando-se para ela, Logan percebeu que seu olhar era ainda mais afiado. Ele pensou um pouco e resolveu ficar quieto. Não conseguia reunir dentro de si o mínimo de vontade de entrar em mais uma discussão com ela sobre a possível clarividência de seu pai; esse era outro erro com o qual ele havia aprendido.

Mas quer saber de uma coisa? Era absurdo demais administrar uma cidade inteira com base nos próprios sonhos (ainda que de vez em quando calhasse de dar certo). Como se não fosse suficiente, por ironia do destino, a cidade ainda se chamava Dream Harbor.

O prefeito Kelly se ajeitou atrás do palanque, já se preparando para contar a história de quando teve um sonho no qual se tornava prefeito de Dream Harbor exatamente um ano antes de ser eleito. Essa história era quase sempre seguida por outra, de quando sonhou com uma grande tempestade de gelo antes de ela acontecer, depois outra de quando soube que a creche estava com problemas elétricos, e o eletricista disse que o alerta antecipado havia evitado um incêndio. Logan não se aguentou.

— Ele tem uns sonhos — deixou escapar com certa agressividade.

— E usa esses sonhos para tomar decisões.

O prefeito Kelly abriu um grande sorriso.

— Isso mesmo! Obrigado, Logan.

Jeanie olhou de um para o outro, um sorriso espantado no rosto. Estava se divertindo. Droga, assim ele *quase* sentia que tinha valido a pena se submeter àquela insanidade.

— E o que seu sonho diz? O café está assombrado? — perguntou ela.

O prefeito Kelly balançou a cabeça como se ela tivesse dito uma bobagem.

— Eles nem sempre são tão claros. Mas duas noites atrás eu sonhei com uma desconhecida. Deve ter sido você — e deu um tapinha nas costas de Jeanie —, embora sejamos quase amigos agora!

— Anda logo, Pete. — Alguns dos habituais frequentadores das reuniões de moradores estavam ficando impacientes.

O prefeito deu de ombros, mas com bom humor.

— Sim, claro. Enfim, no sonho havia uma pessoa desconhecida precisando de ajuda. — E então os olhos do prefeito se iluminaram de um jeito que Logan achou bem sinistro, ainda mais quando dirigiu aquele olhar maravilhado para ele.

O que foi agora?

— Ah, é isso mesmo — continuou o prefeito Kelly. — No sonho, nosso próprio Logan Anders foi quem se ofereceu para ajudar nossa nova vizinha.

— Havia zumbis envolvidos? — murmurou Logan, baixinho.

— O que disse?

— Nada. — Logan acenou com a mão. — Esquece.

O prefeito o conhecia desde que ele e Hazel tinham feito amizade, no nono ano; conhecia Logan tão bem quanto qualquer um ali, e não havia a mínima chance daquele sonho ser verdade. A coisa toda era mais uma tentativa da cidade de se meter nos assuntos dele — e depois do que aconteceu na última vez, ele estava determinado a não deixar a história se repetir.

— Eu acho que o barulho é culpa do vento. Assunto encerrado? — perguntou Logan, soando mais babaca do que pretendia.

Mas ele se recusava a deixar o prefeito Kelly interferir em sua vida. Com ou sem sonho. Também se recusava a prestar atenção na maneira como o sorriso de Jeanie desapareceu com seu tom rude.

— Você não pode simplesmente ignorar o sonho do prefeito, Logan — opinou Isabel, da lateral da sala, onde se balançava de um lado para o outro, tentando manter o pequeno Mateo adormecido no sling. — Você se lembra daquela situação com a creche.

Logan apertou a parte de cima do nariz.

— É, eu lembro da situação com a creche.

— E eu não tirei meu carro do lugar antes da tempestade de gelo e aquele galho enorme caiu bem em cima dele — acrescentou Jacob, do clube do livro.

Metade da sala fez que sim com a cabeça enquanto o encarava, cada um contando as próprias histórias, dando alertas e expondo as possíveis consequências de ignorar os sonhos do prefeito. Se não tivesse vivido entre aqueles lunáticos a vida inteira, Logan estaria em choque. Em vez disso, estava apenas exausto da discussão.

— Tudo bem — interrompeu Jeanie em dado momento. — Logan não precisa ajudar, com certeza vou descobrir em breve o que está acontecendo.

Ela ainda tinha um sorriso no rosto, mas agora o falso. Aquele mesmo que abrira para ele mais cedo, quando estava tentando convencê-lo de que estava bem. O sorriso que revelava o quanto estava perdida, aquele que mexia com ele.

Droga.

— Eu ajudo.

A multidão se calou, satisfeita com a conquista.

Jeanie sorriu para ele do outro lado da sala. Era o sorriso verdadeiro.

— Vai ser um prazer — acrescentou ele.

E, para sua surpresa, disse aquilo de coração.

CAPÍTULO CINCO

— Trouxemos presentes!
Jeanie estava limpando o balcão da frente pela décima segunda vez quando o sino na porta do café tocou. Annie e Hazel entraram carregando várias caixas da confeitaria.
— Ai, meu Deus, o que é isso tudo? — perguntou Jeanie enquanto as empilhavam na frente dela. Precisou olhar por cima da torre para conseguir enxergá-las.
— São para a sua grande reinauguração amanhã! — Annie organizou melhor as caixas e firmou bem a pilha. — As encomendas não costumam ser tão grandes, mas imagino que você vai receber um baita público no primeiro fim de semana de volta. As pessoas estão muito animadas.
O estômago de Jeanie se revirou de nervosismo.
— Estão?
— Sem dúvidas. Você não viu ontem à noite? Estão morrendo por uma dose de cafeína.
Hazel abriu uma das caixas e tirou um scone de lá.
— Está preparada?
— Eu... é... acho que sim. — Jeanie também pegou um scone e mordiscou o canto. — Norman tem me ajudado bastante. Para a minha sorte, ele está por dentro de todos os pormenores que fazem o Pumpkin funcionar.
Annie fechou a caixa.
— Guarde um pouco para os clientes!
— Sinceramente, estou surpresa que Norman ainda esteja aqui — disse Hazel, apoiando um cotovelo no balcão.
— Sério? Por quê?
Hazel deu de ombros, seus cachos castanhos balançando.

— Sempre achei que rolasse alguma coisa entre ele e sua tia.
Annie deu risada.
— Ignore a Hazel, ela adora formar casais pela cidade toda.
— Ria o quanto quiser, eu via o jeito como Norman olhava para Dot. Tinha alguma coisa acontecendo.
— Bem, eu vi o jeito que você estava encarando o Noah na reunião ontem à noite. O que está acontecendo entre vocês?
— Nada — disse Hazel baixinho, com a boca cheia de scone, e ficou vermelha até a raiz dos cabelos.

Jeanie conteve um sorriso. Também achava o pescador que apoiava sua teoria fantasmagórica bonitinho, mas ainda não conhecia bem aquelas duas, então não dava para participar das provocações. Mas dava para imaginar. Ela se via sendo amiga de ambas, se encaixando. Era seu novo devaneio favorito quando não conseguia dormir à noite.

— Então, por que nunca te vimos pela cidade? — perguntou Annie, mudando de assunto. — Dot falava de você e do seu irmão o tempo todo.

— Ah, sim... — A culpa, aguda e repentina, se instalou em seu peito. Ela havia negligenciado muitas coisas na época em que o trabalho ocupava todo o seu tempo. Tia Dot foi uma delas. — Nós visitamos algumas vezes quando éramos crianças. Eu adorava vir para cá, na verdade, achava divertido ficar no café dela. Mas depois, não sei... meu irmão se mudou para a Califórnia e a vida ficou agitada, eu acho.

Annie a estudou como se estivesse se esforçando para juntar as peças de um quebra-cabeça, tentando entendê-la. Jeanie ficou imaginando o que ela via. Será que o novo papel estava convencendo? A dona descontraída e calma de um café? Ou Annie já sabia que ela era uma pilha de nervos, que estava em frangalhos por dentro e morrendo de medo de fracassar na primeira vez que fazia algo por si mesma? Era a primeira vez que não se acabava de trabalhar para fazer as coisas acontecerem em benefício de outra pessoa. Administrar o café era um esforço que ela estava fazendo por si, o que, pensando bem, tornava tudo muito mais assustador.

— O que você acha do Logan? — Hazel deixou escapar, atraindo o olhar de Annie e Jeanie.

— Isso, vai com tudo, Haze — sibilou Annie, dando uma cotovelada leve no braço da amiga.

— Eu acho o Logan muito... hã... gente boa. — Jeanie ficou inquieta sob a avaliação atenta das duas.

— É muita gentileza da parte dele me ajudar a resolver o problema com o barulho.

— E como exatamente ele está ajudando? — perguntou Annie, o rosto completamente inocente.

— Ah, ele... nós... decidimos ficar de tocaia.

— Ficar de tocaia? — Os olhos de Hazel se arregalaram.

— Sim, que nem nas séries policiais. Vamos ficar acordados e tentar pegar quem, ou o quê, estiver fazendo barulho.

— E o Logan concordou com isso? — indagou Annie.

— Sim, foi ideia dele. Vamos fazer isso na segunda à noite.

Na verdade, Jeanie tinha esperado a maioria das pessoas irem embora da reunião de moradores para encontrar Logan, que a aguardava na porta. Pretendia dizer a ele que não havia necessidade de cumprir o combinado, mas, em vez disso, ele lhe contou o plano de passar na casa dela na segunda-feira para tentar ouvir os barulhos por si mesmo. Para ser justa, Logan não tinha dito que eles ficariam "de tocaia". Ela é quem havia definido o plano daquela forma.

Jeanie ficou contente ao se lembrar do sorriso que ele abriu ao ouvi-la dizer aquilo. Ela gostava de fazer o fazendeiro caladão sorrir.

Hazel soltou um pequeno resmungo.

— Ai, não. É pior do que a gente pensava.

— O que foi? — Jeanie partiu outro pedaço do scone e o colocou na boca, com medo de dizer a coisa errada.

— É o seguinte, Jeanie — disse Annie enquanto organizava as caixas dos doces outra vez. — Quando Logan se apaixona, ele mergulha de cabeça, e o último relacionamento que teve...

— Não, não, não... não é nada disso! — interrompeu Jeanie, gesticulando com as mãos para cortar a explicação de Annie, derrubando um pedaço de scone no chão. — Ele só está ajudando por causa do prefeito e porque eu meio que quase o apaguei com um taco de beisebol. Eu só preciso dormir um pouco. Só isso. Não tem... não tem nada além disso.

Annie ergueu ainda mais as sobrancelhas enquanto Jeanie falava.

— Humm. Olha, eu conheço o Logan a vida inteira, então sou imune aos encantos dele, mas não sou cega, Jeanie. Eu sei o que as pessoas veem. Ele é supergato, mas o ponto é que ele também tem um bom coração, e eu não quero que ele se magoe de novo.

Jeanie não queria saber como Logan havia se magoado antes, não pela boca de Annie, pelo menos. A história era dele, ninguém poderia contá-la melhor do que ele.

— Olha, eu só preciso ter uma boa noite de sono. Não vim para a cidade com o objetivo de seduzir os fazendeiros locais.

Hazel deu risada e se abaixou para pegar o pedaço de scone que havia caído.

— Desculpa por termos vindo aqui e te atacado assim — disse ela. — A cidade toda tem um carinho especial pelo Logan. O pai do cara foi embora antes de ele nascer, e a mãe morreu quando ainda éramos crianças, então todo mundo meio que o adotou depois disso.

Ai, meu Deus, ela não precisava imaginar o adorável Logan ainda garotinho perdendo a mãe.

— Eu não vou magoá-lo — respondeu Jeanie baixinho, e logo em seguida balançou a cabeça. O que estava dizendo? — Quer dizer, eu não vou fazer nada com ele nem contra ele. — Ótimo, ela estava dizendo as piores frases possíveis. — Quer dizer, eu não estou aqui para namorar ninguém. Só quero começar do zero, é isso.

Annie assentiu, satisfeita.

— Ótimo! Bem, nesse caso, bem-vinda à vizinhança.

— Obrigada.

Annie saiu apressada do café, mas Hazel ficou.

— Ele é um cara muito legal — disse.

— Não tenho dúvidas.

— Não acho que seria a pior coisa do mundo se você quisesse fazer algo com ele. — Hazel piscou.

— Eu... — As bochechas de Jeanie esquentaram.

— Só não volte correndo para a cidade grande e o abandone! — disse Hazel num tom brincalhão enquanto se virava para ir embora. — Vejo você amanhã bem cedinho para pegar meu pumpkin spice latte!

— Tchau — se despediu Jeanie, baixinho, mas aquela breve visita a deixara completamente tonta.

As amigas de Logan queriam que ela o namorasse ou ficasse longe dele?

Enfim, não importava. Ela havia sido muito honesta com as duas. Não tinha se mudado para lá pensando em seduzir os fazendeiros da região ou namorá-los.

Estava ali apenas para servir café e, de preferência, não morrer de um ataque cardíaco causado por estresse do alto de seus vinte e oito anos de idade.

Várias horas depois, o display de doces estava repleto de scones, muffins e biscoitinhos em formato de abóbora para a manhã seguinte. Todas as superfícies brilhavam, e as miniabóboras de Logan decoravam cada mesa e balcão, criando o clima outonal perfeito. A cafeteria estava pronta, mas Jeanie continuava com os nervos à flor da pele.

Ela se largou em uma banqueta atrás do balcão e examinou seu novo território. Era bem diferente de sua mesa na frente da sala de Marvin. Não havia nenhuma tela de computador manchada para encarar, nenhum telefone tocando incansavelmente para atender, nenhuma caneca de café suja que ela sempre demorava demais para recolher.

Não havia dor nos pés porque ela já não corria de um lado para outro de salto alto, mas havia a dor nas costas de tanto limpar, organizar e se preparar para o dia seguinte. Sua mente não estava rodando com os compromissos de Marvin: o aniversário da esposa, o novo endereço da amante, o pedido do almoço. No entanto, seu estômago se revirava de expectativa pela grande inauguração. E se tudo desse errado?

O que ela estava fazendo ali, no fim das contas? Pela vitrine, Jeanie observou a rua principal. A rua em si era aconchegante e organizada, ladeada de árvores. As folhas estavam começando a mudar de cor, misturando amarelo e vermelho com o verde. E havia crisântemos dourados e roxos em frente à maioria das portas ao longo do caminho.

Lembrete: comprar crisântemos.

O Café Pumpkin Spice ficava entre a confeitaria de Annie e o pub. E a livraria de Hazel, ao lado da confeitaria. Aí era só incluir mais algumas outras lojas e restaurantes, o pet shop e os correios e pronto: essa era a rua principal.

Era uma graça, de verdade. Uma cidadezinha outonal da Nova Inglaterra em sua melhor forma. Ela não deveria se sentir diferente ali, longe da energia frenética de Boston, do trânsito e das multidões? Não deveria *ser* diferente ali?

Nada no mundo a impediria de tentar.

Jeanie esfregou o rosto. Talvez também devesse tentar ir para a cama cedo e dormir um pouco antes da reinauguração. O café abria às sete em ponto, Norman havia repetido isso inúmeras vezes. Ela não conseguia se livrar da sensação de que ele não ia com a cara dela, mas decidiu atribuir o comportamento ríspido à faixa etária — homens mais velhos eram mais propensos à rabugice. A tia havia confiado nele por anos, então Jeanie também confiava.

Rabugento ou não, ela estava feliz que Norman tivesse ficado por ali. Ele sabia exatamente do que o Pumpkin precisava para funcionar direito, e os dois baristas também não haviam largado seus postos. Jeanie não sabia o que a preocupava tanto. O lugar podia tranquilamente funcionar sozinho sem ela, e talvez fechá-lo por uma semana até tivesse sido uma medida desnecessária, mas ela havia se sentido muito sobrecarregada ao chegar na cidade. Pensar nas pessoas entrando lá e pedindo o café da manhã de sempre quase a fez correr de volta para Boston e procurar outro emprego de assistente.

Pensou na corretora de imóveis para quem havia ligado do chão de seu apartamento vazio em cima do Pumpkin: Barbara Sanders, que fez questão de ser chamada de Barb durante a breve conversa. Barb a encarava do cartão de visita que Jeanie havia encontrado debaixo da porta da frente; estava elegante e arrumada, tinha uma postura confiante, um sorriso largo e perfeito. Jeanie teve vontade de depositar sua fé na tal de Barb, de deixá-la resolver seus problemas.

Quase concordou em deixá-la pôr o café à venda, mas então lhe veio à mente a imagem do corpo de Marvin caído sobre a mesa, o rosto apoiado numa pilha de relatórios, e logo disse a Barb que havia mudado de ideia. Concordou em deixar a corretora enviar um comparativo de valores das vendas recentes de outros comércios na área, desligou o telefone e comeu uma salada enorme, só por precaução.

Mas agora, sentada ali e vendo a cafeteria toda arrumadinha, *sua* cafeteria arrumadinha, aquele negócio que ela nem sequer sabia administrar, Jeanie pensou que talvez tivesse cometido um erro.

O espaço era pequeno, suficiente apenas para alguns conjuntos de mesas redondas e cadeiras. Jeanie tentou imaginá-lo cheio de clientes. Seu coração apertou de entusiasmo e nervosismo.

A janela saliente na frente era o cantinho perfeito para duas cadeiras estofadas confortáveis, desgastadas pelo tempo e uso. O apartamento de Jeanie em cima da loja compartilhava o mesmo piso de madeira original, algo que Barb Sanders havia elogiado. No meio do salão ficava o balcão em forma de L, com um lado para a caixa registradora e o outro para mais algumas banquetas. A vitrine de vidro ao lado da caixa registradora estava repleta das guloseimas de Annie. As paredes eram creme, com quadros de artistas locais pendurados. Pedacinhos de papel rasgado ao lado de cada um informavam o título e o preço.

Jeanie fitou um quadro bem grande do outro lado do café, uma grande vaca roxa. Será que a artista tinha ficado nervosa ao pendurá-lo? Será que ficou em casa com uma sensação esquisita de que não era muito boa no que fazia? Será que se preocupou com o que as pessoas pensariam de seus animais coloridos, ou nem sequer hesitou?

A batida na porta dos fundos interrompeu sua crise existencial e a competição de quem pisca primeiro entre ela e a vaca. Jeanie pulou da banqueta e foi até lá, tirando o avental a caminho do visitante. Ela o havia colocado de manhã com a esperança de que a fizesse se sentir mais oficial no novo posto. Não funcionou.

Logan era a última pessoa que ela esperava ver em sua porta, mas estaria mentindo se dissesse que não ficou um pouquinho empolgada ao encontrá-lo ali.

— Oi — disse ela, abrindo mais a porta.

— Aqui — engatou ele, sem se dar o trabalho de cumprimentá-la, e estendeu a mão, revelando uma caixinha.

— Hum... o quê...

— Desculpa. São protetores de ouvido. Achei que eles poderiam ajudar... é... — Logan passou a mão na barba, suas bochechas ficando ruborizadas. — São para te ajudar a dormir hoje à noite. Antes do seu grande dia.

Você não está aqui pelos fazendeiros locais, Jeanie lembrou a si mesma, mas a gentileza do presente combinada à entrega meio desajeitada tornava muito difícil lembrar por que não estava ali pelos fazendeiros. Especificamente o bonito e grandão fazendo sombra na sua porta.

— Obrigada! É muita gentileza sua. — Ela pegou a caixinha, se esforçando para ignorar o quanto a mão dele era grande e também a sensação áspera e quente da palma contra seus dedos.

— Eu trouxe uma fechadura nova também. Notei que a da porta dos fundos não funciona direito.

— Você... trouxe uma fechadura nova? Pra mim? Digo... pra minha porta? — Fazia muito tempo que Jeanie não namorava ninguém ou esse era o gesto mais romântico que ela já tinha presenciado?

— É, bem, achei que você não conseguiria dormir se a fechadura estivesse ruim. — Ele mexeu no chaveiro que tirou do bolso de trás. — Não que exista algo com que se preocupar por aqui. Só imaginei...

Sua voz sumiu quando ele notou o sorriso de Jeanie. Um rubor ainda mais intenso se espalhou por seu rosto.

— É perfeita — disse ela. — Obrigada, de coração, quanta gentileza! Eu ficaria agoniada sem conseguir ouvir, mas com uma fechadura nova com certeza vou dormir em paz. Amanhã é um grande dia e preciso estar pronta.

Ele piscou.

— Sim, verdade.

Verdade. Ela estava divagando.

— Eu fico com isso, então. Acho que consigo descobrir como colocar na porta.

— Não precisa. — Logan já estava pegando a caixa de ferramentas do chão. — Eu instalo em uns minutinhos.

— Ah. Certo. Ótimo.

Jeanie deu um passo para trás e o deixou entrar, mas definitivamente não ficou ali parada admirando os antebraços de Logan se retesando enquanto ele parafusava a fechadura na porta dela. Nem sequer cogitou respirar mais fundo para sentir o cheiro de folhas de outono e fogueira preencher ainda mais seus pulmões. Não fez isso porque Logan era apenas um vizinho prestativo, e ela estava ali para começar do zero. Além disso, não era louca.

Mas, quando ele terminou e a reação imediata de Jeanie foi ficar chateada ao vê-lo partir, não pôde deixar de pensar que Hazel estava certa. Seus sentimentos pelo belo fazendeiro iam além do ela havia imaginado.

— Você vem amanhã de manhã? Pra tomar um café? — perguntou.

Claro que é pra tomar um café, Jeanie. Pra que mais ele viria aqui? Não responda, ela se advertiu.

Logan se levantou, colocando a chave de fenda de volta na caixa de ferramentas.

— Não perderia por nada.

O café. Ele estava falando do café.

Mas algo na maneira como ele a olhava, no sorriso de lado que ele abriu... a fez pensar que talvez não fosse apenas pelo café. Então as palavras de Annie vieram à sua mente: quando Logan se apaixonava, ele mergulhava de cabeça; já havia tido o coração partido por causa disso. Jeanie não podia ser responsável pelo coração de alguém, em especial de alguém tão doce quanto Logan. Não quando nem ao menos sabia o que estava fazendo naquela cidade ou que tipo de pessoa era.

— Ótimo — disse ela, um pouco alto e estridente demais enquanto conduzia Logan para a saída. — Vejo você amanhã, então. E obrigada mais uma vez.

Ela fechou a porta atrás do fazendeiro confuso um pouco rápido demais, mas precisava tirá-lo de lá antes que fizesse algo de que se arrependeria depois, como enterrar o rosto na camisa de flanela macia dele e pedir que ficasse.

Logan não era responsável por ajudá-la com toda a bagunça de sua vida. Ela precisava resolver isso antes de sequer pensar em se aproximar daquele homem, especialmente quando a cidade inteira e todos os amigos dele estavam de olho.

CAPÍTULO SEIS

— Para onde está indo tão tarde?

A avó de Logan o havia pegado tentando sair de fininho.

— Estou indo pra cidade, devo voltar só de manhã — disse ele.

— De manhã? — A avó ergueu as sobrancelhas até a linha do cabelo branco e encaracolado. — E o que vai te manter na cidade até de manhã? Já sei, uma amiga nova. Ou amigo. Você sabe que não importa pra mim, desde que esteja feliz, querido.

Ela abriu um sorriso enquanto dava um tapinha no braço do neto e passava por ele em direção à cozinha.

Teria sido mais fácil confessar que ele ia se encontrar com alguém na cidade em vez de explicar que ia ficar de tocaia à espera de um fantasma com a nova dona do Café PS. Inclusive, Logan havia se esforçado o fim de semana inteiro para não pensar nela, uma tarefa que se mostrara bem difícil.

Ele tinha ido à cafeteria no sábado e no domingo, feliz por ter de volta sua dose habitual de café. A visita não teve nenhum outro propósito, como dar uma espiada em Jeanie atrás do balcão, abrindo um sorriso enorme para cada cliente enquanto registrava os pedidos. Ele nem notou o fato de que ela parecia totalmente à vontade, mesmo quando todos os moradores da cidade queriam ouvir sua história de vida todinha e se inteirar do plano de negócios atual para o estabelecimento; também não percebeu que pelo visto todos os suéteres de outono dela abraçavam suas curvas de um jeito que deixava qualquer um desorientado. Ele era apenas um homem que gostava de café.

A reabertura tinha atraído muitos clientes, como era esperado, e assim Jeanie não foi capaz de trocar mais de uma ou duas palavras com ele nos dois dias, mas conseguiu dizer que estava dormindo muito melhor com os protetores de ouvido. O que era bom, porque quanto mais cedo ela voltasse a dormir à noite, mais cedo ele estaria livre da responsabilidade de ajudá-la.

E, é claro, isso era o que ele mais queria.

— Quer jantar antes de ir? Tem um pouco de ensopado na panela elétrica — perguntou a avó, e Logan a esperou virar de costas para fazer uma careta.

Ele amava a avó, mas a comida dela era horrível. A panela elétrica era responsável por arruinar qualquer ingrediente que algum dia nutriu sonhos de virar comida boa.

— Não, obrigado. Já comi.

Ela o analisou enquanto se servia de uma tigela de ensopado. Seu moletom lilás tinha um lobo na frente uivando para a lua, e a calça esportiva fluorescente era o indício de que tinha ido à aula de aeróbica naquele dia. Logan reprimiu um sorriso. A avó tinha mais energia do que a maioria das pessoas de trinta anos que ele conhecia.

— E aí, vai me contar o que vai fazer hoje ou não conta mais nada pra sua avó? — Ela tomou uma colherada de ensopado e fez uma careta, devolvendo a colher à tigela. — Acho que essa receita deu meio errado.

Logan conteve uma risada enquanto a avó pegava um pote de sorvete no freezer.

— Não tenho muito o que contar — disse ele, e se apoiou no batente da porta da cozinha, fazendo a madeira ranger.

A velha casa de fazenda tinha quase cento e cinquenta anos — não havia muitas partes dela que não gemessem e rangessem que nem as juntas de um idoso. Ele gostava disso, havia história naquela casa. Ela estava desgastada como uma calça jeans antiga perfeita.

— Você sabe que eu sou uma avó legal. Noitadas sem compromisso, amizade colorida, ficar com garotas no bar, nada disso me choca. — Ela tomou uma grande colherada de sorvete e sorriu. — Ah, muito melhor.

Logan entrou na cozinha e deu um beijo no rosto dela.

— Eu sei, a senhora é muito legal. É só uma coisa que Pete me obrigou fazer.

— Aquele homem é um doido varrido.

Logan deu risada.

— É mesmo. Vejo a senhora de manhã — respondeu e se virou para ir embora.

O sol já tinha se posto, e ele havia prometido a Jeanie que estaria lá às oito.

— Bem, eu sempre estarei aqui se precisar conversar, minha tortinha de loganberry.

Nunca soube de onde "loganberry" havia saído, mas a avó o chamava assim desde que ele se entendia por gente. A essa altura da vida, ela era a única mãe de quem ele se lembrava; a mãe biológica foi lentamente desaparecendo de suas lembranças. Agora tudo o que ele tinha eram fragmentos: um trecho de uma música que ela cantava, seu perfume de rosas...

Mas a avó sempre esteve ali.

Ele se inclinou e a abraçou, dando um beijo no topo de sua cabeça.

— Se acontecer algo que valha a pena, você será a primeira a saber.

Ela sorriu.

— É tudo o que eu peço.

Assim que saiu, Logan foi recebido pelas únicas fêmeas que de fato conseguia entender. O pequeno bando de galinhas sedosas era seu grande orgulho. Enquanto ia até sua caminhonete, ele jogou para elas um pouco do milho que havia sobrado do jantar, se deleitando com os cacarejos e arrulhos contentes. Com as galinhas, ele sabia lidar. Galinhas faziam sentido. Não fingiam que te amavam até você as pedir em casamento na frente de toda a cidade debaixo da árvore de Natal iluminada e então de repente mudavam de ideia.

Logan sentiu o corpo gelar com a lembrança, depois esquentar. O problema não foi apenas a devastação de perder Lucy e a total confusão diante da resposta dela, mas também a humilhação de passar por aquilo na frente de todas as pessoas que conhecia desde sempre. E os olhares de pena que recebeu de todo mundo depois. Já era bem ruim ter crescido como o órfão da cidade; acrescentar "homem triste e solitário" ao seu currículo foi um verdadeiro chute nas bolas.

Quase um ano havia se passado desde então, e ele ainda não tinha superado. Quer dizer, Lucy ele já tinha superado — os dois nunca fizeram sentido juntos mesmo. Eles se conheceram quando ela estava em uma espécie de "fim de semana das garotas" com as amigas; ela chamou sua atenção no pub do Mac, o que não era difícil, pois era a mulher mais bonita do lugar e a única que ele não conhecia desde criança.

O fim de semana das garotas de Lucy se transformou em um fim de semana quente e agitado entre os dois, e Logan pensou que acabaria por aí. Mas ela continuou voltando para visitá-lo e ele tirou umas férias da fazenda para encontrá-la em Boston. Por um tempo, pensou que talvez pudesse dar certo.

Mas, no final, Lucy queria que Logan fosse alguém que ele não era. Ela achava Dream Harbor divertida para passar umas miniférias, mas não era um lugar onde tinha vontade de ficar. Não gostava daquele estilo de vida e odiava a fazenda — achava-a fedorenta demais, lamacenta demais, velha demais.

Ele deveria ter previsto aquela resposta tão óbvia. Mas ela havia falado que o amava, e o idiota tinha acreditado. Sabia que um pedido discreto não era a abordagem mais adequada para ela. Lucy gostava de tudo o que era extravagante e ousado, exagerado e chamativo. Tudo o que Logan não era. Outro sinal de alerta gigante que ignorou de propósito até que fosse tarde demais.

E então lá foi ele para a frente da árvore gigante no meio da praça, na noite mais importante da cidade. Ele havia planejado tudo com o prefeito Kelly: logo após a contagem regressiva, Logan iria se ajoelhar na frente de todos e faria o pedido.

A lembrança passou pela sua mente em câmera lenta, como em um filme de terror: ele com um joelho no chão, o anel sendo revelado diante dela, a multidão inteira mergulhando em um silêncio terrível. Ele deveria ter percebido o olhar alarmado no rosto de Lucy. Não era a expressão de uma mulher prestes a dizer sim; era a de uma mulher pronta para fugir.

E foi exatamente o que fez. Ele mal teve tempo de dizer "Quer casar comigo?" — logo ela já estava balançando a cabeça e saindo correndo da praça, e Logan ficou ali, encarando a multidão perplexa.

Na manhã seguinte, Lucy pegou o primeiro trem para Back Bay.

Logan sentiu o estômago se revirar ao se lembrar de tudo.

Ótimo, pensou, é bom manter *esse sentimento*. A mesmíssima situação se repetiria caso se envolvesse com Jeanie. A cidade inteira já estava obcecada pela presença dela. Primeiro porque era nova na vizinhança, segundo porque fazia o café que servia de combustível para todo mundo, e terceiro porque era linda como um raio de sol.

Não. Para com isso. Aquele era exatamente o tipo de bobagem que não o deixara ver a realidade da última vez. Jeanie havia acabado de chegar, sem mencionar que não tinha experiência nenhuma em administrar um pequeno negócio e estava acostumada à vida em Boston. Logan não podia se envolver com alguém que já estivesse com um pé na rua. De novo.

Chega de namorar gente com um grande potencial de ir embora a qualquer segundo. Chega de namorar sob os olhares curiosos da cidade. Eram duas regras simples e fáceis de lembrar, até um homem com um histórico de decisões horríveis em relação a mulheres era capaz de segui-las.

Ele parou em frente à velha cerca que mantinha Harry Styles, sua alpaca resgatada, longe da entrada dos carros. Ao menos esse era o objetivo. Logan sempre encontrava o animal peludo em todos os lugares onde não deveria estar, inclusive com a cabeça na janela da cozinha, mastigando a tela.

Ele fez carinho na cabeça de Harry, e o bicho balançou as orelhas em agradecimento. Graças à avó, quem havia escolhido o nome do animal fora o grupo de escoteiras que havia passado para entregar alguns cookies que ela encomendara, mas Logan tinha que admitir: combinava com ele. A alpaca era confiante, tinha todo o jeito de quem era capaz de lotar estádios e ter milhares de fãs gritando seu nome, se quisesse. Mas preferia estar ali, mastigando grama.

Logan o acariciou um pouco mais, deixando suas velhas lembranças irem embora antes de partir rumo à casa de Jeanie. Era uma noite fria, embora fosse apenas o início de outubro, e o vento fazia as folhas secas farfalharem pelos campos. A lua estava cheia e brilhante no céu, com uma ou outra nuvem perdida a encobrindo de vez em quando.

Uma noite tão boa quanto qualquer outra para caçar fantasmas, ele imaginava.

Ele se despediu de Harry e entrou na caminhonete. Disse a si mesmo que era melhor acabar logo com aquela noite absurda, ainda que seu estômago estivesse embrulhado por conta de uma nova emoção que ele se recusava a identificar como euforia pelo fato de que logo veria Jeanie.

CAPÍTULO SETE

Jeanie arrumou os petiscos pela quinta vez desde que os havia colocado na mesa. Talvez tivesse exagerado. Havia três tipos de salgadinho, tortilhas de milho, guacamole, pretzels em vários formatos, um pacote gigante de docinhos daqueles que se compra para dar às crianças no Halloween, Twizzlers (que Jeanie odiava, mas achou que Logan pudesse gostar), cookies fresquinhos da confeitaria de Annie... e uma pizza ainda estava a caminho.

Não restava dúvida: era comida demais. Ela ajeitou a avalanche de pacotes de salgadinhos mais uma vez. A única coisa que sabia sobre ficar de tocaia era que lanchinhos eram obrigatórios. Certo? Parecia certo. Além disso, estava nervosa por passar a noite com Logan, então imaginou que se mantivesse a boca cheia o tempo todo nada muito terrível poderia acontecer. Fazia sentido. Estava tudo sob controle.

O pacote de Twizzlers escorregou da mesa e se espatifou no chão com um barulho.

Sim, *tudinho* sob controle.

Jeanie se jogou em uma das cadeiras estofadas que ficavam perto da janela saliente. Ela havia organizado os petiscos na mesinha daquele canto, imaginando que seria o local mais confortável para ficar de tocaia. O Pumpkin era cheio de mesinhas redondas e cadeiras de madeira, perfeitas para tomar uma xícara de café rapidinho, mas não ideais para passar a noite toda.

Nos três dias anteriores, aquelas mesas tinham estado todas ocupadas por moradores da cidade desde a hora que o lugar abria até a hora de fechar. Foi um fim de semana caótico, movimentado e animador; o Pumpkin funcionava como uma máquina toda direitinha, então Jeanie podia passar bastante tempo cumprimentando as pessoas e conversando com elas. Estava até começando a memorizar alguns dos pedidos frequentes. Ver um cliente pedir "o de sempre, por favor" e saber o que ele queria dava a Jeanie a sensação de ter alcançado o auge da competência como dona de um café. Todos haviam sido muito acolhedores: compartilharam histórias da tia Dot e fizeram um milhão de perguntas sobre Jeanie. Ela quase sentiu que ali era seu lugar, ou que podia vir a ser algum dia, quem sabe.

A melhor parte do fim de semana de inauguração foi que, por estar exausta, ela se jogava na cama no fim do dia e — com a ajuda dos protetores de ouvido de Logan e uma fechadura novinha que a mantinha sã e salva — dormia como um bebê. Não como aqueles bebês que ficam acordando de hora em hora, mas como um bebê que dorme incrivelmente bem.

Ela olhou de novo para a montanha de petiscos. Deveria ter cancelado aquela tocaia ridícula. Estava prestes a fazer isso, e até teria cancelado mesmo, se não tivesse descido as escadas naquela manhã, radiante após uma noite inteira de sono, e ouvido o som outra vez: alguma coisa arranhando a porta dos fundos. Quando Norman entrou alguns minutos depois para ajudá-la a abrir o café, no entanto, disse que não tinha visto nadinha lá atrás.

Também não ajudou em nada quando o bom e velho Norman lhe contou a história daquele prédio e da família que havia morrido ali. Disse que tiveram escarlatina. Ou talvez febre amarela? Enfim, algum tipo de doença colorida levou embora a família inteira.

Ao que tudo indicava, tia Dot tinha entrado em harmonia com eles ao longo dos anos, mas Norman achava que a família não estava muito feliz com a mudança de dona.

Jeanie pegou um cookie e olhou para o relógio de novo. Eram quinze para as oito. Logan devia estar chegando. Ele parecia ser o tipo de pessoa que chega na hora combinada porque valoriza o tempo dos outros; o tipo atencioso o suficiente para trazer protetores de ouvido quando você não consegue dormir, bonito o suficiente para parar o trânsito... coisas assim.

Por que ela não podia sair com ele?

Ah, sim, primeiro tinha que colocar a vida em ordem. Descobrir como viver naquela cidadezinha estranha e se transformar na dona de café exemplar: calma e tranquila, talvez um pouquinho excêntrica. O tipo de pessoa que pinta animais de fazenda roxos no tempo livre. Uma pessoa como a tia Dot. Um espírito livre que apenas vive seu sonho, sempre em busca da felicidade e coisas do tipo. Depois disso poderia sair com o fazendeiro. Talvez. Se as amigas dele deixassem.

Uma batida firme na porta dos fundos a despertou do devaneio. Não era o arranhão assustador de um fantasma morto há gerações, mas a batida sólida do homem sólido que a esperava do outro lado. Jeanie se levantou, correu pelo café até a porta dos fundos e abriu sua fechadura nova e reluzente.

— Desculpa, estou atrasado.

Jeanie olhou para o relógio. Eram 20h02. Ela reprimiu um sorriso.

— Sem problemas. Entra.

Logan assentiu e a seguiu até o cantinho escolhido.

— Achei que poderíamos ficar aqui, já que é mais confortável, mas agora me dei conta de que geralmente ouço barulhos vindo lá de trás, então talvez devêssemos ir pros fundos. Nunca fiquei de tocaia antes, então...

Jeanie parou de divagar, olhou para Logan e o pegou encarando a montanha de petiscos.

— Ah, e achei que poderíamos sentir fome.

Ela observou um sorrisinho de canto surgir no rosto dele.

— Verdade. — Ele passou a mão na barba, ainda encarando toda aquela comida. — Só não sei se alguma vez já senti *tanta* fome assim.

Jeanie teria ficado envergonhada se não tivesse visto o sorrisinho de canto se transformar em um sorriso de verdade. Ela o fizera sorrir. Sorriu para ele de volta.

— Bem, temos a noite toda pela frente. Não fico acordada a noite inteira desde as festas do pijama no ensino fundamental, e sempre tínhamos muita coisa pra beliscar.

— Claro — disse ele, ainda com aquele olhar divertido enquanto rasgava o pacote de Twizzlers e tirava um de dentro. A-há! Ela sabia.

— Quando foi a última vez que você ouviu os barulhos? — perguntou, sentando-se na cadeira ao lado da dela e indo direto ao assunto. Em seguida, arrancou um pedaço de Twizzler com os dentes e mastigou.

— Hoje de manhã. — Ela se sentou também e pegou um pacote de batatinhas de sour cream e cebola. — Você gosta mesmo desse negócio? Sendo bem imparcial, esse é o pior doce que existe.

— Sendo bem imparcial, é? — Ele analisou o alcaçuz vermelho que segurava e deu outra mordida. — Fizeram estudos a respeito?

Jeanie riu.

— Provavelmente. É de conhecimento geral que esse é o pior doce de todos.

Logan a encarou por um minuto — um minuto longo demais —, e as bochechas dela esquentaram. Ele deu outra mordida.

— Uma mulher com convicção. — Ele assentiu, como se estivesse ponderando sobre alguma coisa. — Gosto disso.

Jeanie enfiou um punhado de salgadinho na boca para evitar dizer que gostava da camisa, do rosto e de toda a personalidade dele, apesar de mal conhecê-lo. Em vez disso, apenas concordou com a cabeça enquanto mastigava as batatinhas crocantes.

— E aí, também tem convicção quanto aos fantasmas? — perguntou ele. — Acha mesmo que esse é o problema aqui?

Jeanie deu de ombros.

— Talvez. A meu ver, é uma teoria válida.

Logan arqueou uma sobrancelha como se dissesse "sério?", mas não expressou seus pensamentos em voz alta.

— Além disso, o prefeito e todos os outros pareceram ter certeza de que isso aqui era uma boa ideia. Eu e você, digo… quer dizer, você me ajudar com essa situação.

Ele bufou.

— É. Esta cidade é cheia de ótimas ideias.

Ah, não, era isso o que Jeanie temia. Ele não queria ter se envolvido naquela loucura de ficar de tocaia. Ela devia ter percebido. Depois de tê-lo encurralado durante a reunião de moradores, a cidade inteira basicamente entrou na onda.

— Você não gosta daqui? De Dream Harbor, quer dizer — questionou, evitando a pergunta que de fato queria fazer.

— Eu amo esse lugar. É minha casa.

— Ah. Tive a impressão de que talvez não gostasse daqui.

Logan alisou a barba.

— Você tem irmãos, Jeanie?

Um leve desvio do assunto, mas tudo bem. Eles ficariam ali a noite toda, era bom manter a conversa rolando.

— Tenho um irmão que mora na Califórnia.

Inclusive, ela havia conversado com Bennett pelo telefone uma hora antes, enquanto tentava escolher os petiscos. Foi a má influência dele que a tinha convencido a comprar muito de tudo.

— Certo, então deve conhecer aquela sensação de que ninguém pode falar mal do seu irmão exceto você. Tipo, mesmo que ele te irrite, só você pode dizer que ele é um pé no saco.

Jeanie sorriu.

— Aham, eu entendo.

No terceiro ano do fundamental, ela havia desconvidado duas meninas para sua festa de aniversário por acusarem Ben de destruir o boneco de neve delas. E depois que percebeu que provavelmente tinha sido ele mesmo quem destruíra o boneco, teve que pressionar o irmão até fazê-lo confessar a culpa. Foi uma época muito confusa para ela.

Ele assentiu e mordeu outro Twizzler.

— É assim que eu me sinto em relação a esta cidade.

— Então você a ama apesar de ela te enlouquecer.

— Exatamente.

— E você está aqui contra sua vontade porque o prefeito te obrigou a ajudar a vizinha nova?

Por favor, diga que não. Por favor, diga que não.

Ele balançou a cabeça, franzindo as sobrancelhas escuras.

— Não estou aqui contra minha vontade.

Ufa.

— Tá bem...

Ela não tinha forçado Logan a participar daquela noite insana de caça a fantasmas, mas não conseguia evitar a sensação de que havia algo além, como se ele tivesse alguma outra teoria a respeito do motivo pelo qual todos o queriam ali.

Jeanie esperou, devorando as batatinhas enquanto Logan mastigava lentamente o resto do Twizzler, até que ele enfim olhou para ela.

— Esta cidade, as pessoas daqui... elas podem ser sufocantes às vezes, mas se importam comigo.

Ele deu de ombros como se não fosse grande coisa ter uma cidade inteira se importando você. Jeanie podia contar nos dedos de uma das mãos as pessoas que se importavam com ela.

Engoliu em seco.

— Mas eu não acredito em fantasmas — concluiu ele.

Ela riu.

— O quer que seja, fantasmas ou não, vou ficar feliz se conseguirmos desvendar esse mistério. Mas os protetores de ouvido estão ajudando bastante. E o novo sistema de segurança que você instalou... muito útil.

Jeanie sorriu e observou o rubor se espalhar pelas bochechas dele.

Logan pigarreou.

— Que bom que ajudou. — Ele se ajeitou na cadeira. — Agora me conta mais sobre esses barulhos.

CAPÍTULO OITO

Já passava da meia-noite quando eles resolveram abrir os sacos de dormir.

— Obrigada por ter trazido, eu não sou muito de acampar. Já deve ter dado pra perceber. Imagine como eu ficaria tendo que dormir numa barraca sem fechadura e ouvindo todo tipo de barulho assustador lá fora.

Jeanie sorriu enquanto segurava a borda do saco de dormir e o sacudia. Logan ficou aliviado ao confirmar que só havia umas poucas agulhas de pinheiro lá dentro; fazia muito tempo que não usava aquilo, então ficou contente por ela não ter encontrado uma família de ratos morando lá.

— Mas já acampei com as escoteiras quando era criança, embora minha única motivação fossem os *s'mores*. Quando aprendi que dá pra fazer no micro-ondas, meus dias de acampamento acabaram.

Logan assentiu. Já tinha entendido que a maioria das histórias de Jeanie não exigia resposta, e como ela havia comido metade do seu peso em doces e consumido tantas xícaras de café que ele até tinha perdido a conta, suas histórias foram multiplicando em número e velocidade. Nem dava tempo de responder nada.

— Eu consigo imaginar você acampando — continuou ela, acomodando-se no saco de dormir. — Você é esse tipo de cara.

Ele se sentou de frente para ela no próprio saco de dormir.

— Que tipo de cara? — perguntou, tão curioso para saber a resposta que não se conteve.

Jeanie inclinou a cabeça e o analisou, o cabelo preto e grosso caindo por cima do ombro.

— Você sabe...

Ele fez que não com a cabeça. A questão era um absoluto mistério para Logan, mas agora ele estava tão desesperado para descobrir que chegava a ser constrangedor.

Ela suspirou alto, como se ele estivesse dificultando as coisas.

— O tipo rústico... que gosta de natureza, usa camisa de flanela.

— Tipo que usa camisa de flanela?

— Pois é. — Ela gesticulou para Logan, que estava vestindo exatamente isso. — Você tem uma vibe muito forte de barbudo com camisa de flanela.

Logan franziu a testa. Era ruim ser barbudo? Ele passou a mão no rosto, meio sem jeito. Será que Jeanie não gostava de camisas de flanela? Elas eram tão quentinhas e aconchegantes.

— Não me entenda mal — disse ela, inclinando-se na direção dele. — Esse visual fica muito bem em você.

Ah. *Ah... ficava bem nele.*

Sob a luz amarelada do café, Jeanie foi corando. Ela suspirou alto de novo e colocou o cabelo atrás da orelha.

— Só quero dizer que flanela é um tecido bem prático pra quem tem uma profissão como a sua, e a barba combina com você. E tenho certeza de que você é muito bom em acampar.

Prático. Beleza. Ele era assim mesmo. Resistente como um equipamento agrícola confiável.

Você é um cara muito bom, Logan. A lembrança da despedida de Lucy ecoou em sua mente. *Você construiu uma vida boa e confortável aqui, mas eu não consigo viver desse jeito. Não posso ficar nessa cidadezinha pra sempre. Preciso de mais do que isso.*

Ele deixou a barba crescer depois que ela foi embora. Lucy odiava barba.

— Vou buscar alguns travesseiros pra gente. — Jeanie se levantou num pulo e subiu as escadas dos fundos até o apartamento.

Droga. Ele provavelmente tinha fechado a cara, e toda a raiva que sentia de Lucy havia sido direcionada sem querer para Jeanie. Ele deu uma olhada no relógio. Era 1h07 da manhã e nada de sons estranhos, nenhum frio fantasmagórico invadindo o ambiente, nada fora do normal acontecendo. Que situação absurda.

Logan tirou as botas com os pés, se esticou no saco de dormir e colocou as mãos atrás da cabeça. Naquele momento, tinha certeza de que os ruídos não passavam de uma consequência do nervosismo de Jeanie por estar em um lugar novo, o que era totalmente compreensível; em algum momento, no entanto, ela ia ter que superar o medo.

Talvez fosse a voz da avó em sua cabeça dizendo que em hipótese alguma ele deveria dizer a Jeanie para "superar o medo", mas nem ele era tão burro a ponto de dizer isso em voz alta. Decidiu que lhe faria companhia até ela se sentir melhor. E nada de agir como um babaca. Mesmo quando os comentários inofensivos dela trouxessem à tona velhas inseguranças.

As escadas rangeram quando Jeanie desceu, e, antes que Logan pudesse se levantar para ajudá-la, ela estava de pé ao lado dele com um monte de travesseiros.

— Toma, pra você — disse e jogou um travesseiro no rosto dele.

Ele o pegou e enfiou atrás da cabeça.

— Nossa, valeu.

Jeanie riu e jogou os travesseiros restantes em seu saco de dormir. Logan ficou encarando o teto enquanto ela se acomodava, de repente se dando conta de como era íntimo estar deitado ao lado de alguém no meio da noite. Ainda que a situação parasse por aí.

Os dois haviam apagado as luzes principais do café, e o ambiente ficou iluminado apenas pelo brilho suave das lâmpadas noturnas atrás do balcão. O luar entrava pela grande janela da frente, e as árvores do lado de fora projetavam sombras no teto. O lugar tinha cheiro de café e doces.

— Ei, não podemos ficar muito confortáveis — disse ela —, senão vamos acabar pegando no sono e perdendo a oportunidade.

— Aham, não é o que a gente quer — murmurou Logan enquanto se permitia relaxar no travesseiro. Tinha o cheiro de Jeanie, o perfume do xampu que ela usava, e ele resistiu à vontade de enterrar o rosto ali e respirar fundo.

O saco de dormir de Jeanie fez barulho quando ela se virou para encará-lo. Logan continuou de barriga para cima — se sentia mais seguro encarando o teto do que aqueles olhos castanho-escuros.

— Eu sei que você me acha louca.

— Não acho.

Jeanie soltou um *pff* como se não acreditasse, e sua respiração chegou ao rosto dele. Logan fechou os olhos e aproveitou a sensação; tão suave, tão quente.

— Eu tenho consciência de que toda essa situação é uma grande loucura. Só queria que tudo estivesse... perfeito aqui, para esta nova... empreitada. E não consigo me livrar da impressão de que tem algo errado, como se alguma coisa estivesse tentando se livrar de mim.

Logan se virou para Jeanie. Ela estava tão perto que ele conseguiu ouvir sua respiração falhar. A necessidade de fazê-la feliz veio à tona antes que ele pudesse evitar, aquele mesmo instinto maldito que sempre o fazia sair magoado.

— Você tá indo muito bem — comentou.

Ela arregalou os olhos como se não estivesse esperando aquilo, um olhar que o chateou também. Jeanie não estava acostumada a ouvir que estava fazendo um bom trabalho?

— Eu idealizei demais a vida aqui, a administração do café da minha tia.

— E?

Ela afundou mais em sua pilha de travesseiros com aqueles olhos grandes e escuros.

— E está sendo diferente do que eu pensava.

Pronto, era aquilo. A razão pela qual ele precisava ficar longe daquela mulher. Ela esperava que Dream Harbor fosse algo que não era, e esperaria o mesmo dele.

— Você ainda precisa se estabelecer, vai ficar tudo bem.

A voz saiu mais seca do que ele pretendia, mas as palavras o lembraram do motivo pelo qual ele não deveria estar com ela naquele café escuro, cheirando seu travesseiro, desejando que ela estivesse mais perto. Era como uma reprise daquele primeiro fim de semana com Lucy, quando pensou que poderia convencê-la a se apaixonar por Dream Harbor. E por ele.

Pelo menos os dois ainda estavam vestidos dessa vez.

Ele ouviu o ruído do cabelo de Jeanie contra o travesseiro enquanto ela assentia, mas não sentiu firmeza.

— Meu chefe morreu na própria mesa. E eu o encontrei — ela deixou escapar.

— O quê? — Os sentimentos de Logan por ela mudaram violentamente outra vez, e a linha que surgiu entre as sobrancelhas de Jeanie quase o matou. — Que merda, Jeanie, deve ter sido horrível.

Não era de se espantar que ela estivesse tão perturbada. Encontrar o chefe morto? Ela não estava ali só para uma mudancinha de ares, estava fugindo em pânico.

— Foi mesmo. — Lágrimas se acumularam em seus olhos. — Foi horrível.

A voz dela saiu tão baixa, tão dolorida. *Droga, droga, droga.* Ele não conseguia lidar com mulheres chorando. Seu instinto implorava para que ele consertasse o que estava quebrado, resolvesse a situação toda.

Logan pigarreou.

— O que você fazia lá? No seu antigo emprego.

— Era assistente administrativa do CEO.

— Uau. Impressionante.

— Na verdade, não. — A ligeira mudança de assunto impediu que as lágrimas caíssem. *Graças a Deus.* — Eu basicamente corria de um lado pro outro garantindo que tudo estivesse como deveria. Marcava reuniões, preenchia papelada, buscava café, coisas assim. Mas isso acabou tomando minha vida inteira, o que nunca esteve nos planos.

Ela respirou fundo e rolou, deitando de costas, então Logan fez o mesmo. Estava mais uma vez a salvo de seu olhar intenso.

— Eu me formei em administração, mas nunca soube o que queria fazer com o diploma. Parecia uma aposta segura, como se eu fosse descobrir depois.

— Onde você estudou? — perguntou Logan. Continuaria fazendo perguntas para sempre se isso a impedisse de chorar pelo chefe morto.

— Universidade de Boston.

— Vai, Terriers!

Ela soltou uma risadinha.

— Não existe mascote mais feroz.

— Ei, eles podem ser bem agressivos quando alguém provoca.

Ela riu de novo, e Logan deixou o som atingi-lo. Caramba, que risada boa ela tinha! Era do tipo genuíno, que explode e se manifesta em uma centelha de alegria, tão agradável que ele sentia vontade de engarrafá-la, levá-la para casa, ouvi-la quando estivesse se arrependendo de toda aquela maldita noite e do que quer que viesse depois para arruiná-lo outra vez.

— Enfim, aceitei um emprego de assistente e acho que era boa nisso, porque, no fim, acabei trabalhando com os cargos mais altos da empresa. Só que nunca esteve nos planos fazer aquilo por sete anos.

Tanto Jeanie como Logan estavam com uma das mãos no espaço entre os dois sacos de dormir. Ele encostou de leve seu mindinho no dela com a intenção de incentivá-la a continuar falando, mas o toque suave causou arrepios em seu corpo inteiro. Estava tarde, a cidade estava silenciosa e a única iluminação vinha das luzes fracas e amareladas atrás do balcão. Eles estavam sozinhos em sua bolha, cercados pelo aroma de café e abastecidos de açúcar. Logan estava gostando um pouco demais de estar ali. Momentos como aquele, noites como aquela, não duravam; uma hora ou outra, a realidade vinha à tona e tudo o que sobrava eram duas pessoas com vidas incompatíveis.

— Até que, um dia, entrei no escritório levando o latte do Marvin, como sempre fazia de manhã, e lá estava ele. Era comum que ele passasse a noite toda na empresa, então ninguém foi ver se ele estava bem. Ninguém sequer ficou preocupado. Ele morreu completamente sozinho.

Jeanie fungou. Logan segurou sua mão, e os dedos deles se entrelaçaram. A mão dela era quente, macia, pequena. Perfeita.

— Obrigada. — Ela fungou outra vez. — Foi quando percebi que aquilo poderia acontecer comigo. Eu tinha deixado meu trabalho se tornar minha vida. Meu chefe trabalhava o tempo todo, então eu fazia a mesma coisa. Eu não tinha mais amigos, só via minha família algumas vezes por ano... Parei até de visitar a tia Dot, sendo que era rápido vir vê-la de carro!

— É normal ficar ocupada demais às vezes.

— Eu peguei uma gripe há dois anos.

Logan estava ficando confuso em meio às reviravoltas da conversa.

— Uma gripe é bem diferente de um ataque cardíaco.

— Eu sei, mas fiquei mal de verdade. Foram vários dias de febre alta, vômito, o pacote completo. — Ela começou a fungar de novo, a voz já soando embargada, e Logan deu outro aperto reconfortante em sua mão. — Ninguém foi ver se eu estava bem, não tinha *ninguém* pra ver se eu estava bem. Eu vomitei no tapete da minha sala e só consegui limpar três dias depois, tive que jogar o negócio fora!

Jeanie começou a se derramar em lágrimas, chorando de soluçar, e aqueles soluços tristes reviravam as entranhas de Logan com tanta força que ele mal conseguia respirar.

— Ei, ei, não chora. Por favor. Vai ficar tudo bem.

Ele soltou a mão dela e passou um braço ao seu redor, puxando-a para si. Jeanie imediatamente enterrou o rosto no peito dele, e Logan sentiu as lágrimas quentes e molhadas atravessarem sua camisa.

— Shhh... tá tudo bem agora. — Ele esfregou as costas dela em círculos, devagar, cada átomo seu desejando fazê-la parar de chorar, desejando garantir que ela nunca mais se sentisse daquele jeito. — Eu prometo: da próxima vez que você vomitar, pode me chamar, tá? Eu limpo tudo, estou acostumado a lidar com todo tipo de emergência nojenta de fazenda, é minha rotina. Você não viu nada até uma alpaca cuspir no seu rosto.

A risada de Jeanie foi abafada pela camisa.

— Esta camisa é muito bonita — elogiou ela. — Eu disse que usar flanela era uma coisa boa.

Ele riu, trazendo-a para mais perto, ignorando todos as sirenes indicando que aquilo tudo estava confortável demais, parecia certo demais. Ela havia basicamente confessado que só tinha se mudado para lá por conta do sofrimento, do choque e do trauma de ter encontrado o chefe morto no próprio escritório. Quando estivesse se sentindo melhor, o que a manteria ali? Era apenas uma questão de tempo até ela perceber que a vida naquela cidadezinha não era para ela. Assim como Lucy.

— Desculpa por isso — disse ela, afastando o rosto do peito de Logan. — Acho que o pico de açúcar já tá passando.

— É, pode ser.

Algumas mechas do cabelo de Jeanie haviam grudado em seu rosto por causa das lágrimas. Logan as afastou e as colocou atrás das orelhas dela, acariciando sua bochecha com os nós dos dedos. Ela fechou os olhos, os cílios úmidos grudados em pináculos negros. Seu nariz estava rosado de tanto chorar e seu corpo, muito quente junto ao dele; ela se encaixava perfeitamente ao lado de Logan, como uma peça de quebra-cabeça, e, apesar de todos os motivos para evitar fazer isso, parecia natural — até óbvio — que ele chegasse mais perto e a beijasse, como se os dois já tivessem feito aquilo um milhão de vezes antes.

Mas antes que ele fizesse algo que não poderia ser desfeito, Jeanie arregalou os olhos.

— Você ouviu isso? — perguntou, sussurrando para não espantar o suposto fantasma.

Logan tentou ouvir, se esforçando para ignorar as batidas aceleradas de seu coração, ainda em choque diante do que quase havia feito, do que ainda queria fazer.

— Eu não...

E então ele ouviu. O som nítido de arranhões seguido por um ruído estridente vindo do beco.

Talvez eles tivessem mesmo encontrado um fantasma, afinal.

CAPÍTULO NOVE

Ufa. Foi por pouco. Jeanie seguiu Logan na ponta dos pés até a porta dos fundos para investigar o que estava acontecendo, grata ao fantasma por ter interrompido o que sem dúvida seria um erro. Logan estava prestes a beijá-la; ela estava prestes a permitir. E depois, como seria?

Sua imaginação, muito prestativa, logo preencheu o "e depois?" com uma sequência de slides pornográficos. Ela balançou a cabeça para se livrar das coisas totalmente inapropriadas que queria fazer com o fazendeiro rabugento no chão do café. Não era hora para aquilo, havia um espírito enfurecido na porta dos fundos.

— O que a gente faz? — sussurrou, quase batendo nas costas de Logan quando ele parou de repente.

Os arranhões cessaram, depois voltaram; eram como unhas raspando a madeira. Ai, meu Deus, ai, meu Deus, ai, meu Deus. Será que havia mesmo um fantasma enfurecido na porta dos fundos? POR QUE TIA DOT NÃO DISSE QUE O LUGAR ERA MAL-
-ASSOMBRADO?! Ela precisava ligar para a tia mais tarde e ter uma conversa muito séria com ela.

Um grito sobrenatural ecoou de trás da porta, e Jeanie enterrou o rosto nas costas de Logan, sentindo a maciez absurda da camisa de flanela.

— Não me lembro de ter escutado esse uivo da última vez. Você acha que eu os irritei ainda mais? — perguntou, a voz abafada pelo tecido.

— Não, não acho.

Ela sentiu a vibração da voz dele em seu rosto e quase riu, boba com a sensação, mas lembrou que estava assustada e continuou se encolhendo. Lá ia seu novo estilo de vida tranquilo. A personalidade

descontraída de cidade pequena tinha ido com Deus, e ela teria sorte se não morresse de um ataque cardíaco naquele exato momento.
Ai, que vergonha.
Ela ouviu o som metálico quando Logan tirou a corrente da porta.
— Não abre! — gritou da região musculosa entre as escápulas dele. — Ainda não sabemos o que fazer! Precisamos de um plano, um plano pra mandar embora esses fantasmas. Ai, meu Deus, era pra termos discutido isso em vez de eu ficar choramingando sobre os meus problemas — lamentou, ainda das costas de Logan.
Algo passou pela perna de Jeanie.
— Ah!!!
Ela quase escalou o corpo de Logan (não era a pior ideia que já tinha passado pela sua cabeça), mas se deu conta de que a porta estava escancarada e havia um gato todo branco se esfregando entre as pernas dos dois.
— Olha aí seu fantasma.
Jeanie deu um passo para trás.
— Calma. O quê? — Ela olhou para o gato e o gato olhou de volta.
— É... é um gato.
Logan riu.
— É um gato.
O rosto de Jeanie ficou vermelho e ela cobriu os olhos com as mãos.
— Eu sou a maior idiota do mundo — resmungou, incapaz de encarar o homem que havia arrastado até lá para ajudá-la.
O fantasma era só um gato! Seria melhor ter descoberto um fantasma enfurecido que planejava roubar sua alma — pelo menos assim aquela preocupação toda estaria justificada.
— Sinto muito por ter te envolvido nisso — disse ela por trás das mãos.
— Jeanie...
— Não, não, não. Não precisa ser legal diante dessa situação ridícula. Primeiro eu quase te dou uma pancada na cabeça, depois te obrigo a me levar naquela reunião de moradores maluca, depois... ai, meu Deus, eu envolvi até o prefeito nessa história!

Logan afastou as mãos dela do rosto.

— Ei. Para com isso.

Jeanie mordeu o lábio inferior para evitar divagar ainda mais.

— A única pessoa que me obriga a fazer alguma coisa é minha avó, e só porque ela me atura desde que eu tinha cinco anos de idade. Entendido?

Jeanie assentiu.

— Eu me sinto tão idiota — comentou. — É só um gato.

O gato em questão soltou um miado melancólico aos pés dela. Ambos olharam para baixo e perceberam ao mesmo tempo que Logan ainda estava segurando os punhos de Jeanie. Ele os soltou rápido demais, como se estivessem pegando fogo, e deu um passo para trás, quase batendo as costas na parede.

— É melhor dar alguma coisa pra esse carinha comer. Tem ração de gato na caminhonete.

Logan saiu antes que Jeanie pudesse perguntar por que ele deixava ração de gato na caminhonete ou o que ela deveria fazer com o gato enquanto ele estava fora. Ela olhou para a bola de pelos branca e desgrenhada.

— Você meio que queimou meu filme, sabia?

O gato a encarou com os olhos turquesa arregalados. Aquele olhar intenso era assustador, o bicho parecia capaz de enxergar a alma dela. Talvez o gato fosse um fantasma?! Ou talvez Jeanie precisasse parar de comer doce e ir pra cama antes que perdesse totalmente a sanidade.

— Você não deveria piscar mais vezes? — perguntou ao seu novo gato-fantasma.

Recebeu mais um olhar penetrante como resposta, depois o gato se levantou e passou por entre suas pernas. Beleza, e agora? Jeanie nunca tivera um animal de estimação, nunca teve tempo para isso. Quando criança, era proibida de ter qualquer bichinho com pelos ou penas por causa da alergia da mãe, então, exceto por alguns peixinhos dourados de vida curta, nunca havia cuidado de outro ser vivo.

A menos que Marvin contasse, e Jeanie achava que deveria, embora o fim da história tivesse sido péssimo.

Ela olhou para o gato outra vez, de repente convencida de que acabaria matando o bicho se Logan não voltasse logo com a ração. E então o bichano começou a ronronar, a vibração suave reverberando pela perna de Jeanie. Ok, a sensação até que era boa.

Ela se abaixou e acariciou a testa da ferinha, que passou a ronronar mais alto.

— Isso significa que somos amigos agora?

— Com certeza é um bom sinal. — A voz divertida de Logan soou da porta.

Jeanie sorriu para ele.

— Estamos nos conhecendo.

Logan fez que sim com a cabeça, ou seja, ele havia escutado e entendido, mas não tinha nada a acrescentar à conversa, algo que Jeanie, por sua vez, nunca havia experimentado. Ela sempre tinha algo a acrescentar. Talvez devesse tentar assentir com mais frequência.

Logan passou por ela e pelo gato e vasculhou as gavetas do outro lado do balcão. Encontrou o abridor de latas e, assim que a lata foi aberta, o novo amigo de Jeanie de repente perdeu o interesse no carinho; foi direto para o prato de comida que Logan tinha colocado no chão.

— Morrendo de fome. Sem coleira. Não deve ter dono — disse ele, encostado no balcão com os braços cruzados sobre o peito largo.

— Você sempre tem ração de gato na sua caminhonete?

— Claro.

— Claro...

Logan passou a mão na barba, ainda encarando o gato.

— A gente nunca sabe quando vai precisar.

— Entendi — concordou Jeanie, reprimindo um sorriso. Aquele homem era cheio de surpresas. — Você tem muitos gatos na fazenda?

— Alguns gatos de celeiro.

— E o que mais?

Ele abriu aquele sorrisinho de canto de boca.

— Dois bodes, uma alpaca e meia dúzia de galinhas.

— Eu achei que fosse uma fazenda de produtos agrícolas.

— São animais resgatados, não estão lá pra trabalhar. Bem, exceto pelas galinhas, elas botam um ou outro ovo quando estão a fim.

Sério? Ele resgatava animais também? Aquele cara escondia muita coisa atrás da barba e da carranca. Isso a fez questionar os próprios instintos, considerando que a princípio havia achado que ele era um assassino.

O gato terminou de comer e Logan se agachou para fazer carinho. Ele ainda estava de meias, com as mangas da camisa dobradas, o cabelo bagunçado por ter ficado deitado, e falando manso com o gato enquanto passava a mão em sua cabecinha. A cena toda era tão doméstica, tão íntima, que Jeanie foi obrigada a olhar para o outro lado. Era assim que tudo seria caso ele passasse a noite lá, caso os dois acordassem juntos e descessem para tomar uma xícara de café antes do dia começar. Naquele momento, Jeanie desejou tanto aquela vida que chegou a perder o fôlego, e a fantasia tomou conta dela tão depressa que não deu tempo de interrompê-la. Era isso que estava perdendo aquele tempo todo? Momentos suaves e tranquilos nas primeiras horas da manhã?

Ela queria se agarrar àquela sensação, mas não sabia como, nunca tinha feito isso antes. Sua vida era apressada, barulhenta, e ela havia mergulhado de cabeça naquilo sem nem pensar direito no assunto. As coisas foram acontecendo e pronto. Nos sete anos anteriores, conseguira evitar refletir sobre o que de fato queria, e agora seu único desejo era que o homem diante dela, fazendo carinho no gato, a abraçasse com firmeza como tinha feito pouco antes.

Ele quase a beijou. Jeanie ficou vermelha ao lembrar. Ele quase a beijou, e ela queria aquele beijo. Talvez ele tentasse de novo...

— Posso te passar o número de uma veterinária que eu conheço — disse ele, interrompendo os devaneios dela.

Oi? Veterinária para o gato. O novo gato dela. Beleza. Logan não estava pensando em beijá-la, estava tentando ajudá-la com o animal de rua que a atormentava desde sua chegada na cidade.

Ela pigarreou, mas sua voz ainda saiu meio rouca.

— Seria ótimo, obrigada.

Logan se levantou e passou a mão pelo cabelo bagunçado. O gato olhou para ele, claramente já sentindo falta de seu toque.

Eu te entendo, gato. Eu te entendo.

— Acho que resolvemos o caso — anunciou ele.

Jeanie fez uma varredura desesperada em sua mente tentando encontrar algum outro motivo para fazê-lo ficar, algum outro motivo para voltar ao conforto de seu abraço, mas não conseguiu pensar em nada. E Logan parecia exausto.

O que ela ia fazer? Mantê-lo como refém? *Talvez.*

Não, a Nova Jeanie que planejava ser jamais faria isso.

— Sim, resolvemos. Obrigada pela ajuda. Acho que o prefeito Kelly estava certo, no fim das contas.

Logan revirou os olhos.

— Não incentive o cara.

Ele se virou e pegou o bloco de notas que ela deixava ao lado do caixa. Estava repleto de anotações indicando quem era quem e quem gostava de quê. As margens estavam cheias de corações, espirais e flores, rabiscos que ela fazia quando o movimento diminuía, embora fosse raro acontecer.

Jeanie observou enquanto Logan passava os olhos pela folha. Um sorriso discreto surgiu no rosto dele antes de virar a página e escrever o nome e o número da veterinária.

— Ela é a melhor, vai te dar todas as instruções necessárias. — Então, ele acrescentou o próprio número de celular na parte inferior da página. — Só para o caso de alguém vomitar — comentou.

Em seguida, foi andando até o pequeno ninho no chão. Jogou os travesseiros na cadeira mais próxima e se ajoelhou para guardar os sacos de dormir.

Jeanie ficou encostada no balcão, incapaz de se mexer para ajudá--lo. Era como se seu corpo estivesse em greve contra qualquer coisa que acelerasse a partida dele.

— Mais uma vez, obrigada. Fico muito agradecida... pela coisa toda. Sua ajuda, sua gentileza e tudo o mais.

Ele a olhou por cima do ombro e parou de enrolar o saco de dormir.

— Acho que talvez você não esteja acostumada a ser bem-tratada, Jeanie.

Aquelas palavras a atingiram com força. Uau.

Será que era verdade? Ela havia se acostumado a ser maltratada, a se aproveitarem dela? A natureza de seu trabalho era garantir que Marvin tivesse tudo de que precisava para desempenhar bem suas funções, mas quem garantia que ela tivesse tudo de que precisava?

Jeanie não tinha ninguém em quem se apoiar fazia tanto tempo... e mesmo que houvesse alguém com quem pudesse contar, era tudo tão acelerado que mal dava tempo de buscar apoio. Pensando sobre os sete anos anteriores, percebeu que sua vida era limitada a um borrão de noites em claro no escritório e corridas de manhã para buscar café. Seus últimos relacionamentos tinham durado pouco, eram cada vez mais espaçados, cada vez mais raros; seus colegas de trabalho eram mais conhecidos do que amigos — ela não se sentiu confortável de ligar para nenhum deles quando não conseguia sequer limpar o próprio vômito. Sua mãe provavelmente teria dirigido as nove horas de Buffalo até Boston para ajudá-la, mas isso era loucura, e Jeanie jamais teria coragem de lhe pedir algo assim.

De alguma maneira, no frenesi dos anos anteriores, Jeanie nem teve tempo de perceber que estava solitária.

Logan voltou a enrolar os sacos de dormir com movimentos precisos e eficientes. Ele não perdeu tempo: calçou as botas novamente e pegou o casaco no encosto da cadeira.

Ela ligaria para ele se vomitasse e estivesse fraca demais para se mexer, e ele apareceria. Jeanie já sabia disso, mas estava em dúvida se a perspectiva lhe trazia conforto ou medo. Logan era gentil, firme, atencioso. Era nítido o que ele tinha a lhe oferecer.

Mas o que ela poderia oferecer em troca? Uma pilha de inseguranças em relação ao café, uma ansiedadezinha ao pensar que talvez não devesse ter se mudado para lá, muita falação e pouca escuta, além da tendência a imaginar o pior cenário para todas as situações.

Não era uma lista tão boa.

E essa também não era mais quem ela queria ser.

Então o plano Nova Jeanie tinha um novo objetivo, um último patamar no qual ela conquistaria o fazendeiro bonitão.

Seu novo gato miou alto a seus pés. Ela ainda não havia chegado lá. Primeiro precisava dormir um pouco, depois descobrir como ser dona de um gato, e todo o resto se encaixaria em seguida.

— Eu vou indo.

Enquanto ela sonhava acordada, Logan já tinha limpado a bagunça de salgadinhos e enchido uma tigela de água para o gato. Droga. Não era um bom começo.

— Tá, tudo bem. Obrigada de novo. E te vejo em breve — disse Jeanie.

Ela estremeceu. Uma única frase de despedida teria sido suficiente.

— Durma um pouco — respondeu Logan em voz baixa ao passar por ela a caminho da porta dos fundos.

Jeanie assentiu. Era bem mais seguro assentir do que dizer o que estava pensando; e ela estava pensando que dormiria muito melhor se ele ficasse.

CAPÍTULO DEZ

— Tenho uma nova teoria.

Annie entrou cheia de energia pela porta da frente, acompanhada pelo vento frio de outubro. Jeanie a conhecia há menos de uma semana, mas a mulher sempre parecia estar no meio de uma conversa que ela não fazia ideia de que estava acontecendo.

Jeanie gostava disso. Era uma coisa de amigas.

Era fim de tarde, então o café estava bem vazio. Jeanie havia insistido que ficaria bem sozinha, e Norman tinha saído mais cedo para levar a sobrinha ao zoológico. Ou o sobrinho ao aquário? Ela não prestou muita atenção porque a maior parte de sua energia mental estava sendo dedicada a pensar em Logan, suas camisas de flanela macias, seus braços fortes e suas habilidades secretas como encantador de gatos.

— Uma nova teoria sobre o quê? — perguntou Jeanie de trás do balcão, onde estava sentada.

Ela usava uma banqueta quando o lugar estava vazio, embora Norman tivesse reclamado bastante. *Os clientes não querem ver você sentada*, disse ele. Ela argumentou que os clientes queriam café, não se importavam se ela ficasse de ponta-cabeça desde que os servisse. Ele não tocou mais no assunto.

— Uma nova teoria sobre seu fantasma — disse Annie.

De um lado do balcão de madeira entre elas ficava o caixa, onde eram feitos os pedidos, e do outro havia bancos para os clientes se sentarem. Annie puxou um deles e suspirou alto enquanto se acomodava. A confeitaria fechava às três, então seu expediente já havia acabado.

— Ah, sim. Então... esse problema tá resolvido.

— Como assim, resolvido? Já?

Jeanie deslizou o chai latte de Annie pelo balcão e ela o agarrou, parando um momento para sentir o aroma de especiarias antes de continuar com as perguntas.

— Fantasmas podem ser complicados de lidar. Tem certeza de que ele foi embora?

— Acontece que não era um fantasma.

Annie franziu a testa, encarando sua caneca.

— Logan te convenceu disso? Ele é o maior cético do mundo, Jeanie, só acredita nas coisas que pode tocar com as próprias mãos.

— Ele fez carinho no gato que apareceu ontem à noite com as próprias mãos, então acho que não temos mais um problema.

— Um gato? Mentira.

Como se ouvindo uma deixa, o gato que Jeanie habilmente batizou de Gasparzinho entrou no café. Ele foi até o quadrado iluminado pelo sol que entrava pela grande janela da frente, se sentou, levantou uma perna e começou a se lamber.

Se Norman estivesse lá, teria tido um ataque; ele não estava nada satisfeito com o novo membro da família Café Pumpkin Spice. Mas Jeanie já o tinha levado à veterinária naquela manhã, dado as vacinas, comprado uma caixa de areia e um pacote gigante da ração para gato recomendada por ela. O bichano estava lá pra ficar.

Annie olhou para Gasparzinho e depois para Jeanie; era nítida a desconfiança em seu rosto redondo.

— É verdade. Eu estava aqui ontem à noite com Logan e ouvimos um arranhão na porta dos fundos. Era o gato. Deve ter sido isso que tenho ouvido desde que me mudei pra cá.

Jeanie sentiu o rosto esquentar quando mencionou Logan e o fato de ter passado a noite toda com ele no café, pois o comentário trouxe consigo a sensação dos dedos dele acariciando sua bochecha ao afastar seu cabelo do rosto.

Annie arqueou uma sobrancelha.

— Hum.

Ah, não. As fantasias dela com o fazendeiro estavam nítidas em seu rosto. Nunca tivera esse problema no emprego anterior, ninguém em sua antiga vida despertava esses sentimentos nela. Jeanie nunca tinha sentido vontade de enterrar o rosto na camisa de nenhum colega de trabalho. Era a magia da flanela.

— Bem, se mais alguma coisa estranha acontecer, me avise, porque acho que o Mac tá aprontando uma.

Foi a vez de Jeanie arquear uma sobrancelha, desconfiada.

— Você acha que o Mac está assombrando meu café?

— Não assombrando. — Annie fez um gesto no ar, quase derrubando a caneca, e Jeanie a deslizou para fora do caminho. — Acho que ele tá tentando te assustar.

— Por que ele faria isso?

Jeanie mal conhecia o homem. A dona de um café e o dono de um pub trabalhavam em turnos quase opostos. Não havia qualquer outra interação entre ela e Mac Sullivan além de um "olá" por educação quando ela estava fechando a loja e ele, abrindo o bar.

— Ele quer seu espaço, quer expandir o pub desde que o comprou no ano passado. Ouvi dizer que ele fez uma oferta pra Dot pelo café, mas ela recusou.

— Mesmo assim. Só porque ele quis comprar o café em algum momento não significa que vai tentar me expulsar daqui.

— Você não o conhece como eu, Jeanie. Só tome cuidado — acrescentou Annie num tom ameaçador antes de tomar um gole do latte que Jeanie havia empurrado de volta para ela.

— Pode deixar.

O sino na porta do Pumpkin tocou e uma nova leva de brisa fresca invadiu a loja. Folhas secas rodopiaram em seu rastro.

— Ai, que amor! — Hazel se abaixou para esfregar a barriga de Gasparzinho, e o gato ronronou de alegria. — De onde ele veio?

— É o fantasma da Jeanie.

— Sério? — Hazel arregalou os olhos para elas. — Era esse carinha que estava fazendo tanto barulho?

— Parece que sim — respondeu Annie, ainda não muito convencida. — Jeanie e Logan ficaram aqui a noite toda e o gato apareceu.

— Ah, é? — Hazel foi até o balcão. — E como foi?

— Bom. Tranquilo. Uma tocaia fantasma normal, sabe?

Jeanie se virou e começou a limpar a máquina de cappuccino com um senso repentino de urgência. Afinal, era quase hora de fechar. Hora de fazer a limpeza geral, não de ficar constrangida com o olhar de Hazel (quase tão perturbador quanto o de Gasparzinho).

— Uma tocaia fantasma normal, então? Ah... legal.

Jeanie ignorou os olhares que Annie e Hazel estavam trocando. Em vez de dar atenção a elas, fez para Hazel o pumpkin spice latte de sempre.

— É. Muito legal — repetiu Jeanie, colocando a bebida de Hazel no balcão. — E agora tá tudo resolvido, os barulhos eram o gato.

Ela deu de ombros. Nada de mais. Caso encerrado. Não havia mais nenhuma razão para Logan chegar com presentinhos fofos, tipo os protetores de ouvido, nenhum motivo para ficar com ela durante a noite. Nadinha de nada...

— Bem, eu só vim para te avisar sobre amanhã — disse Hazel, tirando as luvas e as colocando no balcão.

— Ai, meu Deus... — murmurou Annie.

— Avisar sobre o quê? — perguntou Jeanie, sentando-se no banquinho novamente.

Na noite anterior, achou que conseguiria dormir algumas horas depois que Logan foi embora, mas, apesar da ausência de um fantasma, de ter os novos protetores de ouvido e uma fechadura resistente, estava agitada demais para cair no sono. Então, depois de passar o dia inteiro administrando o café e de usar o intervalo do almoço para ir a uma consulta veterinária e comprar os suprimentos de seu novo pet, Jeanie estava exausta. De novo. Até aquele momento, a vida de cidade pequena estava acabando com ela.

— Quarta-feira é dia do clube do livro.

— Ok...

— O pessoal se encontra na livraria por volta do meio-dia, mas geralmente eles vêm para cá depois. Tomam um café juntos antes de alguns voltarem ao trabalho ou irem buscar os filhos na escola ou sei lá o quê. Só achei melhor te avisar. — Hazel ajeitou os óculos no nariz, um leve rubor subindo por suas bochechas. — Eles podem ser um pouco... bagunceiros.

Annie riu.

— Bagunceiros é bondade sua.

— Acho que vai divertido — disse Jeanie, lembrando-se do grupo risonho que tinha visto na reunião de moradores.

— Ah, doce e inocente Jeanie — brincou Annie, balançando a cabeça. — Eles vão entrar aqui empolgados com o último livro hot que leram, gargalhando como um clã de bruxas, depois vão querer saber tudo sobre sua vida.

Jeanie riu.

— Você não tá sendo um pouco dramática?

Hazel pegou as luvas.

— Quando saírem daqui amanhã, eles já vão saber a história da sua vida, se você tem o nome sujo e o app de relacionamentos que você mais usa. Pode escrever.

— Não estou com medo. — Jeanie reprimiu um sorriso pelo tom severo de Hazel, que deu de ombros.

— Só não diga que eu não avisei. — Ela desceu da banqueta. — Preciso voltar, temos a hora da história com os alunos do pré agora à tarde. O autor de O gatinho preto e a abóbora tá vindo com cópias autografadas. Vai ser uma loucura.

— Espera, fiz os biscoitos que você queria pro evento. Vou buscar. — Annie engoliu o restante do latte já em temperatura ambiente, pronta para acompanhar Hazel. — Ah, Jeanie, você vai participar da feira dos produtores domingo?

— Feria dos produtores?

— Isso, a Dot sempre montava uma barraca ao lado da minha. A bebida quente de vocês com sidra, abóbora, especiarias e tudo o mais combina muito bem com meus muffins e tortas da estação. Você precisa fazer igual.

— Ah... aham... claro. Vou perguntar ao Norman.

— Estou surpresa por ele não ter comentado nada.

Jeanie franziu a testa. Era óbvio que Norman não gostava dela, mas agora parecia que o velho a estava impedindo de fazer seu trabalho. Teria que conversar com ele de manhã.

— Estarei lá.

— Ótimo! — Annie sorriu para ela da porta. — Ah, e eu não comentaria nada sobre a noite passada com Logan na presença do pessoal do clube do livro. Eles vão devorar essa fofoca, é o combustível deles.

Jeanie riu, mas por dentro seu estômago se revirou. A última coisa que queria era se tornar tema de fofoca na cidade, especialmente quando não havia nada sobre o que fofocar. Nadinha mesmo.

— Obrigada. Avisos recebidos. Tomar cuidado com Mac, com o clube do livro e qualquer menção a Logan. Entendi.

Annie bateu continência e saiu no frio da tarde.

Quem diria que a vida em uma cidade pequena seria tão traiçoeira?

CAPÍTULO ONZE

Logan saiu para dar uma olhada nos bodes, esmagando as folhas secas com suas botas. Tinha que recolocar a placa ao lado do cercado. *Nada de donuts.* Os bodes não podiam em hipótese alguma comer os donuts de maçã que ele vendia durante a época de colheita das frutas, mas isso não impedia uma ou outra criança de fazer justo o contrário: dar donuts para os bodes. E os animais não sabiam o que era ou não bom para eles.

O mesmo servia para Logan, que só pensava em Jeanie desde a noite que passaram juntos. Fazia dois malditos dias que aquela mulher preenchia sua mente sem dar trégua: o sorriso radiante de Jeanie ao ouvir uma piada sem graça, o entusiasmo de Jeanie por qualquer tipo de lanchinho, o intenso perfume de café torrado que Jeanie exalava, o corpo macio de Jeanie pressionado contra o dele.

Logan martelou a placa, prendendo-a de volta ao poste da cerca com força suficiente para sacudir as ripas até a base, descontando a frustração na madeira. O som reverberou pelos campos silenciosos. Um bando de corvos voou para o topo das árvores e os grasnidos interromperam a quietude.

Ele estava sendo ridículo, se envolvendo rápido demais, como da última vez, sendo que mal conhecia a mulher. Ainda que ela tivesse compartilhado uma parte de si na escuridão do Café; ainda que ele *quisesse* saber tudo a respeito dela.

Jeanie não havia completado nem duas semanas na cidade, estava começando em um trabalho novo, morando em um lugar diferente, tudo isso depois de ter encontrado o chefe apagado na própria mesa. Se não fosse por aquela situação, talvez ela nem tivesse se mudado. Jeanie estava fugindo, e não havia garantia de que Dream Harbor seria seu destino final. Ele não suportaria se apaixonar por outra mulher que estava apenas de passagem, não aguentava mais encontrar pessoas que usavam sua cidade, sua vida, como uma espécie de parada no meio de uma viagem em busca de iluminação.

Jeanie não havia falado que queria que as coisas fossem perfeitas ali? Que tinha idealizado sua vida no lugar? Bem, não existia perfeição, e ele não seria o responsável por tentar tornar a vida idealizada de Jeanie uma realidade. Não podia fazer isso. Não daria certo.

Nunca dava.

Os bodes, Dylan e Marley — ou os Bobs, como a avó gostava de chamá-los —, o encaravam desolados, como se soubessem que a placa significava o fim de seus dias de donuts.

— É para o bem de vocês — murmurou Logan, e os Bobs baliram em resposta. Eles amavam aqueles malditos donuts.

Logan voltou para casa com vontade de trabalhar mais, de ocupar as mãos para tirar certa pessoa da mente. Mas era uma manhã de quarta-feira em outubro, um período tranquilo em sua pequena fazenda.

O pomar só abria de sexta a domingo para as pessoas colherem as próprias maçãs e abóboras. O passeio era conduzido pelo avô, que dirigia seu fiel trator pela plantação com uma charrete cheia de feno acoplada atrás, onde os visitantes eram acomodados e transportados. Era a única atração, na verdade. Logan se recusava a acrescentar todas as bobagens que algumas fazendas da região ofereciam no outono. Nada de castelo inflável, labirinto no milharal nem passeios de pônei. Não que ele tivesse um pônei. Eram só as maçãs e abóboras, os donuts de Annie e os passeios de charrete. Ah, e os Bobs. Mas as crianças e as famílias adoravam. O dinheiro que a fazenda ganhava com a colheita de maçãs a mantinha funcionando durante todo o inverno.

Ainda não era nem metade de outubro e as maçãs já estavam acabando; até o canteiro de abóboras parecia meio vazio. O último grande evento da temporada era o Festival de Outono na cidade. Logan sempre fornecia as abóboras para o concurso de entalhe e deixava várias separadas no celeiro para a ocasião.

Infelizmente, por causa da competência de seus avós, de sua tendência a agilizar as coisas o máximo possível e da dedicação dos trabalhadores temporários que ele havia contratado, não havia muito o que fazer naquela quarta-feira em particular, quando precisava tanto de algo para servir de distração. Consertar aquela placa não tinha levado tempo suficiente.

Ele só fazia entregas às quintas-feiras, e a feira dos produtores só aconteceria no domingo à tarde. Podia começar a listar os produtos e sementes que precisariam encomendar antes da primavera, mas estava impaciente demais para esse tipo de trabalho.

Talvez uma xícara de café ajudasse.

Ele era mais burro que os malditos bodes.

Mas subiu na caminhonete e foi para a cidade mesmo assim.

Logan percebeu que havia cometido um erro assim que pisou no Café Pumpkin Spice.

Era quarta-feira.

Dia do clube do livro.

O sino da porta tocou quando ele entrou, e cinco pessoas viraram a cabeça em sua direção, todas sentadas ao redor da mesa central. Seis, contando com Jeanie, que estava de pé ao lado da mesa e abriu seu típico sorrisão. Logan parecia ter despencado do alto de uma montanha-russa ao vê-la.

Deveria ter ficado com os bodes.

— Logan! Oi!

A voz de Kaori preencheu o pequeno espaço, e Nancy acenou como se ele não fosse conseguir encontrá-los no meio da multidão de três pessoas que faziam seus pedidos para a viagem.

— Venha aqui cumprimentar sua antiga professora — pediu Nancy, sorrindo, aparentemente alheia ao fato de que Logan não estava interessado nos últimos fetiches da mulher que o ensinara a amarrar os cadarços.

Ele suspirou e passou a mão na barba. Não tinha como evitar. Então foi até a mesa e acenou com a cabeça para o grupo.

Não que ele não gostasse daquelas pessoas; eram pessoas boas, normais. Ou melhor, normais para os padrões de Dream Harbor. Mas ele não queria que sentissem pena dele, nem seus olhares simpáticos, nem sua "ajuda" para encontrar uma nova namorada, e isso parecia ser tudo o que tinham a lhe oferecer desde o desastre debaixo da árvore de Natal iluminada. Era como se ele tivesse cinco anos de novo e houvesse acabado de perder a mãe do dia para a noite, ganhando uma cidade inteira que queria vê-lo e trazer guloseimas.

As pessoas tinham um bom coração, haviam ficado tristes pela perda de sua mãe e davam vazão a essa dor enchendo o filho dela de carinho, mas ele tinha os avós. Não precisou de pais substitutos na época e certamente não precisava deles vinte e cinco anos depois.

Sem mencionar que toda vez que os encontrava ele revivia aquele momento, ajoelhado no frio, diante da expressão horrorizada de Lucy. A humilhação e o fracasso ainda estavam bem vivos, e ver aquele grupo só trazia tudo à tona mais uma vez.

— Oi, pessoal. Jeanie.

Ele levantou o queixo na direção dela e se demorou um segundo a mais em seu olhar. Um leve rubor surgiu no colo pálido de Jeanie; o suéter que ela estava usando era cinza-claro dessa vez, o tecido macio revelando suas curvas.

— Você na cidade no meio de um dia de semana? É como encontrar o pé-grande — disse Jacob com uma risada.

Logan conseguiu desviar o olhar de Jeanie para responder.

— Dia tranquilo. Só vim tomar um café.

— Era disso que eu gostava na Lucy, ela pelo menos te trazia para a cidade com mais frequência.

Ah, droga. Essa foi rápida.

A esposa de Nancy, Linda, nem sequer notou os olhares horrorizados que recebeu do restante do clube. Linda nunca foi muito boa em seguir normas sociais ou em evitar assuntos que ninguém queria discutir. Ele ainda se lembrava da festa de Natal em que ela mencionou seu pai e sua mãe, que já tinham partido fazia muito tempo. A avó dele quase a expulsou naquela noite.

— Pois é, era legal, eu acho — disse ele, meio inquieto. Por isso não ia à cidade: pelos lembretes constantes de seu fracasso. — Só não legal o suficiente pra fazê-la querer ficar, no fim das contas.

Logan acenou para o clube do livro outra vez e os deixou com suas advertências sussurradas sobre o deslize de Linda. A última coisa que queria era falar sobre Lucy na frente de Jeanie, especialmente na presença nada útil do clube do livro.

Jeanie o seguiu até o balcão para anotar seu pedido, embora Crystal, que trabalhava no café desde o ensino médio, já estivesse lá.

— O de sempre? — perguntou Jeanie num tom casual, apesar do vinco de preocupação na testa.

Ela não parecia ter ouvido a história completa de Lucy ainda, pois, se soubesse de tudo, seus olhos escuros estariam cheios de pena, e ele não queria isso — não queria Jeanie a par de sua tentativa frustrada de romance.

Pior do que sentir pena seria ela achar Lucy louca por ter recusado seu grande gesto. Mas se Jeanie fosse fã de grandes gestos, estava sem sorte; Logan havia se aposentado. Ele balançou a cabeça e afastou o pensamento. Que tipo de conclusão era aquela? Jeanie não queria nada dele além do maldito pedido.

— Sim, obrigado.

Ele cumprimentou Crystal, que sorriu e foi encher as garrafas de creme. Jeanie trouxe seu café preto em um copo para viagem. Na pressa de entrar, ele havia deixado seu copo reutilizável na caminhonete. Um erro atrás do outro, grande dia.

— Imaginei que você não fosse ficar. — Ela olhou para a mesa onde estava o clube do livro, que já havia superado a história triste de Logan e voltado a rir da última leitura. — Mas estou feliz que tenha vindo. Quer dizer... é bom te ver.

O rosto de Jeanie corou, e ele sentiu vontade de colocar os fios soltos de cabelo dela atrás da orelha só para acariciar sua pele macia outra vez e ouvi-la respirar fundo ao sentir o toque, como antes.

Ele enfiou as mãos nos bolsos.
— É bom te ver também.
O eufemismo do ano. Vê-la era muito mais complexo do que a palavra "bom". Ele queria pular o balcão e beijá-la — como não pôde fazer duas noites antes — e, ao mesmo, sair correndo dali sem nunca olhar para trás.

Em vez disso, ficou lá parado, sem jeito, torcendo para ela começar um monólogo sobre alguma coisa, só para ele poder admirá-la por mais alguns minutos.

Para a sorte dele, Jeanie sempre tinha assunto.

— Gasparzinho está se acomodando bem. Ele dorme na beira da minha cama toda noite, e isso também está me ajudando a dormir melhor. A não ser quando ele resolve sentar na minha cara por volta das cinco da manhã. Quem precisa de despertador, né? Eu não!

Ela terminou com uma risada, e Logan riu também, principalmente para evitar fazer comentários a respeito de "sentar na cara". Ele estava perdendo a compostura em um ritmo perigoso.

Em algum ponto da história de Jeanie, Logan se inclinou para a frente, apoiando os antebraços no balcão que os separava. Ela também se curvou na direção dele, como se os dois não conseguissem ficar distantes um do outro. Ele com certeza não queria.

— Você o chamou de Gasparzinho? — perguntou em voz baixa, de um jeito que só ela conseguiria ouvir.

— Ah, ele era meu fantasma e no fim das contas era camarada, então meio que combina.

Ela sorriu, causando um verdadeiro turbilhão dentro de Logan.

— Faz sentido — disse ele, xingando o gato mentalmente por ter se revelado tão cedo, por estragar a desculpa que ele tinha para ficar mais tempo com Jeanie à noite, lado a lado no chão do café, sob o luar.

Gato maldito.

Alguém pigarreou atrás dele e interrompeu o momento. Logan se endireitou, pediu desculpas e saiu da frente do sr. Prescott, o carteiro.

— É melhor eu ir andando — disse a Jeanie em meio ao chiado da máquina de café.

— Tá, tudo bem.

Suas bochechas estavam rosadas por causa da agitação do trabalho, e mechas soltas de cabelo se enrolavam em suas têmporas. Ela parecia feliz, como se estivesse no lugar certo, naquela cafeteria aconchegante, conversando com as pessoas que ele conhecia a vida inteira. Parecia se encaixar.

Ele queria que ela se encaixasse.

— Aqui, sr. Prescott. Tenha um bom dia — disse ela, entregando a bebida ao senhor.

Jeanie se virou para Logan, e suas palavras seguintes o deixaram sem fôlego.

— Seja quem for essa Lucy, acho que ela foi uma boba por ter ido embora.

Então, abriu para ele um sorriso discreto, depois começou a atender o próximo cliente sem nem perder o ritmo, deixando Logan de pernas bambas e pensando no que fazer a seguir.

Nada a respeito de Jeanie era o que ele esperava.

CAPÍTULO DOZE

Pronto. Ela tinha conseguido. Tivera uma conversa normal com Logan que não envolvia uma arma, uma caça a fantasmas nem lágrimas. Sucesso! Estava no caminho certo para se tornar a dona de café radiante que sonhava ser em vez de um grande bolo de ansiedade e teorias de assassinato.

Ela o observou ir embora antes de se dedicar aos clientes seguintes, dois universitários da cidade vizinha. Vê-los com a bolsa cheia de livros e usando piercings questionáveis despertou em Jeanie uma vontade repentina de mandar uma mensagem para sua colega de quarto da faculdade, Emily. Mais uma pessoa que havia negligenciado ao longo dos anos.

Ela coçou o nariz onde antes havia um piercing — cujo furo deixou fechar quando começou a fazer entrevistas para "empregos de verdade" — e se perguntou se Emily ainda tinha o dela.

— Ei, Jeanie, volte aqui! — chamou Kaori. — Ainda não terminamos de conversar com você.

Ela conteve um sorriso, lembrando-se do aviso de Hazel. Eles provavelmente perguntariam seu tipo sanguíneo muito em breve.

A fila no balcão tinha acabado, e de todo modo Crystal conseguia lidar com o movimento, então Jeanie voltou para a mesa do clube do livro. A pequena superfície estava coberta de canecas vazias e livros com várias marcas de uso exibindo homens seminus na capa.

— Querem pedir mais alguma coisa?

— Ah, não. — Nancy dispensou a oferta com um gesto. — Estamos só conversando um pouco antes da Kaori voltar pro escritório e a Isabel buscar a Jane na escola.

Mateo estava no colo de Isabel, mastigando um biscoito amanteigado todo contente, e Jacob fez cócegas em sua barriga gordinha. O garotinho riu e mostrou um sorriso banguela.

Isabel olhou para o relógio.

— Ainda tenho um tempinho — disse com um sorriso sugestivo.

— Eu também. Minha próxima aula é só às três — disse Jacob, entregando um biscoito novo a Mateo depois que o dele caiu no chão.

— Linda e eu estamos livres, leves e soltas hoje, não estamos, amor?

— Todos os dias desde que nos aposentamos.

— Então puxe uma cadeira, Jeanie. — Nancy gesticulou para o assento mais próximo, e Jeanie sentiu que não tinha mesmo alternativa a não ser se juntar a eles.

Ela não queria ser mal-educada, afinal de contas eram clientes. Além disso, gostava muito do grupo; queria fazer parte daquele fabuloso clubinho.

— O que vocês leram esta semana? — perguntou Jeanie, acomodando-se em seu lugar.

Ela pegou um dos exemplares da mesa. Um torso masculino muito impressionante preenchia a capa, com o título *Em chamas* no centro. A autora era Veronica Penrose, e Jeanie duvidava muito que fosse um nome real, mas gostou mesmo assim.

— É um romance entre homens que jogam hóquei — explicou Jacob, animadíssimo com a escolha da semana. — É um *enemies to lovers* perfeito, recomendo!

— Não sou muito chegada a hóquei — confessou Jeanie enquanto folheava as páginas devagar.

A risada de Kaori reverberou pelo pequeno espaço.

— Ninguém liga pra parte do hóquei, querida.

O olhar de Jeanie se deteve em várias passagens interessantes que confirmavam: o livro não tratava de hóquei.

— Ok. Entendi. Parece ser bom — respondeu, e suas bochechas esquentaram enquanto ela passava os olhos por mais algumas linhas. Talvez estivesse lendo os livros errados a vida toda.

— Eu *amei* a vulnerabilidade deles um com o outro — disse Isabel, suspirando.

— Sim, e todo aquele tesão — acrescentou Nancy. — Aquela coisa que eles fizeram no carro com o...

— Peraí, Nancy. Não vamos assustar a Jeanie ainda — interrompeu Kaori, antes que Nancy contasse em detalhes o que os rivais de hóquei tinham feito no carro. O que foi uma pena, porque Jeanie tinha ficado curiosa. — Enfim, chamamos a Jeanie porque queremos conhecê-la melhor.

Jeanie se mexeu na cadeira enquanto todos os olhos se voltavam para ela.

— Acho que vocês sabem tudo o que tem pra saber. Cresci no oeste de Nova York, vim para essas bandas fazer faculdade, passei os últimos dez anos morando em Boston. — Jeanie deu de ombros, a verdade a golpeando outra vez: isso era mesmo tudo o que havia para saber.

Ela tinha decidido estudar em Boston para escapar da cidadezinha em que havia crescido, e, no entanto, sua vida se tornou limitada mesmo assim, reduzida à energia frenética da vida profissional, sem espaço para mais nada.

— Deixou alguém especial em Boston? — perguntou Nancy.

— Não.

— E você planeja ficar aqui na cidade? — quis saber Isabel, limpando as migalhas de biscoito do rosto de Mateo. — Quer dizer, você leva a sério o plano de tocar o café?

— Ah... claro. Digo, sim. Sim, ficar e administrar o café é um plano muito sério.

Ela literalmente não tinha outro plano. Nenhum plano B, nenhuma saída de emergência, nenhuma estratégia envolvendo voltar correndo para a cidade e encontrar um novo emprego de assistente. Agora que se encontrava ali, estava determinada a fazer aquilo dar certo. Era como havia dito a Barb Sanders, a corretora, quando recebeu outra ligação dela: Jeanie era a dona do Café Pumpkin Spice e não tinha planos de vendê-lo.

Agora só precisava convencer a si mesma, Barb Sanders e o clube do livro de que isso era verdade.

— Ah, ficamos tão felizes em ouvir isso! — disse Kaori, com um sorriso de incentivo.

— Viram? Eu disse que ela era diferente — declarou Linda e deu um empurrãozinho em Nancy com o ombro. — Eles estão preocupados que você vá deixar Logan na mão como a Lucy fez — anunciou, inclinando-se para Jeanie como se estivesse lhe contando um segredo. — Pobrezinho do Logan. Ela chegou na cidade como quem não quer nada e virou aquele menino do avesso. Como eu disse, a única coisa que eu gostava era que ela o obrigava a vir à cidade com mais frequência. Gosto de vê-lo, mesmo já crescido como está. Sinto que devo ficar de olho nele pela mãe, é como se eu devesse isso a ela. Enfim, ainda me lembro da expressão dele quando Lucy recusou o pedido de casamento na frente da árvore de Natal toda iluminada... ai! Quem me chutou?

Linda se abaixou para esfregar a canela atingida, deixando Jeanie em choque.

Logan havia pedido a tal de Lucy em casamento e ela havia recusado? Quem era aquela mulher e o que tinha de errado com ela?

— Já chega disso, meu amor — disse Nancy, com todo o carinho, embora Jeanie tivesse certeza de que o chute tinha vindo dela. — Lucy nunca se encaixou aqui, ela nem combinava com o Logan, pra começo de conversa.

Lucy nunca se encaixou aqui. Jeanie olhou ao redor da mesa. Será que *ela* se encaixava? Talvez precisasse de uns jeans rasgados como os de Jacob, ou usar mais cristais, como Isabel. Até o pequeno Mateo usava um colar de contas âmbar no pescoço. Cachecóis grossos que pareciam ter sido tricotados por uma avó também eram obrigatórios em Dream Harbor, pelo jeito. E Jeanie não tinha um único par de luvas sem dedos. Eles deveriam entregá-las assim que a pessoa cruzasse a fronteira da cidade.

Em vez disso, Jeanie estava presa ao seu estilo *business casual* porque não teve tempo de comprar nada diferente. Usava calça social, suéter e sapatilhas, com o cabelo preso em um coque baixo, e se sentia mais preparada para uma reunião de negócios no meio da tarde do que para um dia de trabalho na cafeteria da cidade. Kaori tinha uma vibe parecida, mas ela de fato trabalhava em um escritório (como advogada, talvez? Contadora? Jeanie não conseguia se lembrar, mas sabia que Kaori bebia uma dose grande de *french roast* com leite de soja todas as manhãs).

Se Jeanie queria um novo estilo de vida, talvez precisasse começar a se vestir de acordo...

— Você e Logan pareciam bem à vontade juntos no balcão — comentou Jacob, interrompendo Jeanie em sua análise de estilo e fazendo-a mergulhar de cabeça em seus devaneios a respeito de Logan. — Foi como se ele estivesse louco pra pular por cima do balcão e...

— Jacob — repreendeu Kaori. — Você está fazendo a Jeanie corar. Não ligue, querida. Ele fica com todo tipo de maluquice na cabeça depois de lermos esses livros.

— Se igualdade de oportunidade para chegar ao orgasmo e paridade nos relacionamentos são maluquices, eu é que não quero ser são!

Kaori fez sinal para que ele parasse.

— Sim, sim, mas não vamos traumatizar a Jeanie na primeira reunião dela.

Jeanie não estava traumatizada, apenas horrorizada por Jacob estar lendo sua mente, mas longe dela acrescentar esse detalhe à conversa.

— Minha primeira reunião? Essa conta?

Olha só! Estou fazendo amigos adultos e começando a ter hobbies! Ela já sentia que estava ganhando de volta alguns anos de vida.

— Claro que conta! E você é bem-vinda pra se juntar a nós a qualquer momento. Passe seu número pro Jacob e ele vai te mandar o livro da semana por mensagem. Agora eu tenho que ir. — Kaori pegou a bolsa e enfiou o livro dentro. — Até mais, gente.

— É melhor eu ir também. Quero fazer esse monstrinho dormir antes da irmã chegar em casa — disse Isabel, recolhendo a pilha de biscoitos meio comidos de Mateo.

E, com isso, a primeira reunião não oficial de Jeanie com o clube do livro de Dream Harbor terminou em uma onda de despedidas e promessas de que conversariam mais em breve.

Jacob ficou para anotar o número de Jeanie.

— Obrigada por me incluir — disse ela enquanto ele digitava.

— Somos um grupo aberto a todos — respondeu ele com um sorriso. — E... — Ele se inclinou como se fosse contar um segredo. — Eu sei que é estranho o quanto o pessoal dessa cidade protege o Logan, mas acredite em mim, eu vi o pedido, e foi uma tragédia. A cidade inteira assistiu.

Ele fez uma careta ao lembrar.

— Nós somos apenas amigos — disse Jeanie, sem muita convicção.

Pensar em Logan tendo o coração destruído na frente de todos a estava deixando tonta e um pouco enjoada. Talvez ela precisasse se sentar.

— Bem, se você estiver pensando em ir além da amizade... e eu não te culparia por isso, afinal aquele homem grande, bonito e caladão é tudo o que eu pediria na vida... só se certifique de ter certeza do que quer. — Jacob deu de ombros. — Lucy voltou correndo pra Boston depois de abandoná-lo, mas se você realmente planeja ficar... as coisas acabariam estranhas, pra dizer o mínimo.

— Certo. Entendi.

Jacob sorriu e pendurou a bolsa no ombro.

— Ok, então, até mais!

Tchau.

Jeanie se largou na cadeira mais próxima assim que Jacob foi embora. Era o segundo aviso que recebia para ficar longe de Logan desde que havia chegado. Aquela cidade não brincava em serviço quando o assunto era proteger os seus. Ela esfregou as têmporas com os dedos e sentiu uma dor de cabeça chegando com força total — culpa do estresse.

Caso decidisse se envolver com Logan, a cidade inteira acompanharia. E então o que aconteceria quando tudo acabasse, mais cedo ou mais tarde? Era muita pressão. Uma pressão da qual ela definitivamente não precisava; o tipo de pressão que a fez abandonar sua antiga vida.

Jeanie respirou fundo, inspirando e expirando devagar como ensinava o aplicativo de meditação que havia baixado assim que Marvin faleceu. Tudo bem. Era só ficar longe de Logan daquele dia em diante. Ela seria educada e conversaria com ele. Um bate-papo tranquilo entre barista e cliente, apenas. Sem flertar. Sem encarar aqueles olhos azuis vibrantes. E sem tentar sentir o cheiro de ar livre que ele tinha, em hipótese alguma.

Os dois eram amigos. Conhecidos, na verdade, e estava ótimo assim.

Jeanie estava ali para focar no próprio crescimento, não para se envolver em um escândalo às vistas de toda a cidade, e continuaria repetindo isso mentalmente até fixar a ideia em sua mente. Tinha sido bobagem acrescentar Logan ao plano, de qualquer forma. O objetivo da mudança era encontrar a Nova Jeanie, não encontrar um homem. Certo?

Certo.

Só quando voltou para trás do balcão é que Jeanie se deu conta do livro que Jacob havia deixado para ela. *O fazendeiro e a leiteira.* O post-it na capa dizia: *Para ajudar a tirar isso da cabeça.*

Enquanto Jeanie olhava para o homem forte na capa, com a camisa de flanela desabotoada balançando ao vento, percebeu que a ficção nunca seria tão boa quanto a realidade.

CAPÍTULO TREZE

— Calma, não entendi. Por que administrar o café da tia Dot exige uma transformação completa de personalidade?

Jeanie se jogou de bruços na cama e resmungou, depois tirou a cara dos travesseiros e olhou para o rosto do irmão a encarando da tela do celular.

— Porque, Ben, eu não vim pra cá só por causa do café. Eu vim pra... pra...

Jeanie rolou de costas, levando junto o celular e o irmão confuso. Era difícil explicar com Ben olhando para ela daquele jeito, mas ela tinha seus motivos, caramba.

— Eu vim pra cá começar uma vida nova. Uma vida menos apressada e, sabe, mais excêntrica... algo assim.

Ele bufou.

— Você está em busca de uma coisa que não existe.

— Eu ia morrer se continuasse levando aquela vida, Bennett! Você quer que eu acabe como o Marvin?

— Tá, antes de mais nada, Marvin era pelo menos trinta anos mais velho que você. Além disso, o cara vivia de bacon. E outra, ele não estava se desdobrando entre a esposa e umas duas amantes? É estresse demais, Jeanie, não é que nem a sua vida.

— Eu estava me desdobrando pra fazer a vida *dele* funcionar! — Jeanie tentou apagar da mente a imagem dos olhos sem vida de Marvin virados para ela. — Não posso voltar para aquela situação.

— Então não volta. Acho legal você ser dona de uma pequena empresa agora, mas o fato de ter se mudado pra uma cidadezinha não te obriga a se transformar em outra pessoa.

Jeanie suspirou. Seu irmão era tão estúpido às vezes...

— Fecha os olhos — disse ela.

Hora de uma abordagem diferente.

— Por quê?

— Só fecha.

Ela precisava desesperadamente de amigos que não fossem seu irmão mais novo. Jeanie esperou Ben fechar os olhos antes de continuar.

— Tá, agora imagine o café. Você lembra como é? Continua igual. Piso de madeira antigo, um monte de quadros nas paredes, grandes canecas de cerâmica da escola de artes.

— Ok, entendi.

— Agora imagine a tia Dot.

Um sorriso discreto surgiu no rosto de Ben. Eles sempre amaram a tia excêntrica, tão diferente da mãe, toda rígida. Ela sempre pareceu tão interessante, com suas saias longas e brincos coloridos, tão animada, tão à vontade administrando o café, vivendo do jeito que queria.

— Tá, agora *me* imagine.

Jeanie ainda estava usando as roupas de trabalho do dia. Cinza e mais cinza. Era impossível se parecer menos com a mulher que estava tentando se tornar.

Ben abriu os olhos.

— Você está ótima, Jeanie. Não precisa ser hippie para administrar uma cafeteria.

— Eu não estou tentando ser hippie. — *Só estou tentando me distanciar o máximo possível de quem eu era antes, da vida que eu levava.* — Só quero me encaixar aqui.

— O pessoal da cidade está intimidando você, Jean Marie? Porque eu vou até aí e...

— E o quê? — disse com uma risada. — Vai pegar um avião até aqui e dar uma surra nos moradores?

Ben franziu mais a testa.

— Se for necessário.

— Beleza, eu agradeço a intenção, mas na verdade todos têm sido muito gentis até agora.

Na mesma hora seus pensamentos se voltaram para o azul profundo dos olhos de Logan e a maneira como ele se aproximou dela enquanto a ouvia falar. Muito gentil.

— Viu? Então tá tudo bem. Eles gostam de você, o Norman tá te ajudando a entender como as coisas funcionam. E eu li esses dias que ter um animal de estimação diminui a pressão arterial. Você tá no caminho certo pra viver pra sempre.

Jeanie olhou para o gato que havia se aconchegado em sua barriga e supôs que ele devia mesmo ter algumas propriedades calmantes, como a vibração suave que emitia no momento. Mas esse não era o ponto. Ela não tinha tanto medo de morrer, na verdade seu receio era de se esquecer de viver a vida.

Em algum ponto ao longo do caminho, Jeanie havia se esquecido de descobrir quem ela era ou o que queria ser quando crescesse. Quando se formou na faculdade, olhava para o futuro com empolgação, otimismo e um piercing reluzente no nariz; e então passou os sete anos seguintes tendo a alma sugada, trabalhando dez horas por dia.

E agora lá estava ela, adulta e sem a menor ideia de quem era sem outra pessoa exigindo cada segundo de seu tempo. Livre da obrigação de administrar a vida de Marvin, Jeanie não sabia o que fazer com a própria. Não sabia quem queria ser.

Mas roupas novas lhe pareciam um bom começo.

— Tenho certeza de que o Norman me odeia — disse ela, selecionando a única parte dos comentários de Ben com a qual sentia vontade de lidar no momento.

— Por que ele odiaria você?

— Não sei, mas ele parece estar sempre irritado comigo ou algo assim. Fiquei sabendo que preciso montar uma barraca na feira dos produtores este fim de semana e ele nem me avisou.

— Feira dos produtores? Que bonitinho.

— Cala a boca, faz parte da minha nova imagem.

— Acontece que eu gosto da sua imagem antiga.

Foi a vez de Jeanie franzir a testa.

— Não banque o sentimental comigo agora, Bennett.

Ele mostrou a língua e ficou tão parecido com o menino de sete anos que um dia foi que Jeanie não conseguiu evitar a risada.

— Eu só não vejo problema nenhum em você ser uma dona de café irritadiça, mas alegre, e um pouco paranoica que quase derrubou um fazendeiro bonitão na paulada — disse ele.

— Eu não deveria ter te contado isso.

— De verdade, estou orgulhoso de você. Uma mulher que mora sozinha precisa saber se defender.

— É, você já me disse isso muitas vezes, e deve ser em parte por esse motivo que tive aquela reação exagerada a um entregador de frutas e legumes. Além disso, eu nunca disse que ele era bonitão.

Ben riu.

— Pode fingir o quanto quiser ser essa Nova Jeanie, mas eu te conheço. Assim que você falou nele, ficou toda vermelha.

Jeanie revirou os olhos. Conversar com o irmão a fazia voltar à infância. Dava uma sensação aconchegante e nostálgica, mas ter uma conversa séria com ele era terrível.

— Bom, ele é muito querido aqui, então o pessoal provavelmente iria me caçar se eu o magoasse.

Ben arqueou uma sobrancelha, curioso.

— Você disse querido? Conte-me mais.

Jeanie deu de ombros, seu cabelo farfalhando contra a pilha de travesseiros.

— É só que eles são uma comunidade muito unida. Todos cresceram juntos e tal. Acho que, se você nasce aqui, não tem permissão pra ir embora.

Ben deu risada.

— Enfim, eu tenho que ficar longe do fazendeiro bonitão — continuou ela. — A última coisa que preciso é de vizinhos furiosos erguendo ancinhos na frente da minha casa porque parti o coração dele na quadrilha na praça ou algo do tipo.

— Tá, eu me perdi. De que raio você tá falando? Existe mesmo uma quadrilha na praça?

Jeanie suspirou. Todas as conversas que haviam acontecido no café naquele dia passaram por sua mente ao mesmo tempo, acompanhadas pela lembrança da expressão de choque no rosto de Logan quando ela disse que achava Lucy uma boba. Choque e esperança.

— Não existe nenhuma quadrilha na praça, pelo menos não que eu saiba. — Mas, se existisse, ela não ficaria surpresa. — Não importa. Logan, o fazendeiro, é um fruto proibido. É pressão demais pra mim.

— Certo, e seu plano é levar essa vida discreta e tranquila agora — disse Ben, com um sorriso sarcástico.

Mas Jeanie não deixou que isso a desanimasse.

— Exato. Jeanie de boa na lagoa. Essa sou eu.

— Bom, preciso ir. Alguns de nós ainda têm que dar conta de um emprego estressante.

Seu irmão trabalhava com tecnologia e, para ser honesta, ela ainda não entendia bem qual era a função dele. Quando as pessoas perguntavam, ela apenas dizia que ele "mexia com computador".

— Tá, boa sorte. Vou começar a fazer tricô, não sei. Trilha, talvez? Fazer trilha pode ser divertido.

— Nada de trilha, você tem um péssimo senso de direção.

— Talvez a Nova Jeanie tenha um ótimo senso de direção.

— Ah, não tem *mesmo*. Fique longe da floresta. Te amo.

— Também te amo. Tchau.

O rosto de Ben desapareceu da tela e Jeanie ficou sozinha com seu gato-fantasma e o livro sobre fazendeiros sensuais. Ela olhou para a capa fingindo ponderar por um breve instante antes de abri-lo.

De todo modo, ler parecia mais seguro do que fazer trilha.

CAPÍTULO QUATORZE

— Certeza que não quer que eu fique e ajude a receber a multidão que vem hoje pra colheita?

O avô de Logan o encarou como se tivesse ficado ofendido.

— Certeza — respondeu, e então deslizou outro caixote de maçãs pela caçamba da caminhonete.

Seu avô era um homem de poucas palavras, e Logan geralmente gostava da natureza tranquila dele, mas naquele momento estava em busca de qualquer desculpa para não ir à feira dos produtores. Corria o risco de encontrar Jeanie lá e já tinha percebido que era difícil controlar as emoções perto dela.

O que ela havia falado na quarta-feira virara uma tatuagem no seu cérebro. *Seja quem for essa Lucy, acho que ela foi uma boba por ter ido embora.* O que ela quis dizer com aquilo? Que *ela* não tinha planos de ir embora? Talvez todas as preocupações de Logan fossem infundadas. E, se isso fosse verdade, então não havia motivo para não tentar algo mais com Jeanie.

Talvez os dois pudessem manter aquilo em segredo por um tempo. Não havia necessidade de acionar a fábrica de fofocas da cidade imediatamente. Mas será que Jeanie ficaria confortável se esgueirando por aí? Uma cena dos dois em um canto escuro, a perna dela erguida, apoiada em seu quadril, enquanto ele falava baixinho no ouvido dela para não fazer barulho, passou pela mente de Logan com nitidez absoluta.

— Vai ficar sonhando acordado a manhã toda ou vai me ajudar a encher essa caminhonete? — questionou o avô, a voz zangada interrompendo seus pensamentos altamente inapropriados para um domingo de manhã.

Ele pigarreou.

— Certo. Desculpa.

Pegou outra caixa, grato pela distração. Era assim que ele estava desde quarta-feira, com a mente fixa naquela mulher que mal conhecia. A sensação era familiar demais. Nos dias após o primeiro fim de semana com Lucy, ele quase quebrou o polegar com um martelo, pediu três vezes mais fertilizante do que precisavam e deixou o portão aberto e perdeu temporariamente os dois Bobs. Sua avó ficou fora de si de preocupação.

Logan tinha o hábito de deixar as mulheres o desmantelarem.

Por isso ele não deveria ir à feira dos produtores. O Café PS sempre tinha uma barraca com sidra quente e pumpkin spice latte bem ao lado da barraca de Annie. E ele não estava pronto para ver Jeanie outra vez. Não até conseguir se controlar.

— Pode ser que venha muita gente hoje, a temporada está acabando.

Logan se recostou na lateral da caminhonete e enxugou o suor da testa. O sol estava forte, era um dia mais quente que o normal. Havia um cheiro salgado no ar, vindo do porto, e parecia mais um mês de agosto que outubro; o clima estava tão instável quanto suas emoções.

O avô uniu as espessas sobrancelhas grisalhas, como duas lagartas peludas, sob a aba de seu velho boné do Red Sox.

— O que há com você hoje?

Logan suspirou e esfregou o rosto.

— Nada. Só não quero deixar o senhor aqui com uma multidão gigantesca.

— Eu e sua avó damos conta. E aquele pessoal que você contratou pra cuidar da barraca da colheita vai estar aqui.

Ele tinha razão, claro. Havia muitos funcionários para ajudá-los, mas a avó geralmente cuidava de todo o trabalho na feira dos produtores. Exceto neste fim de semana, quando decidiu que queria "aproveitar o climinha de outono na fazenda enquanto ainda havia tempo". Essas foram suas palavras exatas. Impossível discutir.

O avô continuava encarando-o, então Logan colocou outra caixa na caminhonete para evitar o olhar do velho.

— Você não pode evitar a cidade para sempre.

— Não tô evitando.

O avô bufou.

— Eu mesmo não sou chegado a multidões — disse, o que era um eufemismo, considerando que seu avô evitava as pessoas quase tanto quanto o neto. — Mas não gosto de ver você se escondendo aqui só por causa do que aconteceu.

Logan fez um barulho tão parecido com o resmungo do avô que chegava a ser assustador, e então percebeu que os dois estavam parados do mesmo jeito: de braços cruzados e encostados na caçamba da caminhonete. Ok, então ele era muito parecido com o velho.

— Não tô me escondendo.

— Você também se escondeu depois que sua mãe faleceu.

— Eu tinha cinco anos. E minha mãe tinha morrido. Acho que se esconder era justificável.

— Até certo ponto. — O avô assentiu. — Mas depois de um tempo precisamos te dar um empurrãozinho, convencer você a voltar a brincar com seus amigos. Quase partiu meu coração ter que te forçar a voltar pra escola.

Logan engoliu em seco.

— Tive que desgrudar suas mãozinhas das minhas pernas na entrada. Eu odiei aquilo. Disse à sua avó que era melhor deixarmos você ficar aqui com a gente.

O avô tirou o boné e passou a mão pelo cabelo ralo. Logan não sabia que ele havia tentado mantê-lo em casa, mas se lembrava de ter chorado todos os dias na escola por um mês inteiro. A sra. Pine — Nancy, como ela o fazia chamá-la agora — o deixava se sentar em seu colo na hora da história e segurar um elefante de pelúcia especial que ela mantinha na mesa da sala para emergências emocionais. O dia em que Annie declarou que eles eram melhores amigos provavelmente foi o dia em que Logan parou de chorar.

Mas essa situação era completamente diferente.

Ele estava tentando entender seus sentimentos antes de cometer um grande erro. Como da última vez. Na frente de toda a cidade.

— Não é isso que eu estou fazendo.
O avô finalmente olhou para o outro lado, acenando de leve com a cabeça.
— Tudo bem. Se você diz. Só não deixe que aquela mulher te impeça de tentar de novo.

Aquela mulher. O avô se recusava a dizer o nome de Lucy desde sua partida, e, por mais irracional que fosse, Logan valorizava essa demonstração de solidariedade.

— Não vou — garantiu ele, mesmo ciente de que vinha fazendo exatamente isso. Estava cansado de sua dor ser um problema da cidade toda, por mais bem-intencionados que eles fossem. Talvez só quisesse sofrer sozinho dessa vez. — É melhor eu ir andando.

O avô soltou um resmungo concordando e se afastou da caminhonete.

— Dê o que sobrar pra Annie. Eu quero mais tortas daquelas.

Logan sorriu. O avô era uma formiguinha assumida e trocava maçãs por tortas desde que Annie havia aberto a confeitaria.

— Pode deixar.

Ele entrou na cabine e acenou para o avô antes de sair, mais confuso do que nunca quanto ao que fazer a respeito de Jeanie.

Infelizmente, vê-la de longe ao chegar na praça da cidade onde acontecia a feira não o ajudou a descobrir. Ela estava rindo com Annie enquanto as duas montavam sua barraca com muita dificuldade; o vento levantava o tecido e forçava as mulheres a lutarem contra ele. O cabelo de Jeanie estava solto e voava ao redor de seu rosto enquanto ela ria.

Algumas nuvens escuras bloquearam a luz do sol e lançaram sombras pela praça. O dia ensolarado estava mudando depressa, mas o clima não costumava impedir as pessoas de fazerem compras; se fossem esperar por um dia perfeito na Nova Inglaterra, nunca fariam nada. O clima podia mudar de verão para outono no decorrer de algumas horas, como parecia estar acontecendo naquele momento.

Logan pulou da caminhonete e foi até Jeanie, que estava de pé em cima da cobertura da barraca com um olhar vitorioso no rosto.

— Pronto, pelo menos o vento não vai levar embora — afirmou ela, e abriu um sorrisinho, ainda sem perceber que Logan vinha chegando por trás.

Ela estava diferente dessa vez. As roupas de trabalho com as quais ele costumava vê-la tinham sido substituídas por calça jeans e um cardigã colorido. Parecia confortável.

Logan decidiu não tomar isso como um sinal de que ela estava ficando à vontade e encontrando seu espaço; uma mulher tinha liberdade para mudar de estilo sem que isso fosse uma espécie de declaração de suas intenções.

— Talvez funcione melhor pra proteger da chuva se estiver em cima da sua cabeça — disse ele.

Jeanie se virou, surpresa.

— Logan! — As bochechas dela ficaram ruborizadas. — Oi.

— Oi.

Ele a olhou nos olhos, o ar crepitando entre os dois. Logan não imaginava que seria assim. Toda vez que a via, sentia aquela vibração sob a pele, e ali estava de novo: eletrizante e real como a tempestade se formando no céu.

— Oi, eu também tô aqui! — interrompeu Annie, balançando a mão na frente do rosto de Logan. — Sua melhor amiga desde o início dos tempos. Olá?

Annie sorriu quando ele se virou para encará-la, como se ela já soubesse exatamente o que o amigo sentia por Jeanie. O que significava que também saberia quando a coisa toda estivesse desmoronando. Logan se arrepiou ao pensar nisso.

— E aí, Annie. Precisam de ajuda? — Ele gesticulou em direção à barraca derrotada.

A dona da confeitaria colocou as mãos na cintura e olhou para o tecido sob os pés de Jeanie.

— Não sei se vale a pena montar. — Ela estudou o céu. — Você acha que Pete vai cancelar?

— Não sei. Acho que ele deveria tirar um cochilo e ver se recebe alguma resposta.

Annie deu um tapa no braço dele.

— Não seja maldoso.

— O homem toma decisões com base em sonhos, Annie. Não finja que é normal.

A melhor amiga deu de ombros.

— Na maioria das vezes dá certo, Logan. Quer dizer, veja só você, Jeanie e o fantasma. Problema resolvido.

Annie deu outro sorrisinho.

— Sim. Problema resolvido — disse ele.

Logan foi para o lado da barraca e ajudou Jeanie a esticar a lateral. A coisa toda não passava de uma estrutura de metal com uma cobertura de vinil azul. Deveria ser fácil de montar, o que no momento parecia propaganda enganosa, mas era um equipamento padrão da feira dos produtores. Pete havia gastado parte do orçamento da cidade uns anos antes para encomendar uma grande quantidade delas.

Considerando a mudança de tempo, Logan ficou um pouco preocupado com a segurança das tendas — era possível que saíssem voando.

— Tem alguma coisa aí pra fazer peso? — perguntou, fazendo questão de se ocupar para não encarar nenhuma das mulheres, assim evitaria o olhar de sabichona de Annie e o sorriso luminoso de Jeanie.

Mais nuvens tempestuosas se formavam dentro dele, o ar quente se misturando ao frescor da água. Estava inquieto.

— Podemos usar isso aqui. — Jeanie apontou para uns sacos de areia que acompanhavam a barraca e que deveriam prender nos cantos.

Devia ser o suficiente caso as condições climáticas não ficassem apocalípticas. A barraca de Annie já estava montada e parecia proteger bem as tortas e os muffins da chuva e do vento.

— Deve servir. — Ele pegou os sacos e os distribuiu pela barraca, ancorando cada um dos pilares.

Annie e Jeanie conversavam como velhas amigas enquanto ele trabalhava. O som o envolveu, confortável, manso, em contraste direto com o clima e a agitação em seu peito.

— Vamos colocar isso aqui, e aqui estão as plaquinhas com o nome das bebidas — dizia Jeanie enquanto organizava sua mesa.

Era estranho o coração dele disparar de orgulho ao vê-la decorando a mesa de bebidas com as cabaças que ele havia entregado? Sim, com certeza era estranho.

— Está perfeito! Tão fofo... as pessoas vão se aglomerar ao seu redor hoje querendo uma bebida — disse Annie. — Ah, e este é o George. Ele trabalha na confeitaria. Os bolos dele são de comer rezando.

— É um prazer conhe...

O restante da frase foi arrancado da boca de Jeanie pela rajada de vento seguinte, e depois tudo aconteceu de uma só vez.

A barraca de Jeanie foi erguida do chão como uma folha de papel.

Annie gritou enquanto as nuvens se desmanchavam em um frio dilúvio outonal.

Logan ficou encharcado. Jeanie ficou encharcada. As tortas de Annie corriam grande risco de ficarem encharcadas.

George entrou em ação.

— Temos que embalar isso!

E começou a colocar as tortas de volta nas embalagens de plástico enquanto Annie jogava muffins freneticamente dentro de potes.

Jeanie ficou observando sua barraca voar pela rua e a mesa da feira dos produtores, que antes estava perfeita, ser arruinada pela chuva torrencial. Ela olhou para Logan enquanto a água escorria pelo seu rosto e grudava seu cabelo na cabeça.

O olhar dela oscilava entre riso e lágrimas; ele estaria em apuros se as lágrimas vencessem.

— Vem!

Ele pegou a mão dela e os dois correram em direção à barraca fugitiva. O vento chicoteava ao redor enquanto eles chapinhavam nas poças que se formavam depressa. De onde havia saído aquela maldita tempestade, e de que adiantava um prefeito clarividente se ele não conseguia nem prever o tempo?

Logan já estava planejando arrastar Jeanie até a prefeitura logo em seguida para dizer poucas e boas a Pete por colocar todo mundo em perigo com aquela feira quando a risada de Jeanie se sobrepôs aos sons da tempestade.

Ele olhou para ela e perdeu o fôlego. Seu rosto estava iluminado, como o sol através das nuvens.

— O que a gente tá fazendo? — perguntou ela, ofegante.

— Vamos pegar aquela maldita barraca — respondeu Logan, fazendo-a rir ainda mais.

— Tá, mas vai devagar! — Ela sorriu enquanto ele diminuía o passo. — Você é rápido quando precisa resgatar uma barraca.

— É um perigo à sociedade. — Ele tentou manter o tom sério, mas sentiu a boca ceder a um sorriso, acompanhando o dela.

Os dedos de Jeanie ainda estavam entrelaçados aos dele enquanto corriam pela chuva, e o coração de Logan foi guardando aqueles momentos para mais tarde; cenas para repassar de novo e de novo na mente quando não conseguisse dormir. Tanta confusão, mas também felicidade.

Ela se encaixava ali. Ela se encaixava ao seu lado. O coração dele declarava as palavras uma vez após a outra, a cada batida.

O sorriso de Jeanie se abriu ainda mais e ela afastou a chuva dos olhos. Aqueles olhos. Aqueles olhos cor de café.

Um trovão interrompeu o pensamento de Logan de segurar o rosto dela com as duas mãos e beijá-la.

— Vem! — gritou ela e o puxou, os dois voltando a correr pela rua principal.

Felizmente, a via estava fechada por causa da feira, então não tinha muita gente de quem precisavam desviar.

— Está ali!

O grito triunfante de Jeanie foi logo substituído por um suspiro consternado que partiu o coração de Logan. A barraca estava emaranhada em uma árvore, suas grandes pernas de metal dobradas como as de uma aranha gigante e a lona azul rasgada ao meio.

— Droga — disse ela, a situação fazendo seu semblante murchar.

— Deixa comigo.

Logan puxou uma das pernas de metal, determinado a resgatar a barraca idiota dentre os galhos, como se aquilo fosse a única coisa que mantinha Jeanie ali. Lutou contra o aparato de acampamento como se a perda dele fosse impedi-la de ficar, como se a tentativa fracassada na feira dos produtores fosse mandá-la de volta para Boston com lágrimas no rosto.

Será?

— Ei. — Ela segurou o braço dele. — Acho que já era.

— Eu consigo — rosnou ele e puxou com mais força, até que um galho quebrou e o buraco na lona se abriu mais.

— Ei. — A mão em seu braço ficou mais insistente, então ele se virou para encará-la. Jeanie sorriu. — Vamos pra algum lugar coberto.

Logan piscou para assimilar a informação. Ela ainda estava ali, sorrindo para ele através da cortina de chuva que caía sem parar, com a mão em seu braço, segurando-o firme. Ele engoliu em seco.

— Tá bom — concordou, assentindo.

Foi tudo o que conseguiu dizer. Era tudo o que *deveria* dizer. Muito melhor do que as outras palavras flutuando em sua cabeça, as que revelavam sua vontade de ir com Jeanie aonde ela quisesse e todas as coisas que ele desejava fazer com ela ao chegarem lá.

Em vez disso, apenas a deixou puxá-lo em direção ao café.

CAPÍTULO QUINZE

Eles entraram de fininho pela porta dos fundos e subiram as escadas como adolescentes se escondendo dos pais, embora houvesse apenas Norman e alguns clientes no café esperando a tempestade passar. Jeanie sentiu o alívio tomar o corpo de Logan quando ela não entrou pela porta da frente, como se ele também não quisesse ser pego; como se nenhum dos dois estivesse pronto para atravessar o Café Pumpkin Spice de mãos dadas.

Essa coisa secreta estava funcionando para ela. Havia bem menos pressão.

Jeanie abriu a porta de casa e puxou Logan para dentro.

— Conseguimos — disse ela, ainda ofegante.

— Conseguimos mesmo.

Um sorriso discreto surgiu no rosto dele.

Ela não sabia se eles estavam falando da tempestade, das pessoas ou de seus próprios motivos para ficarem longe um do outro. Mas fosse o que fosse, tinham conseguido chegar à casa dela. Juntos. Estavam sozinhos, sem ninguém por perto.

Os dois estavam ensopando o piso de madeira. Jeanie se deu conta de que precisava ir logo buscar uma toalha e parar de encarar os olhos azuis de Logan o mais rápido possível, mas a chuva batia contra as janelas, seu peito ainda arfava depois da corrida até ali, e Logan estava tão determinado a resgatar aquela barraca por ela que algo grande e irrefreável foi tomando espaço em seu peito. Ela não conseguia mais se conter. Não queria.

Jeanie envolveu as mãos na camisa encharcada de Logan e o puxou para mais perto, deliciando-se com o som arfante que arrancou dele, pego de surpresa.

Foi o máximo que conseguiu fazer.

Estava ali, corpo a corpo com aquele homem gentil e rabugento, querendo mais, muito mais, mas com medo de ir em frente. Isso não fazia parte do plano, fazia? A Nova Jeanie era assim? Abordava homens na porta de casa? Não era assim que a Jeanie do passado agia. Os homens com quem já tinha saído eram... bons. Satisfatórios. Simpáticos, beijavam direitinho e eram decentes em todo o resto. Mas ela nunca havia sentido a urgência de ter seu corpo envolvido por nenhum deles, nunca havia desejado tanto que não fossem embora, não se importava muito quando as coisas acabavam não dando certo.

Mas aquilo... aquilo era diferente.

Era novo.

A palma áspera de Logan em sua bochecha refreou seus pensamentos. Ficou difícil respirar. Ele ergueu o rosto dela em direção ao dele, seu toque delicado, mas firme, e enterrou os dedos no cabelo de Jeanie, segurando sua nuca.

Um gemido suave, um suspiro profundo, um estrondo de trovão.

E então os lábios dele tocaram os dela, quentes, suaves e insistentes, como se ele quisesse ir devagar, tentasse ir devagar, mas aí perdeu todo o controle após o primeiro toque, sem forças, sem conseguir refrear a vontade de chegar mais perto, de ir mais fundo.

Jeanie envolveu o pescoço de Logan com os braços, moldando-se ao corpo daquele homem, e o gemido dele a atravessou, áspero e doce ao mesmo tempo. Ela poderia se perder naquela sensação, poderia continuar ali para sempre.

Logan percorreu o pescoço dela com a boca, e Jeanie teria ficado constrangida pelo gemido que soltou se ele não tivesse feito o mesmo. Ele foi abrindo um caminho ardente pela pele úmida dela com os lábios, a língua, os dentes.

Ele os virou, colocando Jeanie de costas contra a porta, e soltou o peso sobre ela, pressionando-a na madeira.

Ai, meu Deus, ai, meu Deus. Ele é tão firme, tão forte, tão incrivelmente bom nisso. Todos os motivos que Jeanie tinha para ficar longe de Logan haviam sido levados pela tempestade, e ela estava a cerca de três segundos de arrancar aquelas roupas molhadas e pular todas as etapas que separavam conhecidos de amantes quando um raio partiu o céu e as luzes piscaram.

Merda.

— Logan — balbuciou enquanto ele passava a língua sobre a pele delicada de seu pescoço.

— Humm — respondeu ele, a voz vibrando pelo corpo de Jeanie enquanto ele percorria as curvas dela por baixo da blusa molhada, queimando a pele fria com o calor de suas mãos.

— Espera.

Ela colocou a mão no peito de Logan e ele se afastou, largando os braços ao lado do corpo.

— Desculpa. Eu...

— Não, não precisa se desculpar. Isso foi... eu quis isso tudo, é que...

Logan passou a mão pelo cabelo, fazendo a água da chuva respingar ao redor.

— Não precisa se explicar. Fui longe demais, cedo demais... — Sua voz ainda soava áspera, grave e sedenta. — Eu vou embora.

— Espera. — Dessa vez ela o puxou para perto outra vez. — Não é isso. A energia acabou, e eu acho que deveria ajudar o Norman lá embaixo.

Ele piscou.

— Ah.

Jeanie sorriu e esperou que ele sorrisse de volta.

— Gostei muito do que aconteceu aqui.

— Ah, é?

Ele abriu um sorriso maior.

— É. Gostei muito, muito mesmo — disse ela.

Logan se mexeu, ainda bem perto de Jeanie, e ela pôde sentir o quanto ele também tinha gostado de toda a situação. Ela se aproximou mais e deu outro beijo suave nos lábios dele, sentindo a barba roçar em seu queixo.

— Acho que a gente deveria fazer isso de novo um dia desses — sugeriu ela.

Uau, a Nova Jeanie era ousada.

Talvez fossem todas aquelas coisas obscenas no livro do fazendeiro que ela estava lendo, o jeito como aquela leiteira ia atrás do que queria. Ou talvez fosse o jeito como Logan a abraçava. Com força, de maneira firme, sólida. Era bom se sentir segura perto de alguém quando todas as outras partes de sua vida pareciam ter sido destruídas e espalhadas ao vento. Era bom se apoiar em alguém enquanto redescobria onde as peças se encaixavam, enquanto se reconstruía.

— Mesmo?

Ela viu a hesitação cruzar os olhos azuis de Logan.

— Não precisamos mandar um comunicado pro clube do livro nem nada do tipo — disse ela. — Pode ser algo só nosso.

Jeanie sentiu a tensão de Logan se dissipar pouco a pouco enquanto ele considerava a ideia. O que ela estava propondo, afinal? Encontros secretos pra dar uns amassos. Mais do que isso? Ela não sabia ao certo, mas depois de descobrir o que havia acontecido com Lucy, Jeanie não o culparia por estar fugindo de outro possível espetáculo público. Era algo que ela respeitava.

Ao que tudo indicava, a Nova Jeanie era bem compreensiva. A Nova Jeanie também queria muito beijar Logan de novo e estava disposta a chegar a um acordo para que aquilo acontecesse.

— Então... como isso funcionaria? — perguntou ele, sem desgrudar os olhos dela.

Ela deu de ombros.

— Podemos descobrir com o tempo, eu acho.

Casual, numa boa. A Nova Jeanie era adepta a descobrir as coisas com o tempo. Nos braços de Logan, ela se sentia pronta para descobrir todo tipo de coisa.

Logan ainda parecia cético, o vinco entre suas sobrancelhas se aprofundando conforme ela falava.

— Ou podemos voltar a ser amigos — sugeriu ela. — O que você quiser.

Os olhos dele reassumiram aquele aspecto faminto, como se a resposta para "o que você quiser" fosse definitivamente ela. Era nova aquela sensação de desejar, de ir atrás do que desejava e ser desejada também. Ela gostava.

— Vamos descobrir — disse ele e deu mais um beijo em Jeanie antes de se afastar. — Mas só nós dois. — Ele passou a mão pelo cabelo de novo. — Não quero outras pessoas envolvidas, nem mesmo a Annie. Assim que as pessoas ficarem sabendo...

— Claro. Não se preocupe com isso. — Ela fechou um zíper invisível na boca e jogou fora a chave imaginária. — Boca fechada. Não é da conta de ninguém, só diz respeito a nós.

— Obrigado.

Eles não falaram sobre Lucy em voz alta, mas Jeanie sabia que esse era o motivo do agradecimento, o fato de estar lhe dando o cuidado de que ele precisava. Jeanie sentiu uma vontade repentina de proteger aquele homem. Quis suprir suas verdadeiras necessidades, não as que todos presumiam que ele tinha. Além disso, estava feliz por se livrar um pouco da pressão. A última coisa que queria era a cidade inteira de olho enquanto os dois sondavam aquele relacionamento.

A penúltima coisa que queria fazer era deixar os braços de Logan, mas, infelizmente, como dona de uma pequena empresa, o dever a chamava. Norman já a odiava o suficiente, era provável que deixá-lo sozinho durante uma queda de energia não ajudasse.

— É melhor eu descer.

— Certo, claro.

Logan se afastou, contornando a cintura dela com as mãos antes de soltá-la. Seu cabelo molhado, agora mais escuro, caía sobre a testa, e a camiseta por baixo da camisa de flanela estava colada em seu torso. Talvez Norman ficasse bem sozinho, né?

— Vou pegar uma escada na caminhonete e tirar aquela barraca da árvore quando a tempestade passar.

Jeanie pigarreou.

— Perfeito, obrigada — disse ela, em vez de "quer saber? Esqueça o Norman, esqueça a barraca, esqueça tudo, agora somos eu, você e essa camisa de flanela no chão do meu quarto".

A Nova Jeanie não era *tão* ousada assim.

Logan assentiu e saiu antes que ela mudasse de ideia.

— Ah, aí está você! — disse Norman de trás do balcão, insatisfeito, assim que Jeanie pisou no último degrau.

Ao entrar no café, a carranca de desaprovação dele fez o rosto de Jeanie esquentar. Será que já haviam descoberto os dois? Será que os beijos de Logan ainda brilhavam em sua pele? Parecia que sim.

Você é a chefe aqui, Jeanie. Não ele.

Ela endireitou os ombros.

— A tempestade me pegou na feira dos produtores. Tive que trocar de roupa. — As marcas dos dedos de Logan em sua barriga arderam sob a blusa seca.

Norman semicerrou os olhos.

— Bem, eu estava aqui sozinho, com essa multidão e sem energia — retrucou ele, e bufou indignado.

Jeanie olhou ao redor e encontrou uma "multidão" esparsa, molhada e tranquila. Ela se segurou para não revirar os olhos.

— Você parece estar lidando muito bem com a situação. Obrigada por cuidar das coisas.

Norman não teve o que dizer sobre o elogio, então comentou:

— Temos que manter a geladeira fechada até a energia voltar ou vamos perder todos os perecíveis.

— Entendido. — Jeanie fez um sinal de positivo e pegou seu avental no gancho perto do caixa. — Boa ideia. Também vamos ter que ir buscar a mesa e os jarros quando a tempestade passar. Eu meio que saí correndo e deixei tudo pra trás.

Outra carranca descontente.

— Mais alguma coisa, Norman? — perguntou Jeanie num tom alegre.

Ela achava melhor combater sua rabugice com positividade. Sempre funcionava com Marvin.

Jeanie ficou surpresa ao sentir uma pontada de tristeza no coração ao pensar no antigo chefe. Para o bem ou para o mal, os dois tinham convivido por muito tempo, e de repente a ideia de nunca mais vê-lo pareceu impossível.

Então algo estranho aconteceu com o rosto de Norman. Era um leve rubor se espalhando por suas bochechas? Havia incerteza em seus olhos? Timidez?

— Você falou com sua tia? — perguntou ele enquanto limpava a bancada com vigor e evitava encarar Jeanie.

Ela apoiou o quadril no balcão. *Olha só que interessante.* Talvez Hazel estivesse certa sobre Norman. Talvez ele tivesse mesmo uma queda pela tia dela, talvez estivesse com saudade. O pensamento a fez se compadecer dele no mesmo instante. Pobrezinho.

Jeanie o analisou enquanto ele limpava. Não era um homem feio. Inclinando a cabeça e olhando bem, viu que era até meio bonitinho, com sua camisa de botão e o colete de lã que usava todos os dias. A armação escura dos óculos era bem elegante, e ele ainda tinha uma cabeleira farta, ficando grisalho nas têmporas. Não chegava nem perto de ser um mau partido, tia Dot se daria bem.

— Falei com ela ontem, na verdade.

Se Jeanie não o estivesse observando e tentando imaginá-lo com a tia nos braços, não teria percebido a mudança sutil na linguagem corporal dele. A maneira como parou de limpar o balcão, se inclinou um pouco para ela, tudo indicando uma vontade intensa de se aproximar de qualquer notícia sobre a tia Dot.

Muito interessante.

— Ela perguntou como as coisas estavam indo, então eu contei. Disse pra ela que você tem sido de grande ajuda nesse período de adaptação.

Então Norman fez algo totalmente atípico. Ele sorriu. Era a primeira vez que Jeanie via um sorriso no rosto daquele homem desde sua chegada, uma verdadeira surpresa.

— Ela tá se divertindo muito em St. Thomas. Mergulhando com snorkel, praticando windsurf... até desceu de tirolesa um dia desses.

E simples assim o sorriso desapareceu do rosto de Norman. A-há! Mais uma prova de que sentia falta da tia! A rabugice não era por causa de Jeanie, não tinha nada a ver com ela! Ele só sentia falta de Dot. Era meio que fofo.

— Bem, ela deveria ter te treinado melhor antes de fugir — declarou Norman, com um último golpe no balcão antes de marchar para os fundos do estabelecimento, murmurando algo sobre fazer uma pausa.

Ok, então talvez Norman não fosse tão fofo assim, afinal.

Jeanie apoiou os cotovelos no balcão e ficou observando a chuva cair lá fora. Um casal corajoso decidiu sair do café e tentar chegar ao carro, e Jeanie viu os dois saírem correndo. Ficou ali com um senhor na mesa da janela, que usava fones de ouvido gigantes e tinha o jornal de domingo no colo, e um grupo de alunos do ensino médio sugando as últimas gotas de suas bebidas enquanto esperavam a chuva passar. A multidão perfeita para uma tarde chuvosa.

A conversa com a tia Dot tinha sido boa. Jeanie estava animada para contar como iam as coisas, e foi legal ver o rosto bronzeado da tia com seus compridos brincos de concha preenchendo a tela. Em retrospecto, porém, Dot tinha ficado um pouco estranha quando Jeanie mencionou Norman. Apenas balançou a cabeça ao ouvir os comentários sobre a ajuda dele, depois mudou de assunto e contou do mergulho com snorkel, sua última aventura.

Jeanie pegou o livro que estava embaixo do caixa e passou a mão pelo fazendeiro seminu na capa. Era possível que estivesse inventando coisas demais por causa do livro, mas de repente se convenceu de que algo estava acontecendo entre a tia e Norman.

Ela abriu no capítulo seguinte, esperando que o fazendeiro finalmente revelasse seus sentimentos pela leiteira. Não tinha tempo para se preocupar com Norman e Dot.

Tinha que pensar em seu próprio relacionamento secreto.

CAPÍTULO DEZESSEIS

Era a primeira noite de quiz no pub do Mac e Noah havia insistido para que eles fossem. Suas palavras exatas foram: "Por favor, cara. Preciso do seu cérebro lindo e grande pra me ajudar a vencer!" Ao que Logan respondeu que seu cérebro não era lindo nem grande e que eles com certeza não iam vencer, mas lá estava ele.

O problema era que ele gostava de Noah. Gostava ainda mais de ele não ter crescido na cidade e não dar a mínima para o pai ausente de Logan ou sua mãe morta. Além disso, Noah havia perdido todo o desastre da árvore de Natal iluminada e só tratava Logan como um cara normal. E ainda havia um bônus: ele falava tanto que Logan raramente precisava se pronunciar quando os dois saíam juntos, o que ele achava excelente.

Logan tomou mais um gole de cerveja e estudou o público. Tinha bastante gente, o que não o surpreendia, porque a cidade adorava um evento. Era só organizar um festival, um clube, uma reunião, uma aula — todos topavam.

Noah tinha conseguido uma mesa alta com três banquetas, uma para cada membro do grupo. Também havia recrutado Jacob, do clube do livro, para compor a equipe, mas ele ainda não tinha chegado.

— Ei, Hazel e a nova dona do café chegaram. Qual é o nome dela? Jenny? June?

— É Jeanie — disse Logan, forçando-se a virar a cabeça em uma velocidade razoável em vez de quase torcer o pescoço para vê-la.

— Jeanie, é verdade — repetiu Noah, mas sua atenção estava fixa em Hazel, que ajeitou os óculos e desviou o olhar, nervosa.

Logan não teve tempo de registrar a maneira como o amigo encarava sua outra amiga; estava ocupado demais revisitando os últimos dias em sua mente. Ele via Jeanie todas as manhãs por um breve momento, no meio da correria matinal, quando passava para tomar um café. Tinha certeza de que nunca havia agido tão estranho em toda a sua vida, fazendo o pedido e tentando desesperadamente não deixar seus sentimentos por Jeanie serem revelados à cidade inteira.

Em que posição ele ficava normalmente? O que costumava fazer com as mãos? Sempre falava tão alto? Aquelas poucas manhãs tinham sido cansativas, mas o sorriso luminoso e os olhos escuros de Jeanie faziam tudo valer a pena. Agora ela estava a apenas algumas mesas de distância, e ele, paralisado.

Qual era o protocolo? Seria estranho se ele não fosse até lá, né? O que o levou a pensar que fazer aquilo — o que quer que *aquilo* fosse — em segredo seria mais fácil do que abertamente?

Ele deveria ter ficado em casa com as galinhas.

Esse era o motivo de ele não fazer coisas do tipo, de não frequentar noites de quiz ou sair com mulheres em segredo (sair com? Ou *ficar* com mulheres em segredo?). Ele era um cara grande, mal-humorado e desajeitado pra caramba que se dava melhor com animais do que com mulheres. Se Lucy não tivesse se aproximado dele naquela noite fatídica, nunca teria tido coragem de falar com ela.

Logan tomou outro gole de cerveja e permitiu que o líquido amargo lavasse o nome de Lucy de sua mente. Deveria ter deixado sua avó fazer um perfil para ele naquele aplicativo de namoro. Ele poderia muito bem estar em um relacionamento tranquilo agora com alguém do Colorado, ou da África do Sul, ou da maldita lua. Qualquer pessoa que não fosse a garota nova na cidade que havia capturado a atenção de todos.

Atenção era a última coisa que Logan queria. E, ainda assim, não conseguia ficar longe de Jeanie.

— A gente deveria ir lá dar um oi — disse Noah, dando um tapinha nas costas de Logan e o afastando da ideia de namorar uma mulher da lua.

— Hum... é melhor eu segurar a mesa.

— Não se preocupa com isso. — Noah sorriu para ele, batendo um cartão laminado com um grande número 4 no meio do tampo.

— Está reservada para nós agora. Vai, Time Quatro! Seria bom pensarmos em um nome mais cativante, mas vamos cumprimentá-las antes.

Noah já havia pulado da banqueta e estava implorando com os olhos para Logan acompanhá-lo. Seu amigo bom de papo estava nervoso de falar com Hazel? Interessante.

Logan tomou mais um gole de cerveja para ganhar coragem e seguiu Noah até a mesa de Jeanie.

— Olá, meninas.

— Oi, Noah, você se lembra da Jeanie? — apresentou Hazel, fingindo casualidade, mas Logan percebeu o quanto estava inquieta.

— Estão prontos pra perder? — perguntou Jeanie, sorrindo, seus olhos brilhando na escuridão do bar.

— Uau, Jeanie. Chegou chegando. — Noah riu. — Gostei. E não, nossa vitória já é fato.

— Vamos ver — retrucou ela, cruzando os braços.

Ela deixou o olhar ir na direção de Logan.

— Oi — disse ele, a voz presa na garganta.

— Oi.

Jeanie fitou a boca de Logan por tempo suficiente para fazer a temperatura dele subir. Ela tinha trocado seu suéter habitual por uma regata justa e, no calor do bar lotado, a visão de toda aquela pele causou um curto-circuito no cérebro dele; em sua mente não havia nada além de estática e da lembrança da maciez que havia sentido ao deslizar a mão por baixo da blusa dela.

— Hum... oi, pessoal. — A voz de Annie rasgou a tensão enquanto ela jogava a sacola da confeitaria na mesa. — Que energia esquisita aqui. O que rolou?

Jeanie desviou o olhar primeiro.

— Nada esquisito, tudo ótimo! Tô muito animada pra acabar com esses caras.

Noah riu.

— Que encrenqueira. Beleza, Jeanie, nova dona do café. Gostei de você.

Ela abriu um sorriso pelo elogio, e Logan sentiu vontade de dar um soco na cara de Noah por fazê-la sorrir daquele jeito, mas afastou o pensamento irracional da cabeça.

— É melhor a gente voltar. Acho que vai começar logo — avisou Logan.

— Boa sorte — disse Noah, dando outro sorriso para Hazel.

Logan reparou no olhar envergonhado dela. Nada no mundo o impediria de implicar com ela por causa daquilo mais tarde. Especialmente depois dos comentários da amiga sobre ele ter uma "quedinha" por Jeanie.

Jacob os esperava na mesa quando voltaram.

— Quem quer um muffin? — cantarolou. — Foram feitos na aula da Annie e acho que ficaram ótimos. — Ele colocou um bolinho deformado na frente de Logan como quem apresenta um produto esplêndido. — Tcharã!

— Hum... era pra ficar murcho assim mesmo? — perguntou Noah, e Logan quase se engasgou com a cerveja.

— Talvez eu ainda precise de um pouco de prática. — Jacob franziu a testa.

— Muffins não combinam muito com cerveja — acrescentou Logan, e Jacob fez uma cara triste. — Mas vou levar um pra comer amanhã de manhã.

— Ótimo! Depois me conta o que achou. Talvez eu tenha tirado do forno um pouquinho antes do tempo.

— Ok, chega de falar sobre muffins — pediu Noah, sua atenção fixa em Amber, garçonete e a mestre de cerimônias da noite, enquanto ela se aproximava do microfone que haviam colocado na frente do bar. — Está começando!

Logan resmungou com o rosto enfiado no copo de cerveja. *Lá vamos nós.*

Surpreendendo um total de zero pessoas, eles perderam.

De lavada. Nem sequer chegaram perto da vitória. Na verdade, Hazel era profissional em jogos de conhecimentos gerais, um fato que, considerando que ela passava os dias cercada por livros, não deveria ter deixado Logan tão chocado quanto ele ficou. O time dela venceu, embora Nancy, Linda e Tammy tenham ficado em segundo lugar, raspando.

Noah comeu o restante dos muffins de Jacob para se consolar. Não estavam tão ruins assim, no fim das contas.

Mas Logan realmente não dava a mínima para os muffins, o quiz ou o fato de que Annie, bêbada de margaritas ou da sensação de vitória, havia transformado a noite de quiz em uma competição de dança. Só conseguia pensar nas bochechas coradas de Jeanie, em seu corpo naquela regata justa, seu cabelo solto enquanto inclinava a cabeça para trás e ria de algo que Hazel tinha dito.

De vez em quando ela fixava os olhos nos dele e seu sorriso aumentava. Com a atenção aguçada, Logan ia acompanhando os movimentos de Jeanie pelo bar, então quando ela começou a juntar seus pertences para ir embora, ele nem teve tempo de pensar e foi logo em direção à saída também.

Ele abriu a porta e os dois adentraram o ar fresco da noite.

— Posso te acompanhar até sua casa? — Ele quase rosnou as palavras em seu ouvido.

Folhas secas passaram voando entre os dois na calçada.

Ela deu uma risadinha e respondeu aos sussurros, provocante:

— Obrigada, é um caminho tão longo.

Jeanie tinha um aroma doce, algo como baunilha misturada com vodca. Logan queria enterrar o rosto em seu pescoço e se embriagar com aquele cheiro.

Ele pegou a mão dela e quase a arrastou até o beco entre o bar e o café. Estava escuro, mal conseguia distinguir a figura dela, mas podia senti-la, ouvir seu arfar surpreso quando ele segurou seu rosto com as duas mãos.

— Não parei de pensar em beijar você a semana toda — disse Logan, com a voz rouca.

Ele conseguiu ver os lábios dela se abrindo em um sorriso antes de ela pressioná-los contra os dele, suaves e seguros.

— Eu também — murmurou entre beijos. — Não consigo pensar em mais nada.

— Nossa... — grunhiu ele enquanto passava as mãos pelo corpo de Jeanie, amontoando o tecido da blusa em seus punhos.

O cardigã que ela havia vestido por cima para se proteger da brisa noturna estava aberto na frente, então ele passou as mãos por dentro, contornando a cintura dela, tocando de leve a parte inferior de seus seios.

— Gostei dessa blusa.

Jeanie riu, enterrando o rosto no pescoço dele.

— Gostou dessa regata branca e sem graça?

— Você não faz ideia do quanto — respondeu Logan, gemendo quando a sensação do hálito dela em sua pele lhe causou arrepios. — É minha blusa branca e sem graça favorita no mundo inteiro.

Jeanie ficou sem fôlego por um instante quando ele a puxou para mais perto, pressionando seu corpo contra o dela. Num piscar de olhos, as mãos dela estavam no cabelo dele, a boca na sua outra vez, e Logan estava entregue. Entregue àquela sensação, ao gosto daquela mulher, à sensação dela em seus braços. Entregue a qualquer coisa que fizesse sentido. Entregue a Jeanie.

Logan a levantou, segurando-a pela bunda; ela envolveu a cintura dele com as pernas, intensificando o beijo. Nossa, ela era perfeita, macia e quente, e estava com tanta vontade quanto ele, cada beijo uma explosão de desejo, como se chegar até ele fosse mais importante do que qualquer outra coisa.

— Tinha vontade de fazer isso desde que te conheci. — Ela suspirou. — Quando vi você carregando aquelas caixas grandes, seus antebraços tensionados desse jeito sexy, fiquei imaginando se aguentaria me carregar — confessou ela, enquanto o beijava da boca ao pescoço e continuava até chegar à orelha.

— Tensionados de um jeito sexy? — A voz dele saiu rouca e grave.

— É, sabe? Aquela coisa que você faz com o antebraço.

Ele não sabia da coisa com o antebraço, mas o fato de Jeanie ter imaginado isso desde o começo o deixou mais duro que pedra. Logan a encostou na parede e ela gemeu com a boca colada na dele.

— Sempre que quiser me abraçar desse jeito com essas pernas lindas, vai ser um prazer te carregar — disse ele baixinho.

Jeanie riu, e o som alegre preencheu o beco escuro. De repente, tudo entrou em foco.

O beco escuro. A parede de tijolos contra a qual ele a pressionara.

Caramba... ele estava apalpando Jeanie em um beco escuro. O que tinha de errado com ele?

Logan se afastou, colocando-a delicadamente no chão.

— Desculpa... estou machucando você? Isso é... a gente deveria...

Jeanie o encarou, o desejo ainda estampado em seu belo rosto, nítido mesmo na escuridão.

— Subir pro meu apartamento?

O coração de Logan quase parou.

Para o apartamento dela. O apartamento dela, onde aquela regata poderia acabar no chão, e aquele lindo trecho de pele exposta que ele tinha visto no bar poderia se tornar muito mais, e ele veria tudo, beijaria cada pedacinho.

O apartamento dela, onde os dois acordariam juntos na manhã seguinte, e ele teria que sair de fininho pela porta dos fundos como se tivesse vergonha dela, o que em hipótese alguma era verdade. Mas essa era a impressão que ficaria, não?

O apartamento dela. Por mais que parecesse feliz ali, Logan ainda não tinha certeza de que ela ficaria por muito tempo, então era possível que logo seu coração fosse partido outra vez.

Subir para o apartamento dela. A proposta era inquietante. A ideia de ir além com Jeanie ainda era um risco grande demais para Logan. Não era?

Um estrondo repentino atrás dos prédios o salvou de ter que decidir entre ouvir seu cérebro ou outras partes menos úteis de sua anatomia.

— O que foi isso?

Jeanie arregalou os olhos ali no escuro e apertou os braços de Logan.

Ele pigarreou e tentou se livrar da lembrança tátil do corpo de Jeanie.

— Devem ser só guaxinins. Vou dar uma olhada.

— Vou com você.

Ela agarrou a mão dele, deixando-o andar na frente como se estivesse com medo do que poderiam encontrar.

Eles viraram a esquina e encontraram as latas de lixo derrubadas, com sacos de lixo amarradinhos espalhados pelo beco. Logan pegou o celular e virou a lanterna para a bagunça. Nenhum guaxinim.

— Deve ter fugido. — Ele deu de ombros.

— Não sei... — comentou ela.

— Não sabe o quê?

Jeanie passou por ele, inspecionando os sacos de lixo.

— Essa é a terceira noite seguida que essas lixeiras aparecem tombadas.

— Ok, guaxinins persistentes.

Ela balançou a cabeça.

— Mas os sacos nunca estão rasgados. Eles não teriam que rasgar os sacos atrás de comida? Por que simplesmente derrubariam as lixeiras e depois iriam embora?

Logan pegou uma lata de lixo e a colocou de pé.

— Estranho. Podem ser crianças da vizinhança, travessuras de Halloween ou algo assim.

— Ainda é dia 19. Meio cedo pra travessuras, não?

Ele jogou os sacos de lixo de volta na lixeira e bateu a tampa.

— Talvez seja outro fantasma — sugeriu.

Jeanie deu um sorriso discreto, mas o vinco de preocupação continuou entre suas sobrancelhas.

— Você não acha que o Mac faria isso, acha? — sussurrou ela, como se o homem pudesse ouvi-las através da parede de tijolos do pub e do barulho do pessoal lá dentro.

— Por que diabos o Mac derrubaria suas latas de lixo?

— Annie achava que...

— Pode ir parando por aí. Qualquer informação a respeito do Mac vinda da Annie não é confiável. Aqueles dois têm uma vibe esquisita há anos.

— Ela só pensou que ele talvez estivesse tentando me assustar. Pra conseguir comprar o café e expandir o pub. Faz sentido.

Ela parecia pequena sob a luz amarela da porta dos fundos, derrotada.

— Eu não sei o que tá acontecendo, mas tenho bastante certeza de que não tem a ver com o Mac. Ele não faria algo assim.

Jeanie deu de ombros.

— Talvez não. É só que eu ainda sinto que... — Ela deixou o pensamento esmaecer e forçou outro sorriso. — Não importa.

— Você sente que o quê? Qual é o problema? — *Me deixe consertar.*

Aquelas palavras perigosas e tentadoras o rasgaram por dentro. As mesmas que já tinham lhe trazido tantos problemas antes. *Me deixe consertar. Me deixe te convencer a ficar. Me deixe fazer nós dois acreditarmos que seu lugar é aqui.*

— Não, não é nada. — Ela sorriu mais, ainda fingindo. — Você deve estar certo em relação aos guaxinins.

— Tá, ok.

Ele trocou o peso de uma perna para a outra. O momento havia passado, o momento que o fez pressionar Jeanie contra uma parede de tijolos, desesperado para chegar ainda mais perto; e agora ele não sabia o que fazer.

— É melhor eu dormir um pouco — disse Jeanie após outro momento de tensão entre os dois. — Acordo cedo amanhã.

— Claro, claro.

Ela foi até ele e deu um beijo em sua bochecha.

— Obrigada por investigar o barulho.

— Você vai ficar bem esta noite? — perguntou Logan, querendo se aproximar de novo, mas sem saber se deveria. — Podemos pedir para o policial Dee dar uma passada aqui hoje e ficar de olho na região.

— Não precisa. — Ela fez um gesto no ar de que aquilo não era mesmo necessário. — Vou ficar bem. Não se preocupe comigo e alguns guaxinins ou adolescentes idiotas ou o que quer que seja. Não é nada de mais.

Cada palavra que saía da boca dela só servia para convencê-lo de que ela não estava nada bem, mas o que mais ele poderia fazer? Exigir que o deixasse passar a noite lá? Não era exatamente isso que estava tentando evitar?

— Ligue se precisar de mim, tá? — Sua voz soou mais ríspida do que ele havia planejado, a frustração consigo mesmo transparecendo em suas palavras.

O olhar dela se fixou no dele, e Logan se viu preso nas profundezas escuras de seus olhos.

— Tá bom.

— Tô falando sério, Jeanie. Barulhos estranhos, qualquer coisa. Pode ligar.

Ela assentiu, o sorriso falso se transformando aos poucos em um verdadeiro.

— Eu ligo. Prometo.

— Tá. Ótimo.

— Obrigada, Logan.

— Boa noite, Jeanie.

CAPÍTULO DEZESSETE

Caraca, como aquele homem beija bem!

Jeanie se recostou na porta em meio à escuridão, tentando recuperar o fôlego, mas sua respiração não voltava ao normal porque ela não conseguia parar de pensar na boca de Logan tocando a sua, nas mãos dele percorrendo seu corpo e na cintura firme entre suas pernas.

Meu Deus, ela havia mesmo confessado que queria pular nos braços dele desde o dia em que o conheceu? Quase sentiu vergonha, mas se lembrou do gemido de Logan reverberando por ela ao ouvi-la dizer aquilo. Talvez não tenha sido a pior coisa no mundo a se dizer.

E então o momento foi arruinado por quem quer que estivesse derrubando suas malditas latas de lixo. Mas não eram apenas as latas de lixo. Não quis contar a Logan, mas alguém estava derrubando os vasos novos de crisântemos que ela havia colocado lá na frente também. Era a mesma coisa todas as noites. Suas flores, seu lixo, ela tinha até encontrado sua correspondência espalhada por toda a calçada no dia anterior. E guaxinins não vasculham correspondência, disso tinha certeza.

Talvez fosse alguma brincadeira. Mas os adolescentes adoravam ir ao café tomar pumpkin spice latte. Por que mexeriam com a dona do local? Não fazia sentido.

Jeanie estava determinada a não parecer tão problemática toda vez que visse Logan, então omitiu suas teorias sobre alguém estar tentando se livrar dela. Bem, até certo ponto. Ele estava definitivamente cético em relação à teoria de Annie sobre Mac, mas aquilo fazia cada vez mais sentido para Jeanie. Quem mais ia querer que ela fosse embora?

Gasparzinho desceu as escadas para cumprimentá-la. Seu fantasma original. Talvez Logan estivesse certo, talvez houvesse uma explicação racional para todo o resto também. Mas ela estava decidida a deixar Logan fora daquilo. Se os dois iam... er, se beijar em becos escuros... queria que ele a visse em sua melhor versão possível. Mesmo que essa versão fosse vista apenas à luz fraca da rua.

E, naquela noite, ela sentiu que havia acertado em cheio.

Tinha saído com amigos e se divertido horrores pela primeira vez em muito tempo. Foi legal.

Ficar com Logan foi só a cereja do bolo.

A Nova Jeanie gostava de cerejas.

Jeanie acordou num pulo.

O som de vidro quebrando interrompeu seu sono.

O que diabo foi isso?

Seu instinto foi se esconder debaixo das cobertas, mas então ela se lembrou de que tinha um comércio para defender e um gato para proteger. Espiou por entre as cobertas e encontrou Gasparzinho a encarando com os olhos arregalados no escuro.

— O que foi isso? — sussurrou, mas o gato também não parecia saber a resposta.

Maldito gato.

Jeanie saiu da cama e foi até a janela que dava para os fundos do café. Uma figura escura estava lá atrás com um taco de beisebol nas mãos.

Ai, meu Deus, ai, meu Deus, ai, meu Deus. Acabou pra mim. As pessoas sempre acham que metrópoles são perigosas, mas é nas cidades pequenas que moram os piores serial killers!

Jeanie mordeu o lábio inferior para evitar que todas aquelas palavras malucas saíssem. Por quê? Não sabia. Para passar segurança e estabilidade ao seu gato, pelo jeito. O que era um sinal muito claro de estabilidade.

Ela observou a figura. Era provável que fosse um homem. Os homens realmente tinham monopolizado o ramo de assassinatos em série. Ele olhou ao redor, fazendo movimentos frenéticos, e parecia estar meio confuso, como se não soubesse o que fazer em seguida. Talvez fosse um assassino em série de primeira viagem; nesse caso, apenas um assassino. Ela seria sua primeira vítima.

Que pitoresco.

Tá bom, pense, Jeanie. Faça alguma coisa!

Ela correu de volta para a cama e vasculhou as cobertas em busca do celular, xingando a si mesma pelo hábito terrível de assistir episódios antigos de *Schitt's Creek* toda noite antes de dormir. Era inevitável: ela adormecia com o celular na mão e ele se perdia entre as cobertas. Algumas vezes acordava com o celular caindo direto no seu rosto.

A-há! Achei. E agora?

Era melhor ligar para a polícia, certo? Esse é o procedimento quando você está nitidamente em perigo. Mas será que estava mesmo? Ela não queria causar um grande alvoroço se não houvesse nada acontecendo de fato. A cidade inteira já sabia que ela quase havia apagado Logan com uma pancada na cabeça, então não queria de jeito nenhum colocar lenha na fogueira.

Jeanie voltou para a janela sorrateiramente.

O homem tinha sumido.

Ela pressionou a testa no vidro gelado e olhou de um lado para o outro do beco. Nada. Talvez alguém estivesse apenas cortando caminho.

Ainda segurando o celular na mão suada, as palavras de Logan ecoaram em seus ouvidos. Ela podia mandar uma mensagem para ele.

Eram 2h23 da manhã. O que diria? "Oi, desculpa te acordar, mas pode ser que alguém esteja passando pelo beco"? Não. Não mesmo. Essa não era a Jeanie que estava se esforçando para ser.

A Jeanie tranquilona procuraria uma explicação perfeitamente razoável para aquilo. Um cidadão de bem de Dream Harbor estava apenas pegando um atalho pelo beco a caminho de casa após sair de seu respeitável trabalho cem por cento legal — talvez como enfermeiro no pronto-socorro ou algo corajoso e nobre assim.

Ela jogou o celular de volta na cama para evitar tomar uma atitude precipitada. Não ia acordar o fazendeiro bonitão à toa.

Ninguém estava tentando assassiná-la.

Infelizmente, seu coração acelerado não queria saber disso. Queria mantê-la acordada pelo resto da noite.

Ainda eram onze e meia da noite na Califórnia, então ela pegou o celular de novo e se aconchegou entre as cobertas.

Mandou uma mensagem para Ben.

> Oi, tá on?

O irmão respondeu quase no mesmo instante. Ela conseguia imaginá-lo aconchegado na própria cama king size, metade do colchão ocupado por sua matilha de cães resgatados. Ele tinha três, e Jeanie achava que eram cachorros demais, apesar de Ben alegar que isso não existia.

Eu realmente não quero receber
um "tá on?" da minha irmã.

Jeanie riu alto, assustando o gato de novo. Gasparzinho pulou da cama e soltou um longo suspiro magoado. Ou pelo menos ela imaginou que fosse o caso; era impossível entender os gatos com precisão.

> Cala a boca. Eu quase fui assassinada.

De novo? Por que isso sempre acontece com vc?

> Não sei.

Como foi dessa vez?

> Acho que ouvi um vidro quebrando, depois pode ser que eu tenha visto alguém, mas provavelmente não, espreitando no beco.

Caraca, chamou a polícia?

Jeanie fez uma pausa, seus dedos pairando sobre as teclas. Ela podia mentir, mas aí iria se sentir culpada por ter mentido e confessaria no momento mais inoportuno possível, tipo no meio do jantar de Ação de Graças.

> Hum... não.

PQ NÃO?

> Eu não queria parecer histérica.

Caramba, Jeanie. Vc precisa parar com essa porra. Tá tudo
bem. Vc é um pé no saco, mas tirando isso tá tudo bem.

        Não aconteceu nada! E a pessoa foi embora.
        Não quero desperdiçar os recursos da cidade.

E o vidro quebrado?

        Vou ver de manhã. Não deve ter sido nada.

Definitivamente foi alguma coisa, mas ela também não ia descer sozinha no meio da noite para verificar. Não era sortuda o bastante para encontrar um homem gostoso na sua porta duas vezes seguidas.

Vc me mandou mensagem só pra me fazer perder o sono tb?

        É, mais ou menos. Não consigo dormir agora.

Como vai o fazendeiro bonitão?

        CALA A BOCA.

Ei, se vc não vai me deixar dormir,
eu posso te encher o saco. Fala aí.

        Ele tá bem. É um cara muito legal.

Um cara muito legal?!! Nossa, vai com calma.

        Tá, tá bom. Quer saber mesmo? Ele tem o melhor beijo
        do mundo inteiro, a barriga dele tem aquelas divisões
        e os antebraços dele se tensionam de um jeito sexy.

Tá bom, tá bom! Chega! Eu me rendo.
E essas divisões se chamam músculos.

        Como eu ia saber? Nunca tive isso.

kkkkkk

        Como vai a vida em Los Angeles?
        Vai na mamãe no Dia de Ação de Graças?

Provavelmente não este ano. Talvez eu apareça no Natal.

Ah, não! Vc tem que ir! A mamãe me faz sentar com os priminhos na mesa das crianças quando vc não tá!

kkkkkkk, pq?

Eu não sei. É como se ela me rebaixasse um nível na contagem de gerações quando vc não vai, sei lá.

Bom, boa sorte com isso.

Jeanie ainda não estava pronta para dormir. E se Ben podia perguntar sobre Logan, ela também ia querer alguns detalhes sobre a vida do irmão mais novo.

Como vai aquela garota com quem vc tava saindo?

Não quero falar disso.

Mas eu te contei do fazendeiro bonitão!

E eu me arrependi profundamente de ter perguntado dele.

Bennnneeeettttt... vai, fala!

Ela não gostava de cachorros.

E por isso vc terminou?

Isso é um problema pra mim!

Ben...

Preciso dormir.

Blz.

Aquela pequena notícia foi, na verdade, mais informação do que ela normalmente conseguia sobre a vida amorosa do irmão. Tudo o que sabia era que ele saía em alguns encontros, mas ainda não tinha achado ninguém que valesse a pena manter por perto, mencionar ou levar para conhecer a família. Pelo menos não por enquanto.

Vc tá em perigo?

>Não, tô bem. Vai dormir.
>Vou assistir à quarta temporada de novo.

Schitt's Creek?

>Claro.

David e Patrick pra sempre.

>Exato. Boa noite, irmãozinho.

Boa noite, Jeanie. Não seja assassinada.

>Bjs.

Jeanie abriu a Netflix no celular e apertou o play. Sem chance de voltar a dormir.

Ainda estava acordada quando, às cinco da manhã, outra mensagem apareceu na tela, mas essa não era do irmão.

Passando pra conferir como vc tá. Tudo bem por aí?

Logan estava conferindo se ela estava bem. Caramba, ele era atencioso mesmo.

>Bom dia! Tudo ótimo. Vejo vc pedindo o de sempre daqui a pouco?

Isso. Até já.

>Até já!

O dedo de Jeanie pairou sobre o emoji piscando e mandando um beijinho. Não. Aquilo era longe demais. Melhor ser prudente e não pecar pelo excesso, aquilo era o suficiente por enquanto. Na medida certa. Ela era capaz de manter as coisas com Logan casuais e divertidas. Não havia necessidade de levar tudo tão a sério, de exigir coisas que ele não estava pronto para oferecer.

CAPÍTULO DEZOITO

Pela segunda noite consecutiva, Logan teve que ir à cidade contra sua vontade. Era a vez de a avó ir à reunião de moradores, mas ela havia distendido um músculo na aula de hidroginástica para idosos e tinha mandado Logan em seu lugar. Ele estava torcendo para poder apenas confirmar a contribuição da fazenda para o Festival de Outono — coisa que podia ser feita por e-mail se o prefeito não insistisse em fazer isso pessoalmente todos os anos — e ir embora. Mas, é claro, não era assim que essas coisas funcionavam em Dream Harbor.

— Ordem no tribunal! — gritou Pete da frente do salão. — Brincadeira, pessoal — acrescentou com uma risada. — Mas se vocês puderem se sentar, seria ótimo.

A voz do prefeito parecia apenas trilha sonora para a multidão, todos muito animados com o Festival de Outono. Era o segundo maior evento de Dream Harbor — perdia apenas para o dia em que a árvore de Natal era acesa, no qual Logan se recusava a pensar.

Ele se sentou no lugar de sempre, no fundo do salão. Seus ombros e braços doíam de um dia todo carregando abóboras de um lado para outro do celeiro porque a avó havia decidido que elas ficavam melhores sob a luz esparsa do sol. Tinha sido um longo dia depois de uma longa noite maldormida. Não conseguia parar de pensar em Jeanie, em tudo o que havia acontecido naquele beco e em tudo o que queria que tivesse acontecido.

Talvez devesse tê-la beijado de novo. Talvez devesse ter ficado.

Mas o momento entre os dois foi interrompido, e ele não soube o que fazer. Antes de Lucy, Logan não tinha namorado muitas mulheres.

Sua incapacidade de engatar numa conversa casual sempre atrapalhava suas tentativas de conhecer alguém, o que não era nenhuma surpresa. Por isso achava que Lucy era diferente. Pelo menos no começo. Ela não parecia se importar com o fato de ele ser reservado. Até começar a se importar.

Até finalmente descobrir que faltava alguma coisa nele e em sua vida lá.

Doeu ainda mais porque ele pensava ter encontrado alguém que o entendia — uma prova de como lia bem as mulheres. Então, quando Jeanie recuou na noite anterior, ele perdeu a confiança de tomar qualquer outra iniciativa.

Logan esticou os braços para a frente, mãos entrelaçadas, e estalou os nós dos dedos. Ele notou como seus antebraços ficavam quando as mangas estavam arregaçadas e se lembrou de Jeanie pensando neles. Um calor se espalhou pelo seu rosto.

Logo após esse pensamento, veio uma multidão de outros, incluindo o gosto da boca dela (doce e licorosa), a sensação de suas coxas (fortes e quentes) ao redor da cintura dele, a lembrança do corpo dela pressionado ao seu (perfeição). Ele deixou as mãos caírem no colo e, antes de passar vergonha, se forçou a pensar em hidroginástica de idosos.

O bom e velho Logan, arruinando os eventos da cidade com pedidos de casamento fracassados e ereções inapropriadas.

Ele suspirou e passou a mão pela barba, rezando para que aquela reunião fosse curta, mas até o momento o prefeito nem sequer tinha conseguido fazer as pessoas se sentarem e ficarem quietas, então Logan começou a perder as esperanças.

— Uau, olha só quem veio! Duas reuniões de moradores seguidas!

Annie veio por trás dele e deu um beijo em sua bochecha. Hazel a seguiu e se sentou ao lado de Logan. E porque aparentemente elas eram todas amigas agora, e porque o universo queria torturá-lo, Jeanie surgiu logo em seguida.

— Estamos atrasadas? — sussurrou, sentando-se do outro lado de Logan.

— Não faz diferença. Não começou ainda — disse ele, evitando o olhar dela.

Como ia conseguir ficar ao lado daquela mulher fingindo normalidade quando tudo o que queria fazer era beijá-la de novo? Logan começou a calcular que talvez um relacionamento secreto fosse ainda mais estressante do que um público.

— O que você está fazendo aqui, afinal? — perguntou Annie, desenrolando do pescoço seu cachecol de um quilômetro. — Não era a vez da vovó?

— Ela distendeu um músculo.

Annie franziu a testa.

— Ela tá bem?

— Tá, só ficou dolorida.

— E por isso temos o prazer da sua companhia mais uma vez. — Ela deu um gritinho alegre e pousou na cadeira da frente.

— É o que parece.

— Bem, *eu* tô feliz por te ver aqui — afirmou Jeanie, e Logan cometeu um erro tático.

Olhou para ela. Olhou para ela e a viu sorrindo para ele, com seus olhos de um castanho-chocolate luminoso, um rubor lento se espalhando por suas bochechas, e ele não conseguiu mais parar de olhá-la.

Não conseguiu parar até Annie estalar os dedos na frente do rosto dele.

— Tá tudo bem com vocês dois? — perguntou, com uma sobrancelha arqueada.

— Estamos ótimos — disse Jeanie, ao mesmo tempo em que ele soltou um conciso "sim".

— Jeanie te contou da invasão? — perguntou Hazel.

— Invasão?

— Não foi uma invasão de verdade. Ninguém invadiu, só quebrou uma vidraça e foi embora — afirmou Jeanie, tentando tranquilizá-lo com um sorriso, mas tudo o que Logan ouvia era que *algo ruim* tinha acontecido com ela, e ele simplesmente não podia permitir.

— Bem, que diabo aconteceu?

Ele parecia estar bravo com todos os presentes, quando, na verdade, estava bravo consigo mesmo por não ter ficado com ela.

— Ei, ei. Calma aí, Hulk. — O tom de Annie era provocativo, mas Logan não estava no clima.

Jeanie sabia que havia alguma coisa errada na noite anterior e ele a ignorou. Tentou convencê-la de que era a droga de um guaxinim, enquanto ela estava em perigo de verdade.

— Alguém quebrou uma janela no meio da noite. Não é nada de mais. — Jeanie acenou com a mão como se não fosse um problema, e Logan odiou aquilo.

Por que ela não estava falando sobre teorias de assassinato? Por que não estava marcando outra noite de tocaia? Por que não estava buscando uma explicação complicada para o que tinha acontecido?

Por que diabo não o deixava consertar a situação?

— Por que você não me ligou? — resmungou ele.

— Ah... eu...

— Por que ela ligaria pra você? — perguntou Hazel, com os olhos arregalados e inocentes por trás dos óculos, mas seu sorriso desconfiado a denunciou. — Ela poderia ter ligado pra mim.

Logan franziu a testa.

— E o que você teria feito?

— O mesmo que você! Chamado a polícia.

Certo. Por que Jeanie não tinha ligado para a polícia?

Ele não teve tempo de perguntar — o assobio agudo da vice-prefeita Mindy se sobrepôs ao barulho da multidão.

— Vamos começar — anunciou ela, usando um tom sério como nas reuniões escolares.

Logan se contorceu na cadeira. Quanto mais rápido começassem, mais cedo terminariam, mas ele ainda tinha perguntas a fazer para Jeanie.

— Por que você não me disse? — sussurrou ele, chegando perto o suficiente para roçar o nariz no cabelo dela.

Jeanie cheirava a café dessa vez.

— Não quis te incomodar — sussurrou ela de volta. — Hazel fez parecer pior do que realmente foi. Não é grande coisa.

— Tá, mas ontem à noite você estava tentando me dizer...

— Logan. — O som do nome dele ecoou pela sala silenciosa, e foi como um *flashback* instantâneo de quando ele se metia em problemas na escola. Nunca por conversar com algum colega, no entanto; em geral era por estar distraído, olhando pela janela. — Você e Jeanie devem estar conversando sobre o quanto querem ser jurados do concurso de fantasias, já que é disso que estamos falando agora.

O tom alegre de Pete encobriu a pura maldade de suas palavras.

— Eu... a gente... não é...

— Parece divertido — disse Jeanie.

Jeanie, a doce e inocente Jeanie, não sabia o que estava dizendo.

O concurso de fantasias não era divertido. Era uma competição agressiva entre fãs alucinados de Halloween, e ninguém nunca ficava satisfeito no final. Logan já tinha visto gente sair no soco por causa do resultado. Ele costumava passar bem longe do evento, preferia entregar as abóboras da decoração mais cedo e depois ser convencido por Noah a experimentar cervejas temáticas de outono (elas eram sempre nojentas, mas qualquer coisa era melhor do que separar uma briga entre o Garibaldo e o Luke Skywalker).

— Maravilha!

O prefeito Kelly sorriu, e Logan sentiu sua alma ser sugada de dentro dele. Era a receita ideal para o desastre.

— Certo, próximo assunto, pescar maçãs com a boca: divertido e higiênico ou marco zero para doenças? Vamos discutir.

Jeanie o cutucou com o ombro.

— Vai ser legal, né? — reiterou em um sussurro.

Ele assentiu, porque não suportaria lhe dar a notícia de que era impossível ser uma experiência legal. Além disso, estava apavorado com a possibilidade de dizer qualquer outra coisa a ela e Pete o obrigar a encher o castelo inflável com a boca.

Em vez disso, Logan se acomodou e se esforçou para prestar atenção à pauta da reunião de moradores — tão longa que chegava a ser maluquice — sem pensar no calor do braço de Jeanie contra o seu, na maneira como ela assentia para o que Pete estava dizendo, demonstrando atenção, ou no fato de que, mais ou menos na metade da reunião, ela pegou um caderno e começou a fazer anotações e rabiscar miniabóboras nas margens.

Como um cara podia se concentrar nos prós e contras de uma competição de quem come mais torta quando a mulher ao lado dele insistia em ser tão adorável?

Sério, que inconveniente.

Quando a reunião terminou, Logan estava quase tendo espasmos de tão impaciente. Precisava falar com Jeanie sem se tornar o próximo tópico da pauta.

Para sua sorte, Annie saiu depressa para confrontar Mac, que havia estacionado em sua vaga ou qualquer coisa assim, e Hazel foi com ela para dar apoio moral ou garantir que Annie não o esmurrasse. Logan não tinha certeza do que aconteceria, mas nem ligaria se uma briga começasse, contanto que estivesse longe dali com Jeanie ao seu lado.

— Quer uma carona pra casa? — perguntou enquanto Jeanie vestia o casaco.

— Eu adoraria.

Os dois seguiram em direção à porta e tinham quase alcançado a liberdade quando Kaori e Jacob surgiram das sombras como ninjas empunhando livros.

— Jeanie, achei você! — Kaori a cumprimentou com um longo abraço, agindo como se tivesse acabado de reencontrar uma parente que não via há muito tempo.

— Oi! — Jeanie sorriu para a mulher. — A gente se viu hoje à tarde na sua pausinha pro café — observou, dando risada.

— Isso foi há horas — rebateu Kaori, com um aceno.

Jacob revirou os olhos e colocou um livro nas mãos de Jeanie.

— A leitura da semana que vem. Essa é bem picante, então espero que não fique traumatizada demais.

Jeanie riu.

— Acho que eu dou conta.

Logan olhou para os próprios pés, fazendo um esforço descomunal para não pensar no que Jeanie dava conta de fazer. Ele conseguia sentir Jacob o encarando.

— Gostou do outro livro que te dei, Jeanie? — perguntou Jacob.

Seu tom implicava alguma piada interna que Logan não queria entender.

— Gostei. Foi... muito inspirador.

Jacob gargalhou de alegria.

— Ai, que bom! — Seu olhar passou de Jeanie para Logan. — A vida imita a arte mesmo? — E arqueou uma sobrancelha toda bem-feita.

Jeanie corou até a raiz do cabelo.

— Do que vocês dois estão falando? — perguntou Kaori, mas Logan tinha uma forte sensação de que não queria saber.

— Deixa pra lá — cantarolou Jacob e segurou a mão de Kaori. — Vamos tomar alguma coisa antes que você vire abóbora.

— Vejo você no próximo encontro! — gritou Kaori, e acenou enquanto Jacob a arrastava para longe.

Logan pigarreou, e Jeanie se mexeu, desconfortável, depois abriu um sorriso sem graça.

— Aquilo foi só... sabe... coisa de livro.

— Claro.

— Ótimo, ok. Vamos.

Ele saiu com Jeanie pelas grandes portas duplas da sala de reunião, que davam no saguão da prefeitura. Estava frio, e os velhos aquecedores chiavam em potência máxima tentando combater o vento outonal que entrava pela porta enquanto as pessoas saíam, um esforço inútil.

Os dois foram parados por pelo menos cinco outros grupos de vizinhos na saída, todos querendo elogiar Jeanie por seu ótimo trabalho no café. Quando chegaram à calçada, ela sorria de orelha a orelha, contente pelo reconhecimento.

Eles foram andando até a caminhonete em um silêncio confortável, Jeanie cantarolando baixinho enquanto acenava para vários outros vizinhos.

— Obrigada pela carona — disse ao entrar na cabine. — Tá muito mais frio agora do que quando eu vim mais cedo.

— Claro, disponha.

— Acho que vou precisar de um carro. Nunca precisei de um em Boston — comentou, sorrindo para ele do banco ao seu lado.

— Você sente falta? — A pergunta saiu antes que ele pudesse pensar melhor.

— De quê? Transporte público? Um pouco.

— Não, de Boston. Quer dizer, eu sei que aqui é bem diferente de lá.

Jeanie deu de ombros.

— Eu gosto daqui.

Tão simples. Uma frase tão curta. Mas, nossa, como ele queria acreditar nela! Jeanie parecia se encaixar tão bem na cidade, ainda mais depois daquela noite, quando ela demonstrou conhecer mais vizinhos do que ele. Logan queria que ela se encaixasse ali.

Queria que seu "eu gosto daqui" significasse "eu gosto de você, da sua fazenda velha e fedorenta, dos seus avós meio malucos. Eu gosto de você e vou ficar". Queria que "eu gosto daqui" lhe desse algum tipo de garantia, o que, é claro, ninguém podia dar.

Era possível que Lucy o tivesse desestabilizado mais do que ele gostaria de admitir; também era possível que seu avô estivesse certo, mas Logan nunca admitiria isso.

Ele balançou a cabeça.

— Ótimo. Isso é bom.

Ele apoiou o braço no encosto do assento de Jeanie e saiu da vaga, manobrando o carro devagar. Ainda havia muita gente circulando por ali, conversando, apesar do frio da noite.

A viagem foi curta, pois a prefeitura ficava a pouco mais de um quilômetro do café, na rua principal. O carro nem teve tempo de esquentar, as saídas de ar soprando uma corrente fria em seu rosto. Ele parou em frente ao café, sob a luz amarela do poste. O vento estava cortante e gelado, sacudindo as folhas coloridas das árvores. O sol tinha se posto algumas horas antes, deixando a sensação de já ser tarde da noite.

— Obrigada mais uma vez pela carona.

— Por que você não me contou sobre a janela quebrada? — perguntou ele de novo, ainda odiando o fato de ela não ter ligado quando tudo aconteceu.

— Eu te disse, não foi nada de mais.

— Jeanie.

Ela suspirou.

— Eu só... eu não queria deixar isso complicado demais.

— Isso?

— Isso aqui. — Ela fez um gesto indicando os dois. — A gente. Eu não queria que você se sentisse... sei lá... responsável por mim ou algo do tipo.

— Mas eu quero... — *Não diga que você quer ser responsável por ela, pelo amor de Deus.* — Eu quero ajudar.

Ela o observou, seus olhos castanhos analisando as expressões dele, e torceu a boca enquanto pensava.

— Ok, que tal a gente fazer assim: eu prometo te avisar se eu precisar de ajuda.

— Promete? — resmungou ele.

— Prometo. Se eu precisar de alguma coisa, te aviso.

Ele não gostava nem um pouco da ideia, mas provavelmente não tinha alternativa.

— Acho que talvez você esteja certa.

— Como assim?

— Tem alguém mexendo com você.

Os olhos de Jeanie se arregalaram com a admissão.

— Você acha?

— Estou começando a achar.

Jeanie abriu a boca para dizer alguma coisa e a fechou de novo. Que diabo estava escondendo dele?

— O que foi? — perguntou, de bate-pronto.

— Nada.

— Jeanie.

Ela bufou.

— Nada! Prometo que te conto se houver alguma novidade no caso.
— No caso?
— É — respondeu, sorrindo. — O Caso dos Mistérios no Pumpkin Spice.
— Tá bom, Nancy Drew.
Ela sorriu.
— Logan?
— Eu?
— Você vai me beijar? — Ela chegou mais perto ao fazer a pergunta, e de repente Logan não dava a mínima para janelas quebradas.
— Você *quer* que eu te beije, Jeanie? — disse baixinho, com a voz meio rouca, e os olhos de Jeanie se fecharam.
— Acho que ajudaria muito se você me beijasse.
Ele observou os lábios dela se curvarem em um sorriso provocante antes de se inclinar e encostar a boca na dela. Jeanie suspirou e o puxou para si pela camisa.
Ela se encaixava ali também, aninhada em seu peito, com os lábios nos seus, soltando leves suspiros ofegantes contra sua pele.
Logan aprofundou o beijo e Jeanie correspondeu, deslizando a língua junto à dele. Ela continuava a segurá-lo, a puxá-lo como se não estivesse conseguindo chegar perto o suficiente. Os dois estavam usando camadas de roupas demais, e a cabine da caminhonete era muito apertada. Ele resmungou, frustrado, ao correr as mãos de um casaco a um suéter. Era como dar uns amassos usando roupa de astronauta.
— Espera aí.
Jeanie se afastou, arrancou o casaco e o jogou no banco de trás. O suéter voou logo em seguida, e ela ficou apenas com a camiseta de manga comprida que tinha vestido por baixo. Não estava exatamente nua, mas pelo menos ele podia ver a silhueta dela, passar as mãos por aquelas curvas, e foi isso o que fez enquanto Jeanie desabotoava sua camisa.
Assim que ela chegou ao último botão, fez uma careta de derrota: ele estava usando uma camiseta de manga comprida por baixo.

— Droga.

Logan bufou e deu risada. Aquilo era absurdo! Eles deveriam esfriar a cabeça e…

Seus pensamentos se embaralharam quando as mãos de Jeanie começaram a vagar por baixo de sua camiseta, arranhando a barriga.

— Bem melhor — disse ela pertinho de seu pescoço enquanto beijava a parte áspera da barba cheia.

Ele a agarrou pelos quadris, puxou-a para si e a colocou montada em seu colo no banco do motorista.

— Melhor ainda.

Jeanie sorriu, e ele voltou a beijá-la. Não se cansava da boca dela, sempre sorrindo, sempre o provocando, tão macia e faminta.

Logan havia tido uma única namorada em todo o ensino médio, e o relacionamento durou menos de três meses, mas aquele momento, os dois se pegando em sua caminhonete ainda completamente vestidos, desejando não estar, o levou de volta àqueles meses torturantes. Eles se agarravam, se apalpavam, se apertavam. Nenhuma delicadeza, pura vontade. Assim como naqueles dias, os dois tinham uma vaga e distante noção dos motivos pelos quais não deveriam levar aquilo adiante, mas as razões desapareciam cada vez que suas línguas se encontravam.

As mãos de Jeanie estavam por toda parte — ela cravava os dedos em seus ombros, subia até os cabelos e puxava —, as bocas igualmente desesperadas, e quando Jeanie rebolou para a frente em seu colo, Logan pensou que fosse morrer no mesmo instante.

Um gemido sufocado escapou de sua boca, então ela rebolou mais uma vez.

— Jeanie — murmurou ele, agarrando a cintura dela com firmeza.

Logan estava no meio de um cálculo mental complicado para entender como os dois fariam para tirar a calça quando a bunda de Jeanie apertou a buzina.

O som estridente ecoou pela noite silenciosa.

Jeanie congelou e arregalou os olhos, como um desenho animado, ainda ofegante.

— Ops — sussurrou ela.

Os dois olharam ao redor, despertando do feitiço, e se deram conta de que estavam bem no meio da maldita rua principal, se pegando como se tivessem dezessete anos de idade.

Isso contribuía para o plano dele de evitar fofocas na cidade? Que diabo estava fazendo?

— A gente deveria...

— Sim, desculpa, com certeza. — Jeanie se desentrelaçou dele e caiu de volta no banco do carona. — Acho que a gente se empolgou um pouco.

— Acho que sim.

Ele passou a mão pelo cabelo, tentando controlar a respiração. O rosto de Jeanie estava corado, seus lábios, vermelhos e aveludados.

Não olhe para os lábios dela.

— Obrigada de novo pela carona — disse Jeanie com uma risadinha, procurando suas roupas no banco de trás.

— Claro.

Ela abriu a porta, e o ar frio de outubro ajudou a diminuir o calor que Logan ainda sentia.

— Me liga se precisar de alguma coisa — ele a lembrou.

Ela fez que sim e fechou a porta. Logan ficou sozinho e mais confuso do que nunca, sem saber em que pé os dois estavam.

Mas já planejando quando a veria outra vez.

CAPÍTULO DEZENOVE

— Posso te servir uma xícara de chá enquanto você espera, meu amor?

— Eu aceito, obrigada.

A avó de Logan, ou Estelle, como insistia que Jeanie a chamasse, entrou correndo e foi fazer um chá. Jeanie estava sentada nos degraus do lado de fora da casa de fazenda que Logan chamava de lar. Era linda. Antiga e com certeza mal-assombrada, mas linda. À sua frente, havia um pequeno bando de galinhas ciscando, as mais engraçadas que ela já tinha visto. Todas tinham um tufo de penas no topo da cabeça que parecia um penteado muito elaborado; tinham os mesmos tufos nos pés, que Jeanie imaginou serem como pequenas botas revestidas de pele. Só de olhar para elas dava vontade de sorrir.

Todo aquele lugar a fazia sorrir, até que ela se lembrou de que não havia sido convidada — só entrou em seu novo carro alugado e resolveu aparecer lá.

Quanto mais tempo ficava ali sentada, esperando, mais se convencia de que talvez tivesse cometido um erro. Talvez Logan não aceitasse bem a invasão, mas o "caso" tinha ficado mais grave, e ela precisava sair um pouco do café. Além disso, era uma mulher curiosa e queria muito conhecer o lugar onde ele morava e trabalhava.

Mas talvez estivesse indo longe demais.

Depois dos breves amassos alguns dias antes, Jeanie não conseguiu parar de pensar em Logan, e não só porque suas bochechas ainda estavam sensíveis de tanto passar o rosto na barba dele ao beijá-lo; era mais pela chateação dele ao saber da janela quebrada. Aquilo a fez pensar que talvez Logan realmente quisesse ajudá-la a descobrir o que estava acontecendo.

Talvez ela não estivesse sendo intensa demais.

Então decidiu aparecer por lá, e era provável que com isso tivesse arruinado tudo. Logan queria manter aquela coisa entre os dois em segredo, e agora ela o havia emboscado na própria casa. Não ficaria nem um pouco surpresa se Kaori ou Nancy pulassem dos arbustos de mirtilo e começassem a perguntar por que ela estava ali.

Não que ela não amasse os novos amigos do clube do livro, mas Logan estava certo: aqueles ali sabiam tudo a respeito de todo mundo.

A velha porta da casa de fazenda bateu atrás dela.

— Aqui está. É bom ter outra pessoa servindo uma bebida pra você de vez em quando, né?

Estelle se encostou em uma das colunas da grande varanda.

— Sim, é ótimo. Muito obrigada, mas na verdade eu estava pensando que é melhor eu ir embora.

— Ir embora? Mas o Logan deve voltar a qualquer momento.

— Tudo bem, não quero incomodá-lo. Falo com ele em outro momento.

Estelle arqueou uma sobrancelha branca como a neve, nem um pouco convencida.

— Eu não sou como o resto das pessoas nesta cidadezinha maluca — disse ela. — Se você e meu neto estão tendo alguma coisa, eu não preciso saber.

— Eu... a gente...

— Pronto. Não temos que falar sobre isso. — Estelle limpou as mãos no avental de babados que usava em cima do moletom tie-dye e das leggings cor-de-rosa neon. — Mas acho que você deveria ficar. Logan é tímido desde pequeno, sempre fico feliz em vê-lo fazer amigos.

Jeanie sorriu para a senhora. Não podia fugir e decepcionar aquela avó simpática. Além disso, a imagem de um pequeno e tímido Logan a deixou bastante comovida. Ela se concentrou nas galinhas.

— Elas têm nomes?

— Ah, têm, com certeza. Aquele menino dá nome pra tudo, mas não consigo acompanhar.

Pensar em Logan, um homem grande, robusto e barbudo, como "aquele menino" quase a fez rir alto.

— Ele sempre gostou de animais?

— Nossa, sim, ele costumava trazer todo tipo de bichinho pra casa. Pássaros com a asa quebrada, filhotes de esquilo perdidos da mãe... não é necessário ter um diploma em psicologia pra entender o motivo. De qualquer maneira, tive que colocar limite quando ele trouxe um morcego pra dentro de casa pensando que estava ferido. Acontece que a criatura não havia se machucado, só estava com frio. Depois de ser acolhido e aquecido dentro de casa, o bicho saiu da caixa de sapatos e começou a voar por todo canto gritando que nem um... bem, que nem um morcego vindo do inferno.

Jeanie riu, cobrindo o rosto com a mão.

— Um morcego, não! Aterrorizante.

Estelle assentiu.

— Henry conseguiu expulsá-lo, mas desde então todos os resgates foram realocados para o celeiro.

— Faz sentido.

O som dos pneus da caminhonete na entrada de cascalho encerrou a conversa.

— Aí vem ele. Vou deixar vocês dois conversarem.

Estelle piscou para Jeanie como se não acreditasse nem por um segundo que ela estava ali apenas para conversar. Ótimo. Até a avó de Logan estava por dentro dos planos dela de seduzir fazendeiros.

Jeanie não sabia se deveria se levantar e encontrar Logan no meio do caminho ou ficar ali sentada, sem jeito, esperando.

Continuou sentada, desconfortável com a situação.

Uma galinha felpuda pulou em seu colo enquanto ela esperava, o que a fez se sentir um pouco melhor. Ela fez carinho na cabeça fofa do animal e recebeu um gorjeio feliz e discreto como resposta enquanto Logan saía da caminhonete, sem notá-la.

Jeanie o viu cumprimentar uma alpaca (de acordo com Estelle) e acariciar a cabeça do bicho; ela podia jurar que a alpaca sorriu. Ele seguiu pela trilha de terra até a casa olhando para os pés, se aproximando de onde ela estava.

Àquela altura, Jeanie sentiu que era um absurdo não ter chamado a atenção dele antes, mas agora havia duas galinhas em seu colo e ela tinha certeza de que uma terceira havia subido os degraus e estava procurando um jeito de se acomodar em sua cabeça.

Então, Logan a viu, e seus olhos se arregalaram de surpresa. Ele parou para assimilar aquela cena hilária: ela vestindo jeans novos e rasgados de fábrica, com o cabelo preso do jeito que usava no trabalho e uma variedade de aves piando ao seu redor. Uma delas talvez estivesse tomando seu chá. Chá fazia mal para galinhas? Ah, não. Não queria ser responsável por matar uma das galinhas de Logan. Jeanie tentou espantá-la.

— Não, não. Isso não é pra você, pequeninha. Não quer passar mal, quer? — A galinha inclinou a cabeça e a encarou com seus olhinhos brilhantes. — Xô!

Ela tentou espantá-la com a mão, e a galinha pulou em seu braço como se fosse um poleiro. *Ah, que ótimo.* Ela a colocou em seu colo junto às outras. Ainda bem que aquelas galinhas esquisitas eram pequenas, do contrário ela estaria sem espaço.

Jeanie ergueu o olhar novamente; Logan continuava encarando. Sem mexer um músculo, congelado, observando. Devagar, um sorriso surgiu no rosto dele.

Ela sorriu de volta.

— Acho que suas galinhas gostam de mim. São galinhas, né? Elas são estranhas.

— Galinhas sedosas — respondeu ele, indo em sua direção com uma espécie de olhar chocado no rosto.

— Uuuuh... chique.

Ele fez carinho com um dedo nas cabeças felpudas no colo dela.

— Muito chique.

— Elas têm nome?

O rosto de Logan ficou de um vermelho intenso, e ele passou a mão pelo cabelo.

— Sim... têm, sim.

Jeanie esperou.

— E quais são?
Ele suspirou.
— Taylor, Rihanna, Lizzo — disse, indicando as três galinhas no colo dela. — Aquelas ali são Lady Gaga e Britney. E essa tentando subir na sua cabeça é a Selena.
— Não acredito!
A risada que Jeanie soltou assustou as galinhas e elas voaram, espalhando tufos de penas. Ela se dobrou em um ataque de riso.
— Você batizou suas galinhas com nomes de divas pop? — disse, quase sem ar de tanto rir.
Logan deu de ombros.
— Combina com o tema.
— Meu Deus, que tema?
Ele soltou um longo suspiro, mas aquele sorrisinho discreto nunca deixou o seu rosto. Jeanie quis mordê-lo.
— Bem, os bodes se chamam Marley e Dylan.
— Tipo... Bob?
— Isso.
— E a alpaca? — perguntou, incapaz de esconder a empolgação em sua voz.
Logan fez uma careta.
— Harry Styles.
— Harry Styles? — Jeanie soltou um gritinho de alegria. — Incrível.
Ele havia perdido a luta contra o sorriso, que agora era enorme.
— Não posso me desviar do tema agora.
— Ah, não mesmo.
Logan riu.
— Tá tudo bem?
— Ah, sim, tudo bem. Desculpa por aparecer do nada.
Ela se levantou para ir embora, mas Logan a segurou pelo braço e o apertou gentilmente.
— Não precisa se desculpar. Aconteceu alguma coisa?
— Ah, eu queria te atualizar sobre o caso.
— Certo. O caso. Vem comigo, pode me contar tudo.

Ele a levou pela lateral da casa, passando por um lindo jardim de dálias que só agora haviam florido, competindo com as árvores e exibindo seus próprios tons de dourado, vermelho e terracota. As suzanas-dos-olhos-negros começavam a tombar em seus longos caules, mas Jeanie imaginava como deviam ser alegres no verão.

Ela respirou fundo e sentiu o cheiro aconchegante de feno e folhas secas da fazenda; havia também um aroma de fogueira e maçãs maduras no ar. O lugar todo tinha o cheiro de Logan. Alguém deveria colocar num frasco: *Eau de Fazendeiro Sexy*. Ela abafou uma risadinha e seguiu Logan até uma porta na lateral da casa.

Ele a conduziu para dentro, e Jeanie piscou algumas vezes, esperando os olhos se ajustarem ao ambiente fechado. Os dois estavam em uma quitinete toda arrumadinha. A quitinete toda arrumadinha de *Logan*. Bem ao lado dela, havia uma cama feita à perfeição. Sua boca ficou seca.

— Quer beber alguma coisa? — perguntou ele enquanto ia em direção à parte da cozinha.

— Só uma água, por favor.

Jeanie olhou em volta enquanto ele lhe servia um copo d'água, tentando satisfazer sua curiosidade sem dar muito na cara. Havia uma mesa pequena ao lado da cozinha, a cama na qual ela certamente não estava pensando — e que ocupava a maior parte do espaço — e uma porta que supôs ser a do banheiro. Duas mesinhas de cabeceira ladeavam a cama, mas apenas uma estava coberta de livros. No topo da pilha, havia um par de óculos de leitura. Meu Deus, Logan usava óculos de leitura?! Ela não tinha a menor chance de resistir àquele homem, era melhor entregar a calcinha na mão dele de uma vez.

Logan pigarreou, e Jeanie se apressou a olhar para ele de novo.

— Não é grande coisa — disse ele ao mesmo tempo em que ela disse:

— Gostei da sua casa.

Ele franziu um pouco a testa, a boca se curvando de leve para baixo.

— Meu avô e eu construímos esse puxadinho há mais ou menos um ano. Ele pensou que ele e minha avó ficariam com o cômodo quando eu... finalmente me mudasse pra casa principal. Mas não tem por que eu ficar com aquela casa inteira só pra mim.

Suas bochechas estavam vermelhas e havia uma ruga profunda em sua testa.

Jeanie se largou sentada na cama e Logan arregalou os olhos.

— Bom, eu gostei. Tem o tamanho ideal — comentou ela.

E sorriu, esperando que isso transmitisse tudo o que queria dizer, mas achava que não deveria. Principalmente que Lucy é quem havia saído perdendo, que ela tinha jogado fora a chance de amar aquele homem gentil e ser amada por ele de volta. E que, àquela altura, Jeanie não daria a mínima nem se ele morasse em um maldito porão.

Ela estava envolvida.

Muito mais do que esperava.

Tanto que ficava difícil esconder.

Logan continuou a encará-la sentada na cama e foi perdendo o ar de tristeza, assumindo uma expressão mais faminta, mais intensa. Jeanie sentiu um frio na barriga ao notar a mudança.

— Então, o caso — ela deixou escapar, quebrando o clima.

— Certo. — Logan passou a mão pela barba, encostando-se no balcão da cozinha. — O que tá acontecendo?

Jeanie suspirou. *Lá vou eu. Hora de despejar mais bobagens no colo desse homem.* Mas foi ele quem pediu...

CAPÍTULO VINTE

Jeanie estava sentada na cama dele. A cena fazia todos os neurônios de Logan se misturarem numa sopa basicamente inútil.

Vê-la na escada em frente à sua casa teve quase o mesmo efeito; o jeito como o sol da tarde iluminava o rosto dela, cobrindo-a em um brilho dourado. Mas foi a expressão de Jeanie que o tinha feito congelar, o sorriso largo, o brilho nos olhos. Era uma situação absurda, suas galinhas a estavam usando como poleiro, mas ela deu risada durante a coisa toda, murmurando bobagens para elas e levando tudo na esportiva.

Agora ela estava ali, em seu quarto, em sua cama, cheirando a sol e café torrado. Ele não queria conversar. Queria se encaixar entre as pernas dela e pressioná-la em seu colchão, queria sentir os suspiros ofegantes dela em seu pescoço, queria ouvi-la gemendo seu nome.

— Logan?

Merda.

— Ah... sim. Desculpa. Qual foi a última parte?

As bochechas de Jeanie estavam coradas, seus lábios vermelhos e deliciosos como maçãs. Era como se soubesse exatamente o que ele estava pensando e estivesse pensando a mesma coisa.

Ela balançou a cabeça, e fios de cabelo se soltaram do coque.

— Acho que a ligação está vindo de dentro da casa.

Logan piscou, tentando entender.

— Do que você tá falando, Jeanie?

— É uma referência a um filme de terror. Esquece.

Ela havia tirado os sapatos e se sentado sobre os calcanhares, como se sentasse na cama dele todos os dias. Como se fosse assim que os dois sempre conversassem depois de um longo dia.

— Acho que quem tá tentando se livrar de mim na verdade trabalha no café.

— Espera, sério?

Ela assentiu, se preparando para explicar sua teoria, e Logan teve que conter um sorriso. Ele estava levando a conversa a sério, mas ela ficava *tão fofa* quando se empolgava com alguma coisa (o que acontecia com frequência). Ele amava isso nela.

Gostava disso nela.

GOSTAVA.

— Então, aconteceram mais coisas estranhas. Encontrei a geladeira desligada outro dia, quase perdemos todo o leite! E teve um dia em que a máquina de cappuccino ficou dando pau a manhã toda, tipo, toda hora, mesmo depois de a gente consertar.

— Certo. Definitivamente estranho.

Jeanie assentiu, encorajada.

— Não é?! Até pensei que alguém tinha roubado algumas das obras de arte das paredes, até que as encontrei escondidas em um armário na despensa. É tão estranho. Quem poderia ter feito isso senão alguém que tem acesso ao café fora do horário comercial?

Logan sentiu uma pontada no peito, uma espécie de desconforto. Mesmo que Jeanie não estivesse correndo perigo de verdade, o fato de alguém estar mexendo com ela era inaceitável.

— Então, quem você acha que é? — perguntou.

Jeanie deu um sorrisinho, recompensando-o por levá-la a sério.

— Bem, só três pessoas têm uma cópia da chave além de mim: Norman, Crystal e Joe.

— Três suspeitos.

Jeanie sorriu mais.

— Isso, exatamente. Então, Norman.

Norman. Logan pensou no homem mais velho. Ele trabalhava no café havia anos ao lado de Dot.

— Por que Norman ia querer prejudicar o funcionamento do café? Ele ama aquele lugar.

— Foi o que eu pensei — disse Jeanie. — Ele toca o negócio com a tia Dot desde sempre, por que ia querer arruinar o que os dois construíram, certo?

Logan assentiu.

— Tá bom, então Crystal. — Jeanie se mexeu e colocou uma mecha de cabelo atrás da orelha. — Acho que ela tem uma quedinha por você.

Logan se engasgou com a água.

— O quê? Não tem, não.

— Ela praticamente fica com coraçõezinhos nos olhos quando você entra!

— Claro que não.

Era impossível Crystal ter uma queda por ele. Crystal, que havia sido a rainha do baile de formatura da escola deles e se tornado uma espécie de celebridade local depois de aparecer em alguns comerciais de colchão. De jeito nenhum. A última coisa que ele havia ficado sabendo foi que Crystal estava namorando um jogador de futebol semiprofissional, embora ela se recusasse a dizer quem era. Ela com certeza não estava interessada.

— E por que isso importaria, afinal? — perguntou ele.

— Talvez ela saiba da gente, esteja brava e queira vingança. — As palavras de Jeanie saíram emboladas, como se ela estivesse quase envergonhada demais para dizê-las, mas precisasse colocá-las para fora.

— Ninguém sabe da gente.

Enquanto dizia isso, porém, Logan pensou nos dois em sua caminhonete algumas noites antes, no meio da rua. Qualquer um poderia ter passado e visto. É, era possível que alguém soubesse, mas ele ainda não achava que Crystal iria se importar.

— Não acho que seja isso. E o Joe?

Joe era jovem, mal havia chegado aos dezenove anos, tinha um piercing no lábio e várias tatuagens no pescoço. Se fosse colocado ao lado de vários suspeitos, Joe pareceria o criminoso. Mas Logan o conhecia. Sabia que o garoto levava a própria avó para a aula de hidroginástica e até tinha dado carona para a avó de Logan várias vezes. Era difícil acusar um cara que cuidava bem dos idosos.

Jeanie deu de ombros, mas parecia aliviada por ter sua teoria sobre Crystal refutada.

— Joe é um bom garoto, não sei por que faria algo do tipo. Além disso, ele precisa muito desse emprego. Não faz sentido.

Logan soltou um suspiro, contente por Jeanie enxergar Joe como ele o enxergava.

— O que você acha? — perguntou ela, com uma ruga de preocupação entre as sobrancelhas.

— É estranho, mas talvez essas coisas tenham acontecido por acidente. Alguém pode ter tropeçado no fio da geladeira, talvez a máquina de cappuccino seja temperamental mesmo...

Jeanie torceu a boca.

— É... talvez. Só achei muito estranho.

Ela deu de ombros. Mas da última vez que ele tinha ignorado as preocupações de Jeanie alguém havia quebrado a sua janela no meio da noite. Não podia fazer aquilo de novo.

— Talvez seja hora de ficar de tocaia outra vez.

Ele captou o brilho de animação nos olhos de Jeanie.

— Você acha?

— É só me dizer quando e eu vou, tá?

— Obrigada.

Ela se levantou, e logo a mente dele começou a trabalhar freneticamente em busca de um motivo para fazê-la ficar. Ficar naquele dia, ficar para sempre.

A quitinete era pequena. Ele deu três passos e já estava na frente de Jeanie, sem plano nenhum em mente, exceto agarrá-la pela cintura e puxá-la para si.

— Se alguém estiver te sacaneando, nós vamos descobrir, tá bom?

Ela levantou o rosto para ele.

— Tá bom.

Logan queria dizer mais, queria perguntar se ela estava feliz morando lá, se gostava de administrar o café. Se tinha planos secretos de voltar correndo para Boston assim que ele se apaixonasse por ela.

Jeanie mordeu o lábio inferior e manteve os olhos castanhos fixos nos dele.

A quem ele estava enganando? Tinha se apaixonado por ela na primeira vez que a viu usando aquele pijama de ouriços.

E ela estava ali agora. Ele seria um tolo se desperdiçasse a oportunidade.

Logan cravou os dedos na cintura de Jeanie, uma pressão deliciosa. Ela pousou as mãos no peito dele, foi deslizando pelos ombros e voltou, admirando sua amplitude, sua firmeza.

Percebeu que era por isso que tinha ido até lá.

Não apenas para apalpá-lo, embora essa com certeza fosse uma das intenções.

Não. Era porque no curto período que tinha passado na cidade até então, Logan havia se tornado um porto seguro para ela. Mesmo quando as coisas estavam uma bagunça no café, ou quando não tinha certeza se aquele era o lugar para ela, ou quando não sabia bem como se tornar a Jeanie que desejava ser, estar perto de Logan a fazia se sentir... confiante. Como se ela fosse capaz de dar um jeito em todo o resto se pudesse conversar com ele no fim do dia. Trocar ideias. Ouvi-lo dizer que tudo ficaria bem.

Ele era reconfortante, seguro.

E gostoso demais. Ele a lembrou desse detalhe quando a puxou para mais perto e levou a boca até a pele delicada atrás de sua orelha. Logan traçou um caminho com beijos ao longo de seu maxilar até encontrar seus lábios.

— Essa boca — disse baixinho, com a voz meio rouca. As mãos dele deslizaram pelo torso de Jeanie, tocando os quadris, a cintura, a lateral dos seios. Ele gemeu. — Esse corpo.

Ela o beijou, absorvendo seu gemido, se deliciando com a vibração que a percorreu.

Jeanie estava aprendendo depressa que Logan não fazia nada pela metade, incluindo beijá-la. Ele não tinha pressa: levava todo o tempo que precisava. Era tudo *por inteiro*. Ela nunca havia sido beijada daquele jeito antes. Era como se ele pudesse beijá-la o dia todo, como se nunca fosse se cansar disso. Como se beijá-la não fosse apenas um meio para um fim.

Mas Jeanie não queria parar por ali — tinha outros planos. Pelo menos até ouvir a batida na porta. Uma batida que mais se pareceu com um tiro, a julgar pela velocidade com que Logan reagiu.

Ele afastou as mãos do corpo dela tão rápido que a deixou atordoada. Deu um passo para trás, depois outro, criando o máximo de espaço possível entre os dois. Seu rosto tinha um tom vermelho vibrante acima da barba, claramente envergonhado, seus olhos azuis estavam arregalados, cheios de culpa, medo ou alguma outra coisa... talvez arrependimento.

Logan se afastou dela como se os dois tivessem sido pegos segurando a arma do crime ao lado do cadáver enquanto expunham seu plano maligno alto o suficiente para todos ouvirem.

Pulou para longe dela como se fosse pegar fogo ao tocá-la.

Arrancou as mãos do corpo dela como se não suportasse a ideia de alguém saber o que estavam fazendo nas últimas semanas.

Então, de repente, o relacionamento secreto ficou menos divertido.

Ela observou Logan passar a mão pelo cabelo enquanto andava até a porta. Ouviu ele conversar com a pessoa do outro lado, algo sobre uma remessa chegando mais cedo. Quando fechou a porta e se virou para ela, o momento havia sido completamente arruinado.

De repente, os alertas que Jeanie havia recebido das novas amigas ecoaram em sua mente, sobre Logan mergulhar de cabeça quando se apaixona, sobre ter tido o coração partido antes. Foram tantos avisos pedindo que ela tomasse cuidado ao se aproximar daquele homem, para não magoá-lo... mas, pela primeira vez desde o início daquela coisa secreta entre eles, Jeanie se perguntou quem estava protegendo *ela* para evitar que se magoasse.

Aquilo parecia uma boa ideia a princípio, uma maneira descomplicada de os dois se divertirem, mas agora estava tudo muito confuso para ela. As coisas ficavam menos divertidas quando ela conseguia enxergar como a situação terminaria, quando conseguia ver com tanta clareza que ele ainda não tinha superado a ex, quando percebia o quanto havia se permitido *gostar* daquele homem, *depender* dele. E ela se recusava a deixar seus sentimentos por Logan se confundirem aos sentimentos de morar em Dream Harbor.

Não importava o que acontecesse entre ela e Logan, Jeanie gostava de lá. Gostava de seus novos amigos, de seu novo clube do livro, estava aprendendo a ser uma boa empresária, uma boa chefe. Ela tinha um gato, pelo amor de Deus! Não podia deixar que os sentimentos complicados por Logan atrapalhassem seus planos.

— É melhor eu ir.

Logan franziu mais ainda a testa.

— Jeanie, eu...

— Não, não. Tudo bem.

Ela fez um gesto com a mão, ignorando o pedido de desculpas iminente. Não queria nada daquilo, só queria ir para casa e ordenar seus pensamentos confusos, cuidar de seu coração magoado.

— É que eu tenho um... um inventário pra fazer. E o Gasparzinho precisa jantar. Você sabe como é cuidar de um animal de estimação — disse e forçou uma risada enquanto tentava andar em direção à porta, mas Logan segurou sua mão e a interrompeu.

— Desculpa por aquilo. Era assunto de trabalho, mas você sabe como essa cidade fala.

— É. Eu sei. Sem problema.

O sorriso falso fazia suas bochechas doerem.

— Jeanie — disse ele em voz baixa, num tom que lhe pedia para contar o que estava acontecendo dentro da sua cabeça.

— Tá tudo bem, Logan. Foi o que combinamos desde o começo. Só nós dois.

Ele franziu a testa, com um semblante de preocupação.

— Você não está feliz com isso.

— Quem disse?

— Eu. Você está dando aquele sorriso falso horrível.

— Que sorriso falso?
— Esse aí! Esse que você dá quando tenta me convencer de que está bem, mas eu sei que não está. Por que você faz isso?
— Eu não faço nada disso. — Como ele ousava fingir que a conhecia tão bem? — Tô começando a pensar que talvez isso não seja uma boa ideia.

Ele recuou ao ouvi-la dizer aquilo, e Jeanie quase se sentiu mal. Mas ser jogada para longe no meio de um beijo maravilhoso havia despertado algo dentro dela.

— Nós mal nos conhecemos, e isso aqui tem sido muito legal, e eu agradeço demais pelo que você tem feito por mim desde que me mudei pra cá, mas talvez seja melhor ir com mais calma. Pelo menos por enquanto.

— Ir com mais calma?
— É.
— É isso que você quer?

Jeanie soltou um longo suspiro de frustração.

— Eu não sei o que eu quero, tá? Esse meio que é o problema. E toda vez que eu acho que sei o que quero, você olha pra mim daquele jeito e me beija, e eu não consigo pensar quando você me beija!

— Você não quer mais que eu te beije?

Ele havia se aproximado em algum momento, sem largar sua mão, mantendo os dedos entrelaçados aos dela.

— Bom, eu não quero que você *deixe* de me beijar.
— Jeanie.

Ele fez de novo, disse o nome dela daquele jeito sério e atraente que a fazia querer abrir o jogo de uma vez. Ele deveria ser interrogador.

— Oi.
— Isso não tá fazendo nenhum sentido.
— Eu sei, desculpa.
— Tudo bem. Posso esperar até você descobrir o que quer.

Ela sentiu certo alívio.

— Tá bom.

Ele assentiu.

— Tá bom.

— Logan?

— Sim?

— O que aconteceu com a Lucy?

Foi a vez de Logan soltar um longo suspiro. Ele passou a mão pela barba e se mexeu, desconfortável, como se preferisse fugir dali a ter aquela conversa, e por um instante Jeanie pensou que ele não diria nada.

— Ela não estava feliz aqui — disse ele, por fim. — Não estava feliz comigo.

— Sinto muito.

Ele deu de ombros.

— Já fazia um tempo que ela estava infeliz antes de eu a pedir em casamento, mas achei que poderia consertar. Achei que poderia fazê-la mudar de ideia sobre morar aqui, mas... — Ele hesitou e deu de ombros mais uma vez. — Não funcionou.

— Sabe... ela ter ido embora não diz nada sobre você.

Ele bufou.

— É sério. Só porque vocês dois não deram certo juntos, não significa que foi sua culpa.

Ela estava olhando nos olhos dele, que a encarou com atenção, como se estivesse julgando a sinceridade de suas palavras, como se quisesse acreditar nela.

— Além disso, ela foi nitidamente uma boba por abrir mão da chance de ser coproprietária daquelas galinhas engraçadas.

Uma risada surpresa escapou dele.

— Elas são meu maior atrativo.

Jeanie sorriu e deu um passo em sua direção, já se sentindo atraída de volta pela força gravitacional que ele emanava. Devia ser porque Logan era maior do que ela. Era uma questão científica, não?

— Não sei — comentou ela. — Existem algumas outras coisas.

— Ah, é?

Um sorriso surgiu no canto da boca dele, uma coisinha tímida e esperançosa.

— É, acho que talvez você tenha futuro como detetive ou chaveiro.
Ele abriu um sorriso maior.
— Você é bem gatinho.
— Ah...
Um rubor apareceu em suas bochechas.
— Muito. E não beija mal. — Ela se aproximou mais e deu um beijo suave em seus lábios. — Mas eu preciso mesmo ir.

Jeanie ainda estava confusa demais para se convencer de que ficar naquele espaço pequeno com aquele homem enorme era uma boa ideia; estaria fadada a tomar decisões das quais se arrependeria mais tarde.

— Eu gosto de você, Jeanie — disse ele em um tom grave, a voz falhando.
— Ok, isso é bom.

E era mesmo. Um bom começo. Mas Jeanie ainda não sabia como isso melhorava as coisas entre os dois e definia aquele limbo estranho e secreto em que se encontravam. Não sabia se ainda estava disposta a se esgueirar pela cidade e fingir que não estavam juntos quando, no fim das contas, queria muito que estivessem.

— Ok, isso é bom — repetiu ele.
— Agora eu vou.

Ele abaixou a cabeça e a beijou mais uma vez, fazendo-a reconsiderar seriamente todo o plano de ir embora, mas então a soltou.

Jeanie saiu correndo de lá, ainda sem saber quem estava protegendo o coração dela no meio de toda aquela bagunça.

CAPÍTULO VINTE E UM

Logan estava limpando o curral dos bodes quando Noah estacionou o carro na entrada da fazenda. Teoricamente, ele havia contratado funcionários para lidar com aquele tipo de serviço, mas todos estavam ocupados colhendo as últimas maçãs e as colocando junto às abóboras no campo dos fundos. Além disso, Logan também estava se punindo pelo comportamento de merda que havia tido com Jeanie: praticamente a jogara longe quando o avô bateu na porta. Ele a havia magoado, isso estava tão claro que chegava a doer. Era óbvio. Ninguém gosta de ser tratado como motivo de vergonha.

Por mais que Jeanie tivesse aceitado fazer aquele acordo no começo, as coisas pareciam ter mudado. E agora Logan precisava decidir se valia a pena tornar o relacionamento dos dois público.

Será que valia a pena correr o risco de tudo dar errado de novo, na frente de todo mundo?

Será que Jeanie valia a pena?

Por isso ele estava ali, limpando excremento de bode, para se punir e desanuviar a mente. Quem precisa de meditação quando se tem cocô para limpar?

Noah foi lentamente até o curral, se aproximou da cerca e apoiou os antebraços ali enquanto os Bobs mordiscavam as mangas de sua camisa.

— Ei, você não tinha virado o chefão? Sua avó ainda faz você limpar o curral?

— Os animais não são parte da fazenda — disse Logan com um grunhido, jogando um pouco de feno fresco no cercado.

— Verdade, esqueci que esses aqui são seus bebezinhos.

Noah fez carinho na cabeça de Marley, e o velho bode baliu de alegria — ou de mau humor, já que era praticamente o mesmo som.

— O que você veio fazer aqui?

— É bom te ver também, amigo — respondeu Noah com um sorriso descontraído.

— Ei, não é porque sua temporada acabou que a gente também tem o dia todo pra bater papo.

Noah tinha adquirido um barco de pesca da família, se mudado para Dream Harbor alguns anos antes e montado uma empresa de turismo de pesca, mas nessa época do ano as excursões eram poucas e esparsas. Ele pegava uns turnos de barman durante o inverno para se manter, mas, até onde Logan sabia, o amigo levava uma vida bem tranquila até o verão chegar.

— Vim ver como você está.

— Ver como eu estou?

— Sim, claro, ver como você está. Não te vejo desde a noite de quiz, quando você fugiu antes do grande concurso de dança, e não tive notícias suas desde então.

— Ando bem ocupado.

— Imagino, com a colheita e tudo mais. Você poderia responder minhas mensagens, pelo menos. Fiquei achando que você tinha morrido.

— Não morri.

Só não estava com vontade de falar com ninguém. Não enquanto estivesse com a cabeça cheia pensando em Jeanie e no que fazer a respeito da situação entre os dois.

— Como vai a Jeanie? — perguntou Noah, como se estivesse lendo a mente de Logan.

Sabichão de merda.

— Como eu vou saber?

Noah abriu aquele sorrisinho desconfiado.

— Achei que vocês fossem amigos, só isso.

Amigos. Por que agora aquela palavra parecia ter o efeito de um chute no saco?

— Somos amigos, sim. Falando em amigos, eu percebi o jeito que você estava olhando pra Hazel.

O rosto do homem ruivo pegou fogo, combinando com seu cabelo.

— Não sei do que você tá falando.

Logan cruzou os braços e se recostou na cerca.

— Ela não é como as mulheres com quem você costuma sair.

— Como assim?

— Hazel é inteligente.

Noah bufou.

— Eu saio com mulheres inteligentes.

Logan arqueou uma sobrancelha.

— Qual foi o último livro que você leu?

— Sei lá! Ler é um pré-requisito pra sair com a Hazel?

— Ela trabalha numa livraria, ler é a vida dela. E eu sabia que você queria sair com ela.

— Talvez eu possa mostrar a ela outras maneiras de se divertir.

Noah levantou as sobrancelhas várias vezes de um jeito sugestivo, e Logan sentiu uma vontade repentina de socar aquela cara exageradamente bonita dele.

Ele semicerrou os olhos, tomado por um instinto feroz e protetor.

— Hazel não gosta desse tipo de diversão.

— Ah, é?

— Fique longe da Hazel, Noah. Ela vai acabar saindo magoada.

Logan sabia como Noah lidava com as mulheres. Nenhum relacionamento dele havia durado mais que um período de férias de verão, então imaginar a doce e tímida Hazel se envolvendo com Noah despertava todo tipo de instinto fraterno em Logan. Hazel não era sua irmã, mas, quando você é amigo de alguém por tempo suficiente, a sensação é a mesma.

— E não existe a chance de *eu* sair magoado?

O sol brilhava nos cabelos acobreados de Noah. As sardas espalhadas por suas bochechas o faziam parecer mais jovem, quase inocente, mas então ele ajustou o antebraço na cerca, e a sereia seminua tatuada em sua pele ganhou vida.

Logan bufou e chutou a terra. Que raio ele estava fazendo?

De repente, o absurdo de toda aquela conversa o atingiu em cheio. Ele estava preocupado com os dois amigos, não queria que se metessem em algo que depois explodiria na cara deles, e isso o estava transformando em um intrometido, igualzinho ao restante da cidade. Àquela altura, podia muito bem entrar para o clube do livro de uma vez.

Refletindo sobre o assunto, a preocupação de todos com o passado dele com Lucy pareceu um pouco menos como o resultado do julgamento alheio. Talvez ninguém visse a situação como um fracasso, talvez os outros apenas se importassem com ele.

Talvez ele estivesse agindo como um eremita irritadiço fazia quase um ano sem motivo algum senão o próprio orgulho ferido — e agora estava arriscando jogar fora algo bom com Jeanie por ser um maldito covarde.

Merda. Que inconveniente. Ver as coisas por esse ângulo era muito mais complicado que ficar puto com todo mundo, incluindo ele mesmo.

Logan deu de ombros, desejando poder se livrar daquela epifania.

— Verdade, desculpa. Faça o que quiser.

— Então eu tenho sua bênção? — perguntou Noah com um sorriso travesso.

— Não tem necessidade disso, Hazel é adulta.

Noah assentiu, e Logan pôde ver nos olhos cor de mel do amigo que ele já estava elaborando mil planos — mas tais planos não eram da sua conta.

Ele colocou o ancinho de lado e enxugou o suor da testa. O frio ameno do fim de outono havia chegado, mas trabalhar no sol da tarde esquentava o corpo. Noah continuou observando-o de onde estava.

Logan não sabia se era a paciência do amigo, sua nova descoberta de que talvez as pessoas ao seu redor agissem de determinada forma motivadas apenas por zelo, ou talvez fosse só cansaço de repassar as coisas na própria cabeça, mas se sentiu compelido a fazer uma coisa que nunca fazia.

Queria conversar. Sobre seus problemas. Em voz alta.

Respirou fundo, e Noah arqueou uma sobrancelha.

— Acho que estraguei tudo com a Jeanie.

Um sorriso foi surgindo lentamente no rosto do amigo, como se ele estivesse esperando aquele momento.

— Acho que essa conversa pede uma cerveja.

— Com certeza — resmungou Logan, já se arrependendo de ter aberto sua bocona idiota.

Noah seguiu Logan para dentro da casa principal, onde os dois atravessaram o hall e chegaram à cozinha da avó. Ele pegou duas cervejas na geladeira e entregou uma para Noah, depois vasculhou a gaveta de utensílios em busca de um abridor de garrafas, mas Noah já tinha arrancado a tampa usando a borda do balcão.

— Não deixe a vovó te ver fazendo isso — murmurou ele.

Noah sorriu.

— Estelle me ama.

— Ela ama mais as bancadas novas.

Noah riu e se acomodou em uma das cadeiras da mesa da cozinha. Logan continuou encostado no balcão, inquieto demais para se sentar.

— Então, o que aconteceu com a Jeanie? — indagou o pescador, tomando um gole da cerveja gelada.

Logan também deu um gole para reunir coragem.

— A gente tá... meio que... não sei, na verdade, mas eu estraguei tudo. Eu a deixei chateada.

Os olhos de Noah se arregalaram de alegria.

— É por isso que vocês dois saíram correndo da noite de quiz? Pra poder...

— Não é bem assim — retrucou Logan, embora fosse mais ou menos exatamente assim. — Estávamos guardando segredo, só isso. Eu queria evitar que todo mundo ficasse sabendo o que faço ou deixo de fazer, pra variar.

Noah assentiu. Ele não havia testemunhado o desastre da árvore de Natal, mas Logan tinha certeza de que sabia de tudo. Sabia pelo menos que um dia Lucy estava na cidade e no outro tinha ido embora. Quando perguntou a Logan o que havia acontecido, recebeu como resposta um resumo vago de que não tinha dado certo, mas Logan não ficaria surpreso se tivessem organizado uma reunião de moradores exclusivamente sobre o assunto em algum momento desde então.

— O pessoal dessa cidade te trata de um jeito esquisito mesmo. Não consigo entender por quê.

Logan soltou o ar numa risadinha.

— Pois é, então. Eu não queria que esse negócio com a Jeanie entrasse no radar de todo mundo, mas acho que manter segredo está começando a incomodá-la. Não sei.

Ele passou a mão pela barba, sentindo-se um completo idiota. Noah franziu a testa como se estivesse montando um quebra-cabeça.

— Então talvez você só precise acabar com o segredo. — Ele deve ter notado o olhar ansioso de Logan, porque continuou: — Não precisa ser um grande evento. Só... tipo, sair, como pessoas normais fazem.

Certo. Sair, como pessoas normais. Não parecia tão ruim.

Mas isso não era tudo, era?

— O que você achava da Lucy? — Logan deixou escapar antes de pensar melhor.

Noah parou com a garrafa nos lábios, pensando.

— Ela era linda. Gente boa. Mas eu sentia uma vibe muito "comer, rezar, amar" nela.

— E que diabos isso significa?

Noah deu de ombros.

— Ela parecia estar tentando fugir da vida real vindo pra cá, parecia estar tentando se encontrar ou algo assim.

Tudo o que Jeanie havia falado sobre querer começar do zero e desejar que as coisas fossem perfeitas passou pela cabeça dele. Jeanie estava fugindo da antiga vida, dos seus medos, não estava?

— E o que você acha da Jeanie? — perguntou Logan, temendo a resposta.

Noah abriu um sorriso.

— Olha, eu gosto dela desde que ela acabou com a gente no quiz. É uma pessoa divertida, tem cara de quem topa qualquer coisa.

Lembranças de Jeanie correndo com ele na chuva, dos dois se beijando, de Jeanie o interrogando sobre lanchinhos em um minuto e pronta para capturar um fantasma no outro... tudo aquilo veio à tona. Ele pensou nela conversando com todos os vizinhos nas reuniões de moradores, virando amiga de seus melhores amigos. Lucy algum dia pareceu tão bem-adaptada naquele lugar?

Será que um dia ele conseguiria parar de compará-las?

Logan tomou mais um gole.

— Olha, cara, se você tá preocupado com a possibilidade da Jeanie te abandonar, não vejo isso acontecendo tão cedo. É a minha opinião de especialista, já que criei o hábito de sair apenas com mulheres que vêm passar as férias aqui. — Noah terminou a cerveja. — Enfim, essa conversa sincera foi divertida! Devíamos fazer isso mais vezes — comentou ele, e sorriu para Logan.

— Não conte com isso — respondeu o outro.

Noah deu um tapinha em seu ombro.

— É o que veremos.

Logan suspirou, e a risada do amigo ecoou pelo hall enquanto ele saía.

— Até mais! — gritou Noah da porta da frente.

— Até!

Logan ficou encostado no balcão pensando na conversa por tempo suficiente para ver o sol começar a se pôr. Os sons da fazenda foram se acalmando: o zumbido distante do trator, as vozes dos trabalhadores indo para casa, o balido dos bodes insatisfeitos. Ele deveria fazer o jantar para que a avó não precisasse ir para o fogão depois da aula; já o avô provavelmente ainda estava no campo, era sempre o último a voltar para casa. Logan gostava daquele silêncio depois de um longo dia.

Quando enfim resolveu sair do lugar, ele havia chegado a uma única conclusão: não tinha ideia do que ia fazer, mas tinha certeza de que Jeanie valia a pena.

Só esperava não ter estragado tudo de vez.

CAPÍTULO VINTE E DOIS

Jeanie folheou os papéis que Barb Sanders, a corretora imobiliária, havia lhe entregado em mãos naquela manhã. Era uma lista dos outros imóveis da região que haviam sido vendidos recentemente. Jeanie agradeceu e serviu um latte grande de avelã com leite de soja para ela, reafirmando que não estava interessada em vender.

Barb abriu seu sorriso branquíssimo e convidativo de vendedora e pediu para Jeanie pensar no assunto.

Então agora estava no apartamento em cima do café em questão, sentada à mesa pequena de sua cozinha (que também servia como escrivaninha), pensando no assunto.

Sendo muito honesta, a quantia pela qual poderia vender o prédio — o espaço do café mais o apartamento no andar de cima — era impressionante. Ela poderia quitar a última parte de seus empréstimos estudantis e comprar uma casinha fofa em algum lugar com facilidade. *Imagine só!*

Ela conseguia imaginar muito bem.

Mas era isso mesmo que queria? Jeanie ainda não tinha certeza. Além disso, sua tia Dot havia confiado o Café Pumpkin Spice a ela, não dava apenas para vendê-lo, dava? Ela não podia fazer isso, embora tivesse a sensação de que, se contasse a Dot que precisava vender o imóvel para ir atrás da felicidade em outro lugar, a tia seria completamente a favor. Dot era muito a favor de ir atrás da felicidade. Era o motivo pelo qual Jeanie havia assumido o café e a tia agora saltava de penhascos no Caribe.

Fazia quase um mês desde que Jeanie fugira de seu encontro com a mortalidade e chegara a Dream Harbor. Na época, ela estava uma verdadeira pilha de nervos. Mas alguma coisa nela havia mudado? Ela havia se tornado a dona de café tranquila que desejava ser?

Gasparzinho pulou na mesa e se deitou na pilha de papéis como se fosse uma caminha feita só para ele.

— Eu estava lendo isso, sabia? — disse Jeanie.

Ele a encarou com seus grandes olhos redondos. Ela fez carinho entre suas orelhas e o gato ficou ali aproveitando, ronronando de satisfação.

— Tudo bem. Eu não vou vender mesmo.

E, de alguma maneira, dizer aquilo em voz alta para seu gato transformou aquelas palavras em verdade.

Ela não ia vender. Não queria isso, *gostava* de administrar o café, ainda que não tivesse resolvido o mistério de quem estava tentando atrapalhá-la. Ainda que tocar o próprio negócio fosse tão estressante quanto ser assistente de Marvin, se não mais. Pelo menos agora todo o trabalho duro era em prol de si mesma, do seu sonho, da sua vida. E ela ainda não estava pronta para desistir.

Já se todo aquele processo a havia transformado em uma nova pessoa ou não, era difícil dizer, mas ela sabia que tinha feito mais amigos naquele mês do que nos últimos sete anos em sua antiga vida. Tinha voltado a ler, se comprometido a participar de mais noites de quiz — e até se inscreveu na aula de confeitaria de Annie. Ela tinha uma *vida*.

Sem contar os sentimentos pelo fazendeiro bonitão, que, apesar de confusos, eram prova de uma vida sendo vivida. E algo que ela vinha tentando desvendar a semana toda, sem sucesso.

Seu celular vibrou na mesa e ela atendeu a ligação do irmão.

— Você já tá de pijama? — perguntou ele, o rosto preenchendo a tela.

Um cachorro uivou em algum lugar no fundo.

— Tive um dia longo.

Jeanie olhou pela janela. Já estava escuro, embora tivesse acabado de dar seis horas. O vento agitava os galhos quase nus da árvore em frente à janela, que batiam conta o vidro. Era época de hibernar.

Pijamas eram a roupa ideal. Talvez ela devesse ter esperado até a primavera para começar do zero — o outono era uma estação esquisita para se reinventar. A melhor coisa nessa época era... se aconchegar e comer comidas quentinhas e gostosas.

— Conseguiu resolver o mistério?

Jeanie soltou um longo suspiro, soprando a mecha de cabelo que havia caído em seu rosto.

— Não. E piorou. Hoje de manhã descobri que a máquina de lavar louça estava quebrada. O cara que veio consertar disse que alguém tinha cortado uns fios na parte de trás.

— Que merda, Jeanie. Você já fez alguma denúncia?

— Já.

Após o incidente com a janela, Jeanie finalmente foi até a delegacia e informou a polícia do que estava acontecendo. Eles começaram a mandar uma viatura para a área do café duas vezes todas as noites, o que a fez se sentir um pouco melhor, mas não adiantava nada se a pessoa responsável pelo dano trabalhasse para ela.

— E o que seus funcionários têm a dizer a respeito?

Ben fez "shhhhh" para um dos cães, que Jeanie não conseguia ver, mas podia ouvir choramingando por atenção.

— Bem, a Crystal começou a chorar no instante em que eu perguntei se ela sabia o que estava acontecendo.

— Hum.

— Joe me garantiu que ficaria de olho em qualquer movimento suspeito, depois me disse que eu sou uma ótima chefe e que ele ama trabalhar pra mim.

— Deu uma boa exagerada — murmurou Ben.

— Eu *sou* uma boa chefe.

— Com certeza.

— E o Norman pareceu insultado. Perguntou como ele saberia de alguma coisa e levantou a teoria de que algum cliente estava por trás disso. Mas como isso seria possível, sabe?

— Não faz sentido.

— Pois é.

— Talvez seja *mesmo* um fantasma.
— Cala a boca, Ben.
— E aí, o que você vai fazer?
Jeanie deu de ombros. Ela não sabia como agir. Deveria ameaçar os funcionários? Instalar câmeras de segurança? Não gostava de nenhuma dessas opções, mas precisava tomar uma atitude. Se realmente gostava de administrar o Café Pumpkin Spice e queria seguir com sua nova vida ali, precisava dar um fim àquela loucura.
— Eu vou descobrir — falou.
Ben pareceu não acreditar muito, mas não a pressionou mais. Em vez disso, repreendeu o cachorro que não parava de choramingar.
— Chega de petisco pra você. Já comeu todo aquele lixo ontem.
— Lixo?
Ben revirou os olhos.
— A Pudgy derrubou a lixeira ontem enquanto eu estava no trabalho e fez um banquete com o lixo.
— Eca!
Gasparzinho pareceu revirar os olhos como se dissesse: *Cachorros, né?*
— E apesar disso hoje ela está agindo como se estivesse passando fome.
— Só está fazendo jus à reputação dela.
Ben sorriu.
— Como vai com o fazendeiro?
— O nome dele é Logan.
— E...?
Jeanie sentiu as bochechas esquentando sob o olhar inquisitivo do irmão.
— Vai tão bem assim? — perguntou ele, dando risada.
— Não sei! — Jeanie se mexeu na cadeira e levantou os joelhos para apoiar o celular neles. — Eu achava que estávamos indo bem, e *estávamos* mesmo. Mas aí... sei lá. Eu meio que surtei.
— Surtou com o quê?
Boa pergunta.

— Acho que ele ainda não superou a ex.

Ben fez uma careta.

— Pois é. Além disso, ele tem essa coisa de não querer que as pessoas saibam que estamos juntos, e eu estava levando numa boa no começo... menos pressão, sabe? Mas agora não sei mais.

— Espera um pouco, esse babaca não quer que as pessoas saibam que ele está com você?

— Não é bem assim. É que essa cidade é muito pequena, e todo mundo se mete na vida de todo mundo... sei lá, foi ideia minha manter tudo entre a gente.

— Hum... — A carranca profunda de Ben quase a fez rir. Quase.
— Parece que esse cara tá tentando facilitar a fuga.

Jeanie sentiu um aperto no peito.

— Você acha?

— Não me olhe assim, Jean Marie.

— Assim como?

— Com esses olhos grandes de cachorrinho triste. Não sei qual é a desse cara, mas não deixe ele te esconder, tá bom? Não deixe ele te fazer pensar que você não deveria ser exatamente quem é.

— Obrigada, Bennett — agradeceu ela baixinho, com um nó na garganta.

Que saco de irmão, fazendo-a sentir aquelas emoções idiotas.

Ben se mexeu na tela, olhou para a devoradora de lixo a seus pés, depois encarou Jeanie outra vez.

— Ele deveria reconhecer a sorte que tem por estar com você, é só o que estou dizendo.

— Tá bom.

— Tá bom.

— Te amo.

— Ai, fala sério, Jeanie.

Ela sorriu para ele, fungando para conter as lágrimas.

Ben suspirou.

— Tá, te amo também.

— Eu sabia!

Ben deu risada.
— Boa noite.
— Boa noite.

Jeanie encerrou a ligação e descansou a cabeça nos joelhos, deixando a pressão massagear sua testa. Ben estava certo? Logan estava mesmo tentando facilitar um término com ela ao manter o relacionamento dos dois em segredo?

Ela conseguia entender o ponto de vista do irmão mais novo estranhamente protetor, mas a explicação não fazia muito sentido. Não era a cara de Logan agir assim. E, sendo honesta consigo mesma, nem era o segredo que a incomodava. Tinha sido a razão por trás do segredo que a despertara para a realidade quando os dois estavam na quitinete arrumadinha dele.

Logan teve o coração partido na frente de toda a cidade e claramente não havia superado a situação. E Jeanie precisava decidir se estava disposta a ficar por perto enquanto ele superava.

CAPÍTULO VINTE E TRÊS

Eram cinco da manhã do dia do Festival de Outono e Logan estava na cozinha da avó terminando o café.

— E você colocou todas as abóboras na caminhonete, certo? Até as pequenas que estavam no fundo do celeiro? Algumas crianças adoram aquelas menorzinhas.

— Positivo.

Sua avó assentiu, ainda contando as "tarefas para o Festival de Outono" nos dedos.

— Certo, então você vai entregar as abóboras, seu avô e eu vamos pegar as últimas bacias de maçãs e montar a barraca da fazenda. Já doamos um monte para a prefeitura há alguns dias. Eles decidiram montar uma barraca de maçãs do amor no lugar da brincadeira de pegar maçãs com a boca, achei uma ótima ideia. Aquele monte de crianças babando em um balde d'água é nojento.

Logan se limitou a participar da conversa com um grunhido aqui, um aceno de cabeça ali. A avó estava a todo vapor.

— Luis já deixou tudo em ordem para o minizoológico. O prefeito Kelly ficou tão feliz que você se ofereceu pra levar os Bobs este ano! As crianças amam aqueles dois.

Logan não se lembrava de ter oferecido aquilo, mas agora o trem já estava em movimento e não havia mais como pará-lo.

Sua avó esfregou as mãos no avental estampado com maçãs.

— Acho que é isso. Agora só nos resta aproveitar o festival!

— Aham.

A avó o analisou com olhos atentos, azuis e vibrantes como os dele.

— Você vai buscar aquela moça simpática, Jeanie, que veio aqui outro dia?

Logan deu de ombros; não tinha notícias de Jeanie fazia mais de uma semana. Imaginou que ainda estivesse chateada com ele, ou talvez tivesse decidido que não valia a pena se envolver em uma situação tão complicada. Sempre que ele pegava o celular para mandar uma mensagem, ficava sem saber o que dizer. E agora os dois teriam que passar o dia juntos, como jurados do concurso de fantasias.

— Não estava nos meus planos — respondeu ele.

A avó franziu a testa.

— Pensei que vocês fossem trabalhar juntos hoje. Acho que seria legal da sua parte oferecer uma carona a ela.

Logan decidiu não mencionar que a praça onde o festival acontecia ficava a apenas alguns minutos andando do café, então Jeanie daria um jeito de se virar sozinha. Sua avó estava com cara de encrenca, como dizia o avô. Isso significava que ela não ia ceder.

Logan olhou para o relógio. Não havia tempo para uma briga.

— Passo lá depois de deixar as abóboras — garantiu.

Ele tinha que levá-las cedo para a equipe do festival conseguir montar a mesa de decoração de abóboras antes de a multidão chegar. As pessoas passavam o dia inteiro no festival: se empanturravam de donuts de maçã e das tortas artesanais de Annie no café da manhã e ficavam até o anoitecer, quando a praça se iluminava com centenas de luzinhas e uma bela fogueira.

— Ótimo. Bom, tenho que me arrumar!

A avó tirou o avental e saiu correndo. Logan já sabia o que ela ia vestir: um de seus muitos suéteres temáticos de Halloween, provavelmente acompanhado de seu clássico chapéu preto de bruxa. Ela o usava em todos os Festivais de Outono desde que ele se entendia por gente. A lembrança o fez sorrir.

Antes de ficar traumatizado com todos os eventos grandes da cidade, Logan amava o Festival de Outono, especialmente durante a infância. Ele ajudava os avós a montar a barraca, depois saía com Annie e um grupo só de crianças empanturradas de doces e donuts, usando fantasias que iam tirando ao longo do dia. Ele adorava ver o sol se pondo cedo, a fogueira alta e quente, a noite que parecia aconchegante e assustadora ao mesmo tempo... a sensação era de que estava seguro ali, com os avós e os amigos, mas que ainda existiam perigos à espreita além da luz do fogo.

Logan havia sido uma criança tímida, mas Annie fazia questão de mantê-lo por perto e garantir que as outras crianças o deixassem brincar. E seus avós sempre fizeram questão de que ele fosse amado, apesar da ausência dos pais.

Durante toda a sua maldita vida ele havia sido cuidado, amado e protegido. E, pelo visto, por algum motivo agora se ressentia disso? Ele se arrepiou ao imaginar a família e os amigos vendo tudo dar errado pra ele, assistindo ao seu sofrimento. Parecia absurdo agora. Ainda mais se isso significasse perder Jeanie.

Ele estava cansado de se esconder.

As lojas estavam fechadas na rua principal. Todo mundo estava no festival. Logan sabia que o Café Pumpkin Spice também teria uma barraca lá, onde venderiam café e sidra quente o dia todo, mas estava torcendo para Jeanie ainda não ter saído de casa. Estava cedo, o sol mal tinha aparecido no horizonte, um brilho dourado banhando a fileira de lojinhas charmosas. Logan espiou pela janela da frente, mas o local estava vazio.

Merda. Talvez ela já tivesse saído para montar a mesa.

Mas então falar com ela antes do festival lhe pareceu urgente, e Logan atravessou o beco, as lembranças de Jeanie com as pernas ao redor de sua cintura o atingindo com toda a intensidade, e foi até a porta dos fundos.

Ele bateu, torcendo para ela estar lá em cima se arrumando.

Silêncio.

Ele bateu de novo. Talvez fosse melhor mandar uma mensagem.

— Jeanie!

Ou talvez gritar o nome dela no beco que nem um doido. *Boa ideia, Logan.*

Ele viu a janela quebrada, onde Jeanie havia colocado um pedaço de papelão no lugar do vidro, e seu coração acelerou. E se algo tivesse acontecido? E se as coisas houvessem piorado e ela não tivesse dito nada? Será que alguém a havia machucado?

Ele bateu de novo, mais forte dessa vez, sentindo a ansiedade aumentar a cada segundo naquele maldito beco, olhando para aquela droga de janela quebrada.

— Tá aberta — alguém disse baixinho do outro lado da porta, e Logan não perdeu tempo.

Empurrou a porta com tudo e entrou no café, examinando todo o ambiente em busca... de quê? Uma ameaça? Uma geladeira fora da tomada? Um intruso que entrou pela janela? Um funcionário irritado? Um fantasma não tão camarada?

Apesar de não ter encontrado nenhuma dessas coisas, encontrou algo mil vezes pior: Jeanie sentada no chão, com as costas apoiadas na vitrine, os joelhos junto ao peito e lágrimas escorrendo pelo rosto. LÁGRIMAS.

Logan caiu de joelhos na frente dela.

— O que foi? Você tá machucada? — Seu tom de voz foi ríspido, raivoso, como se ele estivesse bravo com as lágrimas dela.

Jeanie olhou para ele, o nariz rosado de tanto chorar, as lágrimas altamente ofensivas ainda escorrendo pelo rosto, e balançou a cabeça.

— Não tô machucada — respondeu, fungando.

— Então o que foi? O que aconteceu?

Ela apoiou a cabeça nos joelhos e soltou o resmungo mais triste que ele já tinha ouvido na vida. O som perfurou seu coração, tirou o ar de seus pulmões, o destruiu.

Por que ele tinha ficado longe dela por uma semana? Por que tinha permitido que Lucy continuasse estragando tudo? Ele gostava do Festival de Outono, gostava daquela maldita cidade.

E gostava de verdade da mulher que estava diante dele, vestindo um pijama de ouriços e um cardigã surrado.

— Jeanie — disse ele com firmeza e seriedade agora. Precisava saber o que estava acontecendo para garantir que nunca mais acontecesse. — Olha pra mim.

Ela suspirou e levantou a cabeça.

Logan não aguentou. Segurou o rosto dela com delicadeza e enxugou as lágrimas com os polegares. Os olhos de Jeanie se fecharam ao seu toque.

— Por favor, Jeanie, me conta o que aconteceu. Talvez eu possa ajudar. Talvez não, mas... por favor, me deixa fazer o que estiver ao meu alcance pra te ajudar. Eu sei que estraguei tudo naquele dia.

Ela abriu os olhos.

— Não é isso.

— Ótimo.

Logan acariciou o rosto dela mais uma vez, depois abaixou as mãos e se agachou na frente dela, esperando uma explicação.

Jeanie enxugou o rosto com as costas da mão e soprou os fios de cabelo para longe.

— É ridículo, sério.

— Tenho certeza de que não é.

Ela abriu um sorriso choroso.

— É só que tá tudo dando errado hoje. E é o Festival de Outono, e eu sei que é um evento importante, e eu só queria que tudo desse certo. — Ela respirou fundo. — Estou me esforçando muito, sabia? Pra fazer isso aqui funcionar — disse enquanto indicava o café com um gesto, e talvez ele também, como se o estivesse incluindo em toda a merda que estava dificultando sua vida naquele momento.

Ele odiou aquilo.

— Eu sei. Você está se saindo muito bem com o café, Jeanie — comentou ele.

Ela deu de ombros.

— Hoje vai ser um desastre.

— Conta, o que aconteceu?

— Crystal e eu íamos cuidar da barraca do festival durante a primeira metade do dia, até eu sair pra ser jurada do concurso, depois Joe assumiria o posto. Mas a filha da Crystal passou mal ontem à noite, então ela ligou dizendo que não vem, e Joe não consegue chegar aqui antes do meio-dia. Também não consegui falar com Norman de jeito nenhum, o que é muito esquisito. — Ela suspirou de novo, mas pelo menos tinha parado de chorar. — Acho que eles me odeiam.

— É impossível odiar você.
Ela arqueou uma sobrancelha, com um sorrisinho tentador.
— Isso não é verdade, te garanto.
— Eu te ajudo com a mesa na parte da manhã.
— É sério?
— Claro. Contanto que eu ganhe café de graça.
Ela riu.
— A gente vê isso depois.
— E quando esse festival acabar, vamos descobrir de uma vez por todas o que está acontecendo aqui. Combinado?
Ela fungou de novo, mas seu sorriso estava de volta.
— Combinado. Obrigada.
Ele poderia ter deixado por isso mesmo, mas ainda se sentia um merda por ter agido como agiu.
— Eu sinto muito por aquele dia.
— Não precisa se desculpar, foi o que a gente combinou. E a ideia foi minha.
— Eu tive uma reação péssima naquela hora. — Ele se virou para ela. — Tenho que parar de deixar meu passado me assombrar desse jeito. É o que pretendo fazer.
Jeanie fez que sim com a cabeça e se inclinou na direção dele. Logan segurou o rosto dela outra vez.
— Não tem mais nada a ver com ela. É tudo culpa do meu próprio orgulho idiota. Não quero estragar as coisas com você, Jeanie.
— Podemos ir devagar — respondeu ela, e ele abriu a boca para discutir, mas a mulher continuou falando, agora com um sorrisinho:
— Só tenta não me jogar pro outro lado do cômodo da próxima vez.
Logan soltou uma risada envergonhada.
— Desculpa.
— Desculpado.
Ele sentiu o sopro da palavra em seus lábios um instante antes de Jeanie cobrir sua boca com a dela. A angústia instalada em seu peito havia uma semana foi se desfazendo devagar a cada movimento da língua de Jeanie junto à dele, a cada mordidinha em seu lábio inferior.

Logan perdeu a noção do tempo, perdeu a noção de tudo até que Jeanie se afastou e encostou a testa na dele.

— O festival nos espera — disse ela, seus olhos escuros brilhando de empolgação.

Eles precisavam ir, mas Logan tinha a total intenção de não ser interrompido na próxima vez em que estivessem sozinhos. Não dava para ficar só nos amassos para sempre; tudo tinha limite, e ele estava quase ficando maluco.

CAPÍTULO VINTE E QUATRO

O verdadeiro cidadão da Nova Inglaterra ama três coisas: Red Sox, Dunkin' Donuts e outono. Jeanie sabia disso, é claro, afinal ela era um deles havia uma década. Mas o Festival de Outono em Dream Harbor atingia novos patamares de veneração ao outono.

A praça e as ruas ao seu redor ficavam bloqueadas para o tráfego e acomodavam uma multidão de barracas, mesas e atividades. Havia oficina de decoração de abóboras, barracas de maçã do amor e donuts de sidra (que Jeanie não conseguia parar de comer, embora já tivesse devorado três). Annie tinha preparado tortas, cookies e uma porção de outras coisas feitas com maçã, abóbora ou canela. Havia barracas vendendo todo tipo de artigo místico: cristais, livros de feitiços e vassouras de bruxa que pareciam autênticas. As crianças faziam fila para pintar o rosto, ou para ganhar balões em formato de animais, ou para brincar no enorme pula-pula montado no gramado.

Era uma loucura.

Uma loucura deliciosa com cheirinho de torta de maçã.

Jeanie não conseguia evitar sorrir de orelha a orelha enquanto vendia sidra e pumpkin spice lattes para a fila de visitantes que parecia infinita. O dia havia começado frio, com uma leve geada cobrindo a grama, mas o sol do fim de outono trouxe um calor considerável ao meio-dia. Jeanie até desenrolou o cachecol gigante do pescoço e deixou de lado as luvas sem dedos.

Logan trabalhou ao seu lado a manhã inteira, vez ou outra encostando o braço no dela, abrindo um sorriso lento e secreto. Não era bem uma proclamação de suas intenções na frente de toda a cidade, mas isso não era o que ela queria, de qualquer maneira. O fato de ele estar ali, ao seu lado, era suficiente. Mais do que suficiente. Sua presença lhe causava uma sensação confortável, um frio na barriga, e a manhã inteira parecia ter sido envolta em um brilho de felicidade. Ela queria se aconchegar naquela sensação, como Gasparzinho quando encontrava um espacinho com luz do sol.

— Feliz Festival de Outono!

Isabel se aproximou da mesa carregando um bebê Yoda tão real que chegava a ser assustador.

— Oi, Isabel! Oi, Mateo!

Mateo-Yoda respondeu com barulhinhos alegres.

— Está gostando do seu primeiro festival, Jeanie? — perguntou ela, usando toda a sua destreza para tomar um gole do café enquanto mantinha o copo quente fora do alcance do bebê. — Oi, Logan.

— Oi, Isabel.

— Estou gostando, sim. É incrível! Adorei seu cabelo.

Jeanie gesticulou para os clássicos coques da Princesa Leia que Isabel havia imitado.

— Ah, obrigada. A gente se jogou mesmo no tema. Tem um Mandaloriano e uma pequena stormtrooper andando por aí em algum lugar, mas esta mãe aqui precisa de café se quiser sobreviver ao dia de hoje. Acordei com a stormtrooper em questão debruçada na minha cama e vestindo a fantasia completa às quatro da manhã.

— Ih, caramba — disse Jeanie, sorrindo.

Isabel sorriu de volta e olhou de Jeanie para Logan. Jeanie sentiu o rosto esquentar. Isabel *sabia*. De alguma maneira, com seus superpoderes secretos de mãe e leitora de romances, ela sabia exatamente o que estava acontecendo entre os dois — o que era loucura, porque nem mesmo Jeanie sabia direito o que estava rolando.

Na verdade, ela meio que esperava que Logan procurasse um motivo para se afastar, fosse empilhar uns copos, servir o próximo cliente... mas, em vez disso, ele se aproximou. Encostou o ombro no dela outra vez, tocou seus dedos com as costas da mão.

Parecia uma declaração.

Isabel abriu um sorriso mais largo.

Era uma declaração.

Discreta, segura e firme, assim como Logan. Ele entrelaçou os dedos nos dela, e o coração de Jeanie acelerou. Talvez ele estivesse levando aquela coisa entre os dois a sério, afinal. Talvez a Nova Jeanie estivesse prestes a namorar o fazendeiro bonitão, mesmo depois de ter tido mais uma crise neurótica na frente dele naquela manhã. O coração dela acelerou mais ainda.

— Bem... vejo vocês no concurso de fantasias mais tarde — disse Isabel, seus olhos brilhando de empolgação e fazendo carinho na cabeça do pequeno Yoda. — Vem, Yoda, vamos encontrar o Mando.

Jeanie deu um tchauzinho, e Logan lentamente puxou a mão de volta porque precisava atender ao próximo cliente, mas não antes de olhar para Jeanie com outro misterioso sorriso de canto da boca.

— Quanto tempo até todo mundo ficar sabendo? — perguntou Jeanie baixinho, sorrindo para os clientes enquanto falava.

Podia sentir Logan dando de ombros sem nem mesmo olhar para ele.

— Não muito.

— E tudo bem pra você? — Ela entregou as sidras quentes para Greg e Shawn. — Aproveitem, rapazes!

Greg ergueu o copo, brindando ao Festival de Outono, e os dois foram embora, deixando Jeanie e Logan a sós por um instante.

— Pra mim tudo bem. E pra você?

Jeanie engoliu em seco, de repente sentindo o peso do que eles estavam fazendo — de repente lembrando que, se a cidade inteira estivesse prestando atenção nos dois, isso significava que todos estariam de olho nela também. E se as coisas não dessem certo? E se ela não fizesse ideia de como ter um relacionamento sério? Nunca havia tido um antes. Uma onda de pânico se formou em seu estômago.

Por que só estava se dando conta disso tudo agora, quando aquele amor de homem estava se esforçando tanto para fazê-la feliz? Os beijos dele tinham bagunçado tanto assim sua cabeça?!

Que coisa, Jeanie! Se recomponha.

Ela forçou um sorriso.

— Sim. Pra mim tá ótimo.

Logan a estudou por mais um momento, seus olhos azuis mergulhando nos dela até ela olhar para o outro lado, com medo do que ele poderia encontrar lá.

— Tá bom.

— Certo, maravilha! — respondeu, colocando o máximo de alegria que conseguiu na frase. — Joe deve chegar logo, aí podemos cumprir nossa obrigação como jurados.

— Uhum.

Logan a encarou de novo, hesitante, um vinco sutil se formando em sua testa.

Jeanie forçou um sorriso maior.

Ela queria isso, não queria? Que Logan a escolhesse de verdade. Mas, por algum motivo, havia se esquecido de que precisava resolver os próprios problemas também. Jeanie balançou a cabeça como se assim fosse se livrar daquelas malditas dúvidas.

Tudo bem, estava tudo bem. Talvez Isabel não contasse a todos sobre a menor demonstração de afeto do mundo. Talvez o pessoal estivesse tão envolvido nas festividades de outono que ninguém iria se importar com ela e Logan.

Talvez ela estivesse se iludindo.

Jeanie fez uma parada rápida na barraca de Annie antes de assumir seu posto de jurada com Logan. Só precisava de um minuto sem ele. E de outro donut.

— Oi, George. Oi, Hazel.

O parceiro de confeitaria de Annie estava atrás da mesa dobrável que tinha virado um balcão improvisado. Ele cumprimentou Jeanie com um aceno simpático enquanto Hazel ajudava Annie a tirar mais donuts fresquinhos das bandejas. Como conseguiam trazer donuts quentinhos da confeitaria para a barraca era um mistério que Jeanie não tinha tempo para desvendar.

— Mais um donut? — perguntou Annie com um sorriso.

— Só mais um.

Hazel analisou Jeanie como um detetive enquanto Annie lhe entregava outra delícia coberta de açúcar.

— Qual é o problema? — questionou Hazel, imediatamente se concentrando na angústia de Jeanie.

Aqueles óculos lhe davam algum tipo de superpoder?

Jeanie olhou ao redor. A maioria das pessoas estava indo em direção ao palco do concurso de fantasias, então a barraca da confeitaria estava vazia.

— Bom... Logan.

Annie cruzou os braços e o sorriso implicante desapareceu de seu rosto. George disse baixinho que precisava muito comprar sálvia para limpar a energia ruim do apartamento e saiu apressado da barraca.

— Claro que é o Logan — respondeu Hazel, apoiando os cotovelos na mesa. — O que aconteceu?

— É... — Jeanie estava inquieta sob o escrutínio de Annie. — A gente... bem... acho que talvez ele tenha segurado minha mão na frente da Isabel, então é provável que todo mundo fique sabendo disso em breve, e eu gosto dele de verdade. — Ela engoliu em seco. — E ele gosta de mim. Tenho quase certeza. E agora tô surtando um pouco porque acho que não sou muito boa nisso.

— No quê? — quis saber Hazel.

Os olhos semicerrados de Annie não ajudavam nem um pouco a aliviar a tensão de Jeanie.

— Em tudo? Em lidar com a vida, eu acho. Com certeza em namorar. Vocês me avisaram, eu sei, e eu não quero estragar tudo, mas também não quero que a cidade me odeie se eu acabar pisando na bola sem querer.

Ela parou de falar e esperou ser julgada, ouvir poucas e boas ou receber apoio. Ainda não sabia qual das reações as duas teriam.

— Ninguém vai te odiar, Jeanie — afirmou Hazel.

Jeanie olhou para Annie, cuja boca estava fechada em uma linha carrancuda. Nem um pouco convincente.

— Além disso, todo mundo é ruim em lidar com a vida de algum jeito — acrescentou Hazel.
Jeanie suspirou.
— Antes eu sentia que talvez fosse boa nisso. Eu tinha meu trabalho, era competente e... não sei, fazia o que tinha que fazer. Mas agora, aqui... as coisas não são tão nítidas.
— Não existe nada que você "tenha que fazer", Jeanie — comentou Hazel, com um semblante sério por trás dos óculos.
— Eu sei, e esse é o problema, acho. Eu me sinto um pouco perdida.
— Olha — disse Annie, enfim quebrando o silêncio —, tudo o que você pode fazer é dar o seu melhor.
Jeanie assentiu lentamente, tentando assimilar a ideia.
— Tá...
Annie bufou.
— Para de tentar fazer tudo certinho. Você e Logan são adultos. Se querem ficar juntos, fiquem.
— Sério?
— Claro.
— Você não tá, sei lá, brava comigo ou algo assim?
Hazel analisou a postura ainda rígida de Annie e concordou.
— Meio que dá essa impressão mesmo.
Annie sacudiu os braços.
— Desculpa. É que aconteceu muita coisa. Quando você chegou aqui, a gente não sabia se você ficaria pra valer, e Lucy tratou Logan como se ele fosse apenas uma parada na jornada dela em busca de autoconhecimento. Eu não quero ver isso acontecer de novo.
— Certo.
Jeanie engoliu apesar do nó na garganta, pensando na pilha de documentos imobiliários que havia deixado em cima da mesa e no fato de que pelo menos um de seus funcionários estava tramando algum tipo de vingança silenciosa. E ela não tinha ideia de como resolver nenhuma dessas coisas.
— Enfim. — Annie deu de ombros. — Você deveria ir em frente. Com Logan. Talvez dê certo, talvez não, mas, pra sua sorte, os mora-

dores dessa cidade não conseguem viver sem cafeína, então vão ter que te perdoar bem rápido.

Um sorriso finalmente surgiu no rosto de Annie, e Jeanie relaxou. Um pouco.

Talvez as duas estivessem certas. Ela estava pensando demais, e pensar demais não combinava com seu novo estilo. Jeanie soltou um longo suspiro. Certo, hora de aproveitar todas as delícias do outono; ela descobriria quem estava sabotando seu negócio outro dia, não naquele. Não durante o Festival de Outono!

Não quando tinha um homem gostoso e gentil a esperando para julgar algumas fantasias adoráveis de Halloween. O dever a chamava.

— Tá bem, obrigada. — Ela terminou de comer o donut. — Vou lá julgar o concurso de fantasias.

— Ai, meu Deus, esqueci que você tinha sido obrigada a fazer isso — disse Hazel, empalidecendo.

Annie fez uma careta.

— É, boa sorte.

CAPÍTULO VINTE E CINCO

Jeanie havia trabalhado no mercado financeiro por sete anos da sua vida. Era uma área implacável, intensa e de alto risco — mas absolutamente nada a havia preparado para o concurso de fantasias do Festival de Outono de Dream Harbor.

Logan estava sentado ao lado dela na mesa de jurados com uma expressão sombria de determinação no rosto.

Ela cutucou a perna dele com a sua.

— Não era pra isso aqui ser divertido? — sussurrou, embora, a essa altura, até ela estivesse começando a duvidar.

— Quem disse?

Logan já havia separado uma briga entre duas mães com roupas de academia que quase saíram no soco, cada uma alegando que seu pequeno zumbi era o mais assustador. O bolso de sua camisa havia rasgado depois de ele subir no palco para tirar umas delas de lá.

O pequeno incidente foi seguido por um debate sobre qual versão do Batman era a "verdadeira", e então quase houve uma revolta quando Nancy e Jacob subiram ao palco vestidos como a capa do romance favorito deles. As fantasias foram consideradas "sensuais demais" para um evento familiar, o que levou a um grito de guerra acalorado sobre liberdade de expressão e um discurso de Nancy sobre criar crianças bem-informadas e sem tabus em relação a sexo.

Foi um dia e tanto.

Mas eles conseguiram sobreviver até o fim. No palco improvisado diante deles estavam os finalistas. Uma criancinha vestida de abelha que parecia estar a cinco segundos de fazer xixi na fantasia; uma Wandinha Addams muito convincente, ainda mais impressionante pelo fato de que Andy era na verdade um homem negro de quarenta e cinco anos; e a favorita de Jeanie, Mindy Walsh, a vice-prefeita, vestida impecavelmente de prefeito Kelly, até com a gravata feia e um balão de sonho feito de papelão pairando acima da cabeça.

Uma porção de bruxas, personagens de Star Wars, uma ou duas abóboras, alguns cachorros adoráveis fantasiados e o elenco completo de O *Mágico de Oz* — todos concorrentes que não haviam chegado à final — se aglomeravam no gramado. Jeanie conseguia sentir vários perdedores ressentidos a encarando com sede de vingança. Àquela altura, estava preocupada de verdade com o que poderiam estar tramando.

Tammy, a terceira jurada, estava sentada do seu outro lado. Ao que tudo indicava, ela fazia isso todo ano e levava o trabalho muito a sério.

— Uma abelha ganhou há três anos — sussurrou ela, inclinando-se em direção aos colegas jurados.

Logan soltou um longo suspiro do outro lado.

— Isso importa? — perguntou Jeanie.

— Com certeza importa, querida! — Tammy parecia chocada com a ignorância de Jeanie. — As pessoas não iam gostar se o vencedor fosse sempre uma abelha.

Tammy havia nascido e sido criada em Louisiana, e isso ficava evidente em tudo o que dizia.

— Ah... certo. Claro.

Tammy examinou o palco mais uma vez, como se talvez fosse perceber algum detalhe que tornaria a decisão muito óbvia.

— Bem, acho que o Andy se esforçou bastante — disse Jeanie.

Tammy bufou, achando graça.

— Não julgamos esforço, julgamos a melhor fantasia. Imparcialmente.

Imparcialmente. Claro.

Jeanie podia jurar que Logan resmungou ao seu lado; parecia estar afundando cada vez mais na cadeira, como se estivesse sendo engolido vivo.

— Então, o vencedor obviamente deveria ser... — Jeanie hesitou, esperando que Tammy preenchesse a lacuna.

E Tammy estava mais do que disposta a obedecer.

— Mindy como o prefeito Kelly. Tem que ser.
Jeanie sorriu.
— É, tem que ser. Concordo.
— Logan, quer dar sua opinião?
Tammy se inclinou para a frente, tentando ver além de Jeanie. Ele balançou a cabeça com tanta vontade que Jeanie pensou que fosse se soltar do corpo e rolar para longe.
— Não. Você acertou em cheio de novo, Tammy. Mindy ganhou.
Tammy sorriu.
— Ótimo. Vou repassar os resultados para o Pete.
— Espero que ela se apresse — sussurrou Jeanie para Logan. — Acho que a abelha não vai conseguir segurar muito mais.
Logan olhou para o palco, onde a abelhinha estava com as pernas cruzadas, depois para Tammy e Pete, que discutiam os resultados. Pete parecia estar balançando a cabeça como se discordasse da decisão. Tammy olhou de volta para a mesa de jurados, gesticulando em direção a Jeanie e Logan.
— Ah, não, vamos ter que deliberar de novo? Existe alguma regra que proíba alguém de se fantasiar como uma pessoa real? — perguntou Jeanie.
Era oficial: nunca mais queria ver outro morador da cidade fantasiado.
— Nem a pau — rosnou Logan.
Ele se levantou da mesa dos jurados e colocou as mãos em concha ao redor da boca, para fazer a voz ecoar.
— A vencedora é a Mindy, a abelhinha fica em segundo lugar e o Andy em terceiro. Peguem o cupom de donut grátis com o Pete e liberem o palco.
Resmungos de consternação se misturaram a aplausos animados e, se Jeanie não estava enganada, algumas vaias bem altas do fundo da multidão. Mindy levantou o punho no ar em um gesto silencioso de vitória, e a abelhinha correu para o banheiro.
— Nossa, você não estava brincando — disse Jeanie com um suspiro. — Isso foi intenso.

Ela estava suando de verdade.
Logan abriu um sorrisinho triste.
— Eu te disse, essa cidade às vezes exagera.
Jeanie entrelaçou os dedos nos dele, e o sorriso de Logan se iluminou.
— Eu gosto disso — comentou ela.
— O que você acha de casas mal-assombradas? — perguntou ele, um indício de travessura brilhando em seus olhos enquanto o sol se punha atrás das árvores.
Uma adrenalina agradável percorreu o corpo de Jeanie.
— Nada pode ser mais assustador do que eles — respondeu, gesticulando na direção de alguns dos perdedores do concurso, que haviam se reunido numa bolha nefasta. Não ficaria surpresa se os visse segurando ancinhos.
Logan deu risada.
— Vem comigo.
Ele a puxou, mantendo-a perto de si enquanto os dois atravessavam o festival.
Na verdade, Logan a manteve perto mesmo quando passaram correndo por Kaori e sua família; a presidente do clube do livro só teve tempo de arquear as sobrancelhas, chocada, e Jeanie sorriu para ela. Logan a manteve ao seu lado ao pararem para cumprimentar Noah, mesmo quando o pescador escancarou um sorriso e piscou para Jeanie. Logan segurou sua mão enquanto passavam pela barraca da confeitaria e acenou para Annie e Hazel lá dentro.
Ele até deu um beijo em sua bochecha enquanto esperavam Linda e Nancy deixá-los entrar no quartel de bombeiros, que havia sido transformado em casa mal-assombrada.
E com cada pequeno gesto, cada olhar feliz das pessoas ao redor, as neuras, dúvidas e preocupações de Jeanie foram diminuindo. Agora aquela era sua casa, aqueles eram seus amigos, seus clientes.
Seu Logan.
Estava gostando disso.
Queria mantê-lo por perto, agarrar aquela sensação, viver naquele dia perfeito pelo máximo de tempo que pudesse.

— Vou ficar muito assustada? — perguntou enquanto eles passavam pela entrada coberta de teias de aranha.

Logan apertou a mão dela.

— Bem, os escoteiros montam a casa todo ano, eles tendem a pegar pesado...

Logan mal havia terminado a frase quando um palhaço maluco saltou da escuridão. Jeanie gritou e enterrou o rosto no braço de Logan. O palhaço gargalhou como um louco e voltou para sua posição, ansioso para assustar as próximas vítimas.

— Você tá bem? — perguntou Logan, nitidamente se divertindo.

— Aham, tô bem, tô ótima — respondeu ela, com o rosto ainda enterrado no braço do fazendeiro e o coração disparado.

Ele riu baixinho e a levou até a próxima esquina. Uma bruxa bem pequena mexia um caldeirão fumegante no canto: ela reconheceu Logan e lhe deu um grande sorriso, mas então se lembrou de seu papel e voltou a fazer cara feia.

Jeanie sufocou uma risada.

Logan continuou a arrastá-la consigo, exibindo um sorriso radiante, visível mesmo no escuro.

Os dois serpentearam pelo interior labiríntico da casa, Jeanie segurando firme a mão de Logan. Sendo bem sincera, depois do susto do palhaço, ela ficou bem, mas qualquer desculpa para continuar perto assim de Logan servia. Talvez não fossem mais deixar as coisas em segredo, mas era divertido estar longe dos olhos curiosos da cidade por alguns minutos. Especialmente quando Logan a puxou para um canto e a beijou no escuro.

— Oi — sussurrou ela contra sua boca.

— Oi — sussurrou ele de volta. — Está gostando do festival? — perguntou, mordendo o lábio inferior dela.

— Muito.

Logan envolveu sua cintura com as mãos, apertou sua bunda e a puxou para mais perto.

— Ainda mais agora.

Ela estava sem fôlego, como se os dois tivessem corrido pela casa mal-assombrada.

Logan gemeu, aninhando-se em seu pescoço. Ela suspirou quando ele passou os dentes na pele sensível da região.

— Ei! Quem está aí? Eu já avisei que...

Uma luz forte cegou Jeanie, e os dois congelaram. As mãos de Logan ainda estavam apertando sua bunda e Jeanie já estava com a perna erguida e envolvendo a cintura dele.

— Logan?

Ele resmungou e se afastou. Jeanie sabia que se estivesse mais claro veria o rubor subindo pelas bochechas do fazendeiro. Mas dessa vez ele não a empurrou para longe; apenas segurou sua mão e encarou Linda, que segurava a lanterna.

A mulher deu risada.

— Achei que fossem aqueles malditos adolescentes de novo! Já flagrei três casais diferentes se pegando aqui. Acho que precisamos deixar essa casa mais assustadora no ano que vem.

Ela se virou, rindo sozinha, e voltou pelo labirinto.

Logan esfregou o rosto.

— Desculpa por isso. Eu não deveria ter...

— Vamos pra minha casa.

— Não é hora nem lugar pra isso, eu só... espera, o quê?

— Vamos. Sem interrupções dessa vez — sugeriu ela.

Os olhos de Logan se arregalaram por um segundo antes que ele se abaixasse até o ouvido dela.

— Sem interrupções?

A respiração dele aqueceu sua pele, e Jeanie se aproximou mais.

— É. Só você e eu.

O gemido grave de Logan reverberou pelo corpo dela.

— Quer dizer, a menos que você queira ir pra fogueira em vez disso...

— De jeito nenhum.

Ele segurou a mão dela e os dois correram pelo resto da casa mal-assombrada, deixando para trás um assassino muito confuso e um cavaleiro sem cabeça.

CAPÍTULO VINTE E SEIS

Ele a colocou contra a parede assim que os dois entraram no apartamento, sua boca na dela, devorando-a porque não conseguia se conter perto daquela mulher. O dia havia sido tão bom. Ela tinha sido tão boa, tão exatamente como ele desejava, tão próxima da perfeição que o deixava apavorado.

Mas ele queria isso.

Queria Jeanie.

Queria ficar com ela.

A mulher deixava escapar gemidos e suspiros baixinhos enquanto ele a beijava, e Logan queria todos eles, todos os sons, todo o seu corpo macio pressionado ao dele. Tudo dela. Ela inteirinha.

Todas as coisas que ele havia tentado esconder, negar ou fingir que não estavam acontecendo foram se revelando depressa a cada movimento da cintura de Jeanie, a cada leve mordida dela em seu pescoço, a cada ávido puxão de cabelo que ele sentia.

Logan tinha sido um idiota por tentar agir como se não a desejasse, como se não quisesse que todos naquela maldita cidade soubessem que ela lhe pertencia.

Caramba. Ele gemeu, encostando a testa na dela. Queria que Jeanie fosse *dele*.

Ela sorriu para ele.

— Ei — sussurrou, já sem fôlego, as bochechas rosadas e deliciosas.

— Ei. — A voz de Logan soou rouca, as mãos ainda traçando as curvas do corpo dela.

Ele não conseguia parar de agarrar aquela mulher em qualquer oportunidade que tivesse.

— Meu quarto é no fim do corredor.

— Certo, desculpa.
Ele recuou, soltando-a da parede. *Vai com calma, Logan.*
Jeanie o pegou pela mão e começou a guiá-lo pelo corredorzinho depois da sala de estar, e só então ele percebeu onde os dois estavam. Ele a fez parar e ela se virou para encará-lo.
— A gente não precisa fazer isso — disse ele de repente.
Ela franziu a testa.
— Digo... não quero que você se sinta na obrigação...
— Logan — disse ela, o sorriso se transformando em algo mais caloroso, mais intenso. — Eu quero.
— Certo.
— Certo.
Ela o conduziu até um quarto no final do corredor e acendeu um abajur que lançou uma luz aconchegante no ambiente.
— Tá um pouco bagunçado. — Ela deu de ombros. — Ainda estou me acomodando.
Logan se forçou a ignorar a onda de ansiedade que sentiu ao ver as caixas ainda fechadas no quarto de Jeanie. Havia um espelho encostado na parede, que ainda não tinha sido pendurado. O abajur ao lado da cama estava sobre uma grande caixa de papelão, a cama coberta com uma variedade aleatória de travesseiros e cobertores. As janelas tinham persianas, mas não cortinas. As paredes não tinham fotos nem quadros.
Temporário.
Incerto.
Aquele quarto gritava impermanência.
Logan passou a mão pelo cabelo, reprimindo o pânico que foi subindo pela garganta. Será que tinha errado feio outra vez? Estava enganado ao presumir que ela queria ficar? Que se encaixava ali?
Jeanie se virou para ele, paralisado na porta, e assumiu uma expressão tensa.
— Ai, meu Deus, a bagunça é um problema pra você? Eu deveria ter arrumado melhor...
Ela chutou um suéter para baixo da cama enquanto Logan se esforçava para não deixar suas emoções transparecerem.

Ele gostava de organização, mas não era isso que estava fazendo seu coração disparar daquele jeito, desgovernado.

Logan pigarreou.

— Não, não. Desculpa, não é isso.

Ela esperou uma explicação, mas ele não conseguiu falar. Não conseguiu admitir que tinha medo de que ela fosse embora, de que sentisse falta de alguma coisa nele, em seu estilo de vida, em sua cidade... assim como Lucy.

Mas se recusava a permitir que Lucy ainda tivesse tanto poder sobre ele.

Não quando ele estava diante daquela pessoa adorável, quase perfeita, divertida e bagunceira, com as bochechas coradas e os lábios ainda vermelhos de tanto beijá-lo. Ele atravessou o quarto e segurou o rosto de Jeanie com as duas mãos.

— Estou tentando ir devagar. Só isso.

Um sorriso aliviado iluminou o rosto dela.

— Ah, que bom. Eu tento ser mais organizada, mas nunca dura muito tempo.

Logan deu de ombros.

— Eu gosto de você assim, bagunceira.

Jeanie parou e o olhou nos olhos com um sorriso ainda maior. Maior e, de alguma forma, mais genuíno. Mais feliz. Ela pulou em seus braços e ele a abraçou com uma risada abafada.

— Obrigada.

— Por que você está me agradecendo, Jeanie?

Ela deu de ombros e enterrou o rosto no pescoço dele, os lábios quentes tocando a pele acima da gola da camisa.

— Obrigada por dizer isso, por estar aqui.

Ele apertou a bunda dela.

— Não queria estar em nenhum outro lugar.

Ela fez um som baixinho, como se estivesse ronronando colada nele, e Logan reprimiu o desejo de ouvi-la dizer o mesmo, de ouvi-la garantir que não havia nenhum outro lugar onde preferisse estar também. Jeanie estava ali agora, em seus braços, e ele seria um idiota se não aproveitasse a chance de estar com ela.

Ele a guiou de costas até a cama e a deitou no colchão. Vê-la ali com seus grandes olhos castanhos e suas bochechas rosadas, mordendo o lábio inferior, o fez perder o pouco controle que ainda tinha.

O plano de ir com calma foi por água abaixo junto ao receio de continuar o que haviam começado.

Jeanie já estava ajoelhada na cama, desabotoando a camisa de Logan e deslizando as mãos por dentro, puxando a peça de roupa.

— Essa também — disse enquanto levantava a camiseta dele e passava as mãos pelo seu abdômen com uma fascinação perversa.

Ele tirou a camiseta e ela beijou sua barriga, arrancando dele um suspiro intenso.

Jeanie sorriu.

— Você tem um belo tanquinho — elogiou. — Sério, eu não sabia que pessoas de verdade podiam ter isso.

Ele soltou outra risada surpresa, sentindo o rosto esquentar sob aquele olhar atento. Será que algum dia ele seria capaz de prever o que ela diria em seguida?

Jeanie continuou beijando sua barriga e foi subindo até o peito, até o pescoço, os dedos traçando um caminho próprio. Logan fechou as mãos, morrendo de vontade de agarrá-la, mas se forçando a não interromper, e se deixou ser torturado pelos toques leves e suaves ao longo de seu corpo.

As mãos de Jeanie chegaram ao cabelo dele e ela o puxou para mais perto, o beijou com vontade, passando a língua em seus lábios. A essa altura, Logan já havia perdido completamente a noção de tempo e espaço.

Jeanie era a única coisa em sua mente.

Os lábios de Jeanie nos seus.

O gosto de açúcar e canela daquela mulher.

O corpo macio dela contra o seu.

Precisava se livrar daquelas roupas. Estava cansado das barreiras entre os dois, não queria outra sessão frustrante de amassos, não queria mais ter medo.

Queria sentir o corpo dela, quente e nu, junto ao seu.

Logan correu os dedos por baixo do suéter de Jeanie, tocando a parte superior da calça jeans. Sentiu o calor e a maciez da barriga dela e acariciou suas costas, traçando a curva da coluna.

Jeanie se arrepiou quando ele envolveu suas costelas com as mãos e arrastou os polegares ao longo da parte inferior de seus seios. Ela interrompeu o beijo para tirar o suéter, mas logo devolveu sua boca à dele, quente, úmida e ávida.

O torso de Jeanie parecia estar pegando fogo pressionado junto ao dele.

Como ela podia ser tão perfeita? Como podia ser tudo o que ele queria?

Logan cravou os dedos em sua carne, querendo-a mais perto, sentindo uma necessidade urgente de tê-la por inteiro. Encontrou o fecho do sutiã, abriu e o jogou de lado. Segurou um seio e passou o polegar no bico. Ao toque, Jeanie suspirou e gemeu ao mesmo tempo, e Logan desmoronou. Ele abaixou a cabeça e beijou seu mamilo, fazendo-a se arquear na direção dele enquanto percorria toda a região com a língua. Ela ofegava, o nome dele um sussurro entrecortado.

Mais. Ele queria mais.

Logan chupou e lambeu até Jeanie tremer, depois se afastou apenas para deitá-la de volta na cama e arrancar seu jeans. Mais pele. Mais Jeanie.

A cada camada de roupa que tirava, ia sentindo um amor mais profundo, mais urgente, mais irreversível por aquela mulher.

Amor.

Droga. Ele tinha feito de novo, mas não conseguia parar, não queria. Não agora. Não quando Jeanie estava entregue bem na sua frente, a pele dourada pela luz suave do abajur, e o cabelo escuro emaranhado no travesseiro.

Ela o encarou com olhos famintos, mas ele estava paralisado.

Faltava alguma coisa, não? Uma declaração? Uma conversa para esclarecer as expectativas dele, as expectativas dela.

Será que eles estavam fazendo tudo errado?

Mas o que esperava que ela dissesse? Que também o amava? Tão rápido, depois de tão pouco tempo? Ela nem sequer havia desfeito todas as malas, como poderia ter chegado à conclusão de que o amava?
— Logan?
Ele piscou.
Uma ruga se formou entre as sobrancelhas de Jeanie, e ela procurou um cobertor para se cobrir. Logan a interrompeu segurando sua mão.
— Não. Eu quero te ver. — Sua voz soou tão grave e rouca que ele não se reconheceu.
Jeanie soltou o cobertor, os olhos fixos nos dele. Logan assimilou a cena, cada pedacinho do corpo dela. Ele a manteria por perto pelo máximo de tempo que conseguisse. Era um tolo por pensar que era possível voltar atrás agora.
— Logan. — A voz de Jeanie foi como um gemido suave que obliterou por completo as dúvidas dele.
Ele cobriu o corpo dela com o seu e tomou para si o que tanto queria.

O que Logan estava prestes a dizer ao se ajoelhar diante dela, fosse o que fosse, nunca foi dito. Jeanie teve apenas alguns segundos para se perguntar o que era antes de sentir a boca dele percorrer todo o seu corpo. Os lábios quentes, firmes e insistentes em sua pele, os pelos grossos de sua barba fazendo cócegas em seu peito, em sua barriga, em suas coxas.
Ela tentou não pensar na expressão que viu cruzar o rosto dele várias vezes naquela noite. O olhar que dizia exatamente o que ele sentia por ela, como se quisesse mantê-la por perto, como se talvez isso fosse mais do que mera atração e ele quisesse ser mais do que apenas um vizinho prestativo.
Logan mergulhou de cabeça entre suas coxas, e os pensamentos de Jeanie se espalharam como folhas de outono ao vento enquanto ele a beijava ali.
Ali, no centro dela, intensificando o prazer até os lençóis estarem torcidos em suas mãos e ela não conseguir suprimir o gemido baixo e agudo. Logan a lambia com a determinação persistente de um homem acostu-

mado a fazer um bom trabalho. Tinha a língua rápida e constante, era simplesmente perfeito. Tão perfeito que Jeanie sentiu vontade de chorar.

Ela quase chorou de verdade quando o sentiu deslizar um dedo e penetrá-la, o gemido dele vibrando em sua pele sensível. Ele inseriu outro dedo e arqueou os dois, tocando algo lá dentro que ela pensava ser um mito.

O prazer se tornou profundo, intenso, e ele não parou de mexer a língua e os dedos. Logan, firme e constante, persistiu até a pressão atingir o auge, até as costas de Jeanie se curvarem para longe da cama, até seus pés cravarem no colchão. Até ela se desfazer sob a língua e as mãos dele. Até não conseguir se lembrar de jeito nenhum o que a impedia de estar com aquele homem.

Não havia razão alguma.

Ele era bom, gentil, e tinha um abdômen que... meu Deus, aquele tanquinho.

Por que ela estava se sabotando?

Ele sorriu para ela, meio acanhado.

— Bom?

Jeanie soltou uma risada incrédula.

— Muito, muito bom.

Ele ficou de pé entre as pernas dela e tirou a calça, depois foi subindo devagar por seu corpo, percorrendo-a por inteiro, deslizando em cima dela. Derramou uma chuva de beijos ao longo de sua clavícula até o ombro e enterrou o rosto em seu cabelo.

— Você é linda — sussurrou ele, e ela pensou que talvez fosse mesmo verdade, pela maneira como ele apertava sua coxa e mexia o quadril como se não conseguisse mais se controlar.

Ela queria mais dele. Queria tudo dele, na verdade.

As palavras borbulhavam em sua garganta, tentando sair. Palavras que definiam seus sentimentos, palavras fortes demais, precipitadas demais, intensas demais; ela não deveria sentir algo tão poderoso por ele ainda.

E Jeanie não queria assustá-lo.

Não queria ser superintensa, exagerar de alguma forma. Pensar demais, ir além do necessário.

Só queria estar ali com Logan naquele momento perfeito, naquele dia perfeito. Então as palavras que saíram de sua boca não foram grandiosas, emotivas e importantes.

Em vez disso, foram práticas.

— As camisinhas estão no banheiro.

Logan parou.

— Certo.

Ele se afastou dela e foi até o banheiro, que Jeanie sabia que também estava caótico, mas talvez não importasse. Talvez ele pudesse realmente ignorar seus excessos, sua bagunça. Talvez não estivesse mentindo quando disse que gostava dela daquele jeito.

Pelo menos por enquanto.

— No armário de remédios! — gritou ela, e ele veio um segundo depois com o pacote na mão, colocando uma sem perder tempo, e voltou para a cama com ela.

— Tem certeza? — perguntou ele, mesmo enquanto ela o envolvia com as pernas, mesmo quando todo o seu corpo implorava pelo dele.

— Tenho.

A palavra mal tinha sido pronunciada e ele já estava dentro dela, preenchendo-a, envolvendo-a com os braços, desfrutando daquela sensação arrebatadora, completa. Jeanie não sabia como eles tinham chegado ali tão rápido nem para onde iriam depois.

Mas, naquela noite, deixaria Logan abraçá-la.

Ele fez uma pausa, a testa encostada na dela, permitindo que ela se ajustasse — ou, pelo olhar em seu rosto, as pupilas dilatadas, permitindo o próprio ajuste.

— Jeanie. — A voz dele exprimia o mesmo êxtase que ela sentia.

— Eu...

Jeanie o beijou, com medo do que ele poderia dizer, do que ela poderia dizer em resposta.

Aquela coisa entre eles não era o que ela esperava, mas, meu Deus, como era bom! E ela não estava pronta para deixar as palavras estragarem tudo. Então o abraçou com firmeza, as pernas entrelaçadas nas costas dele, e o beijou com mais intensidade.

Ele não se conteve mais.

Foi mexendo o quadril, tomou impulso uma vez, e outra, e outra, até Jeanie se desmanchar em gemidos sob seu peso. O prazer aumentou de novo, um anseio profundo ganhando força dentro dela, e Logan mudou a posição. Manteve os olhos nos dela, observando suas reações.

— Assim — declarou ela com um suspiro.

Ele abriu um sorriso provocante enquanto continuava no mesmo ritmo, causando fogos de artifício que a percorreram por inteiro.

— Use os dedos, Jeanie — pediu ele, ainda metendo dentro dela com movimentos longos e lentos.

Logan abaixou a cabeça e sussurrou em seu ouvido como se fosse tímido demais para dizer aquilo olhando para ela, apesar de tudo o que estavam fazendo.

— Use os dedos e goze.

Como aquele homem podia ser tão incrivelmente gostoso e adorável ao mesmo tempo? Jeanie não se deu ao trabalho de questionar. Logan ajustou o quadril de novo, lhe dando mais espaço, e ela deslizou a mão entre as pernas.

Ele a assistiu com olhos ávidos, cravando as mãos em suas coxas e a segurando no ângulo perfeito. Os dedos de Jeanie eram ágeis, trabalhando em conjunto com as investidas de Logan. Não demorou muito — o orgasmo tomou conta dela com força, de repente, tão inesperadamente bom quanto a conexão entre os dois. Jeanie ofegou, o nome de Logan em seus lábios enquanto ele estremecia e gemia em cima dela, acompanhando-a até o auge do prazer surpreendente de tudo aquilo.

Com cuidado, ele saiu de cima dela e se deitou ao seu lado.

— Isso foi... — ela tentou dizer, ofegante, com a testa encostada no ombro dele.

— É — concordou, rouco, a respiração ainda saindo em espasmos. — Nossa, Jeanie.

Ela riu, dando vazão à felicidade que se seguiu ao orgasmo. Logan deu um beijo na cabeça dela e se levantou para tirar a camisinha. Quando voltou para a cama e a envolveu com seu corpo, nada nunca pareceu tão certo.

CAPÍTULO VINTE E SETE

Logan acordou com o som do chuveiro e com o sol que entrava pelas persianas no quarto de Jeanie. Bocejou, se espreguiçou e deixou o cheiro dela e tudo o que os dois haviam feito na noite anterior tomarem conta dele.

Tinha sido...

Tinha sido... perfeito. Perfeito, apesar das caixas da mudança e das palavras não ditas. Hoje ele as diria.

Logan vasculhou o emaranhado de cobertores em busca da cueca e encontrou a camiseta jogada em cima de uma cadeira. Sentiu uma onda de calor ao se lembrar do momento em que Jeanie a arrancou dele. Talvez devesse entrar no banho com ela.

A ideia de ver Jeanie toda ensaboada era muito tentadora, mas antes eles precisavam conversar. Ele precisava dizer a ela tudo o que só não disse na noite anterior porque se deixou acovardar. Hoje, ia dizer que a queria. Que havia se apaixonado perdidamente por ela e que tinha sido tolice tentar negar, e uma tolice ainda maior tentar esconder. Diria que, se ela quisesse, ele gritaria tudo o que sentia por ela do balcão do Café PS durante o horário de pico da manhã.

Mas antes, café.

Ele foi até a cozinha e ligou a cafeteira. Encontrou umas canecas no armário, alinhadas com esmero ao lado do açúcar e do mel. A maior parte da cozinha estava arrumada, na verdade, sem caixas parcialmente cheias à vista. Jeanie estava apenas demorando para se estabelecer, e ele não podia culpá-la por isso.

A pequena cozinha levava à sala de estar, onde Logan viu uma mesa e duas cadeiras. Jeanie devia usá-la como escrivaninha também, porque a superfície estava coberta de papéis. Ele foi recolhendo tudo e organizando as folhas numa pilha.

Um cartão de visita escorregou e foi caindo lentamente até o chão.

Barb Sanders, a corretora de imóveis que uma vez tentou convencê-lo a vender a fazenda de seus avós, o encarava do chão. Ele olhou de volta para ela, se sentindo alvo de chacota diante do sorriso exageradamente branco.

Gasparzinho veio devagar e pousou o bumbum felpudo em cima do cartão, como se quisesse salvar Logan da onda de pânico que começava a surgir em suas veias. Ou para encobrir os rastros da dona. Logan desviou o olhar do gato, do cartão, e o direcionou à pilha de papéis em cima da mesa. Não pretendia ver o que havia ali. Não tinha a intenção de bisbilhotar.

Mas ele tinha visto o cartão.

Depois viu a lista de imóveis: um comparativo elencando as outras propriedades comerciais da área. Alguns números que Jeanie havia circulado chamaram sua atenção, e ele notou os pequenos pontos de exclamação entusiasmados nas margens.

Viu a quantia astronômica pela qual Jeanie poderia vender o prédio. Ela poderia fazer tanta coisa com aquele dinheiro, se reinventar por completo, encontrar o próprio sonho em vez de reciclar o da tia.

Ela poderia ir embora sem nunca olhar para trás.

Logan estudou a sala de estar, assimilando detalhes que havia deixado passar na noite anterior, distraído como estava. A cozinha podia ter sido organizada, mas a sala estava tão caótica quanto o quarto. Uma grande caixa ao lado do sofá com "fotos" escrito ameaçava-o.

Jeanie não tinha intenção de ficar.

E ele havia caído na mesma cilada de novo.

Havia se apaixonado por ela.

Seu sangue ferveu, depois esfriou quando aos poucos ele foi se dando conta de que não tinha sido nada além de uma parada na viagem dela. Lembrou que havia desfilado com ela por todo o maldito festival no dia anterior; todos na cidade tinham visto os dois juntos — e agora tinham mais um motivo para o enxergarem como um coitado.

Merda.

Logan precisava sair dali.

Estava prestes a voltar para o quarto e buscar o resto de suas roupas quando o som do chuveiro parou. Ele congelou ao lado da mesa e da pilha incriminadora de papéis. Talvez pudesse sair correndo dali de cueca mesmo — seria uma história ainda melhor que o pedido de casamento fracassado.

Não, ele não podia fugir. Precisava encará-la. Depois, sim, daria o fora dali.

Ele esperou, ouvindo Jeanie andando pelo quarto. Ela cantarolava uma musiquinha para si mesma, e Logan sentiu vontade de chorar. Ou de gritar. Ou de destruir alguma coisa. Talvez todas as opções, ele não sabia muito bem.

Jeanie saiu do quarto vestindo apenas a camisa de flanela que havia tirado dele na noite anterior. A cena quase o fez cair de joelhos.

Por que aquela mulher estava fazendo isso com ele?

— Bom dia — disse ela, alegre, com as bochechas rosadas por causa do banho e alguns fios úmidos de cabelo em volta das orelhas.

Os dedos de Logan formigaram com a necessidade de tocá-la.

— Obrigada por ter feito café.

Jeanie sorriu, e o coração de Logan deu um pulo como se quisesse escapar de seu peito e ir morar com ela.

— É… eu… eu tenho que ir.

Não dava para encará-la. Não naquele instante. Não mais. Não depois de ter interpretado a situação de forma tão equivocada.

— Ah. Tem mesmo? — A decepção era nítida em sua voz, mas ela se recompôs. — Então é melhor eu devolver sua camisa.

— Pode ficar — retrucou ele num tom áspero, rude e cortante que não conseguiu evitar.

Nada no mundo o faria pegar aquela camisa de volta agora. Não com o cheiro de Jeanie pós-banho impregnado nela.

— Logan, aconteceu alguma coisa?

Ele suspirou e esfregou o rosto.

— Não, tá tudo bem. Só preciso ir pra casa.

— Tá bom.

Jeanie se aproximou dele, e Logan foi cercado pelo calor que ela emanava.

— É só que parece que você está chateado com alguma coisa.

Ela olhou para a mesa e encarou os papéis, antes de seu rosto entregar que finalmente tinha entendido o que havia acontecido.

— Não sabia que você estava planejando vender — disse ele. — Só me pegou de surpresa.

— Não estou.

Logan balançou a cabeça.

— Acho que talvez você esteja, Jeanie. Talvez seja isso o que você quer.

— Não é.

Ela pareceu triste, e Logan odiou aquilo. Sentiu vontade de beijar seu rosto até aquela expressão ir embora, mas esse tipo de pensamento só o colocava em apuros.

— Talvez seja melhor.

— O quê? Por que você diria isso?

Ela o encarou, nitidamente magoada.

Logan deu de ombros, fingindo uma indiferença que não existia. A dor e a raiva por mais uma vez ter se apaixonado pela mulher errada o agitavam. De novo, seu coração o havia levado pelo exato mesmo caminho.

— Olhe ao redor. — Ele gesticulou para a sala de estar, e o olhar de Jeanie passou pelas caixas e paredes vazias. — Você nem se mudou direito.

— Eu... é que eu ando ocupada.

Ocupada, talvez. Ou talvez não fosse isso que ela queria.

— A gente nem se conhece tão bem...

Jeanie fez uma careta ao ouvir tal afirmação, e, considerando tudo o que eles tinham feito na noite anterior, Logan sabia que era uma grande babaquice dizer aquilo. Mas, se não a afastasse, acabaria abraçando-a e ficaria ainda mais devastado quando ela fosse embora.

— Mas parece que você fugiu da sua antiga vida. Seu chefe morreu e você ficou com medo. E talvez aqui não seja o lugar onde você realmente quer ficar.

Ela colocou as mãos na cintura e semicerrou os olhos. A camisa de flanela subiu, expondo mais suas coxas, e Logan desviou o olhar; desejou que ambos estivessem usando calças durante essa conversa.

— Pra alguém que não me conhece, você tem muita certeza do que eu quero.

— Acho melhor a gente ir com mais calma — disse Logan, ecoando as palavras que Jeanie tinha dito uma semana antes e ele deveria ter escutado.

Ele se recusava a ver as lágrimas se acumulando nos olhos dela. *Se recusava*. Já tinha passado por aquilo tudo antes e sabia o resultado de tentar fazer uma pessoa viver uma vida que ela não queria. Infelicidade generalizada.

— Beleza. — Ela fungou e enxugou as lágrimas com as costas da mão. — Você tem um monte de problema pra resolver mesmo.

Então, ela voltou para o quarto e bateu a porta.

Droga.

Ele havia acordado planejando dizer a Jeanie que estava apaixonado por ela e, em vez disso, sugeriu que "fossem com mais calma". Que bagunça.

Logan olhou para a mesa outra vez e viu os pontos de exclamação de Jeanie zombando dele. Se ela não queria ficar em Dream Harbor, não seria ele a convencê-la do contrário, apesar do que seu coração idiota lhe dizia.

A porta do quarto se abriu, reacendendo as esperanças totalmente equivocadas dele.

Jeanie jogou a calça de Logan no corredor e bateu a porta de novo.

Certo.

Não tinha como consertar aquilo.

Ele pegou a calça e foi se vestindo enquanto ia em direção à porta. Suas botas ainda estavam ao lado das de Jeanie, onde ele as havia jogado na noite anterior. Ele estava tão desesperado, tão ansioso para chegar até ela, que nem pensou no rumo que a situação tomaria.

Logan calçou as botas sem se preocupar em amarrá-las, pegou o casaco nas costas da cadeira e deixou o apartamento temporário de Jeanie para trás.

CAPÍTULO VINTE E OITO

Às vezes a vida te dá um soco na cara e depois um chute quando você já caiu no chão.

Foi assim que Jeanie se sentiu quando flagrou Norman mexendo no termostato na sala de descanso no dia seguinte à situação com Logan; no dia seguinte a ele ter dado a entender que ela não deveria ficar. Era como se a vida estivesse lhe dando uma surra só por diversão.

— Norman, o que você tá fazendo? — perguntou, mesmo com uma sensação incômoda de que já sabia a resposta.

Ela deveria ter desvendado todo aquele mistério muito antes, mas talvez estivesse com medo de confrontar o funcionário mais leal de sua tia. Sem contar o olhar de reprovação que Norman lhe deu ao se virar, suficiente para reverter a situação e fazer com que *ela* se sentisse em apuros. Talvez estivesse interpretando mal a situação.

— Está congelando aqui, os clientes começaram a reclamar — continuou, como se precisasse explicar por que ele não deveria mexer no termostato depois que ela já havia ajustado a temperatura.

Norman olhou no fundo dos olhos dela, e um lampejo de arrependimento cruzou seu rosto, mas ele logo o disfarçou com sua carranca habitual. O homem levantou a cabeça, endireitou os ombros e anunciou:

— Eu me demito.

As palavras foram tão inesperadas que Jeanie não conseguiu processá-las. Seu cérebro em curto-circuito se recusou a compreendê-las.

— Como assim se demite? — questionou ela, a voz ficando estridente por causa do pânico. — Eu preciso da sua ajuda.

A despeito do que Norman estivesse fazendo com o termostato ou de quaisquer outras sabotagens que tivesse elaborado — Jeanie se recusava a pensar em sua longa lista de possíveis crimes —, ela não conseguiria administrar o café sem ele. Era ele quem sabia fazer tudo!

Norman balançou a cabeça.

— Não, não precisa.

Ele se afastou dela e abriu o armário onde guardava suas coisas.

— Preciso, sim — insistiu Jeanie, e colocou a mão em seu braço para impedi-lo de esvaziar o armário.

Eles com certeza podiam resolver aquilo. Devia ser apenas um grande, gigante mal-entendido.

A correria do meio-dia já tinha começado, e ela havia deixado Crystal sozinha no caixa. Precisava voltar para o salão, mas também precisava que seu funcionário mais experiente não pedisse demissão um dia depois de ela ter levado um pé na bunda.

Um pé na bunda? Dava para levar um pé na bunda sem nem ter começado um relacionamento de verdade?

Ela não sabia dizer, mas a sensação com certeza era essa. E ela nem havia tido tempo para processar isso antes de Norman jogar outra bomba em seu colo.

— Eu preciso de você, Norman. Você sabe como tudo funciona por aqui, é o funcionário mais valioso da tia Dot.

Norman bufou, se desvencilhando do aperto de Jeanie. Ele tirou do armário um cardigã, vários livros e um pote cheio de barrinhas de granola caseiras.

— Não é o que parece.

— Eu não tenho te tratado bem? Sinto muito, Norman. De verdade. Essa é a primeira vez que fico no comando, e estou me esforçando. O que eu posso fazer? Como posso consertar isso?

Ela estava quase histérica, mas o movimento do almoço estava aumentando e já dava pra ouvir a voz afobada de Crystal acima do barulho da multidão. O normal era três pessoas trabalharem naquele horário.

Norman soltou um suspiro longo e doloroso.

— Não é você, na verdade. — Ele ajustou os óculos e a encarou pela primeira vez durante toda a conversa. — Sou eu. Eu venho sabotando o negócio.

Claro que sim. Ela soube disso no instante em que o viu abaixando a temperatura no termostato quando ela já o havia ajustado três vezes naquela manhã. Mas o que não entendia era o motivo que tinha levado o gerente de longa data de sua tia a sacaneá-la daquele jeito. Que diabo estava acontecendo?

— Por quê? Por que você faria isso?

— Não estou orgulhoso de mim mesmo e entendo se você quiser prestar queixa.

Ele cruzou as mãos à frente do corpo de um jeito dramático, e a imagem de Norman com seu colete de lã e seus óculos tartaruga em uma foto de ficha criminal quase fez Jeanie rir. Ou chorar. Ou os dois.

Ela pressionou os dedos entre as sobrancelhas, sentindo o começo de uma dor de cabeça de estresse.

— Eu não vou prestar queixa. Mas por que raios você faria isso? Pensei que você amasse o café!

— Eu amo. — Ele se retraiu. — Amo tanto que queria comprá-lo, mas sua tia não quis vendê-lo para mim.

Espera, o quê? Norman queria comprar o Café Pumpkin Spice?

— É sério?

— É. Ela disse que você precisava mais dele do que eu.

— Ah...

— Então pensei que se eu dificultasse um pouquinho mais sua vida, você desistiria. E talvez me vendesse.

Jeanie afundou no banco ao lado dos armários.

— Ah...

Norman passou a mão pelo colete de lã, se ajeitando.

— Foi golpe baixo, e eu peço desculpas. Acabou saindo do controle. Nunca tive a intenção de quebrar a janela nem de assustar você no meio da noite — confessou, arrependido. — Jim foi longe demais com isso. É óbvio que eu pago por qualquer dano. E me demito.

— Não precisa se demitir — respondeu Jeanie baixinho.

Tudo o que Norman havia acabado de contar ficou girando como uma maldição em sua cabeça e lhe deu náusea.

— Espera, quem é Jim?

Norman pigarreou.

— Meu... ajudante.

Jeanie arregalou os olhos.

— Você contratou uma pessoa pra quebrar minha janela?

— Não especificamente. Eu só pedi para ele fazer uma... *baguncinha* por aqui.
— Ah. — A interjeição soou fraca, derrotada.
— Mais uma vez, peço desculpas.

Em seguida, ele juntou seus lanches caseiros aos outros pertences, recolheu tudo e deixou Jeanie sentada com a cabeça entre as mãos.

Pelo jeito, ela tinha duas alternativas: poderia se enrolar em uma bolinha no chão perpetuamente pegajoso da sala de descanso e ficar lá pelo resto da eternidade; ou poderia se levantar e ir trabalhar em seu café.

Jeanie soltou um resmungo entre as mãos. A primeira alternativa era tentadora e parecia a decisão certa. Encolher-se e virar uma bolinha era aconchegante, seguro. Ela poderia viver feliz no chão, se alimentando de migalhas sem nunca mais ter que enfrentar qualquer outra responsabilidade adulta — ou o fazendeiro bonitão que acabou se revelando um verdadeiro babaca. Tentadora de verdade.

No entanto, havia desvantagens. A principal era o chão pegajoso. Não importava quantas vezes ela esfregasse aquela sala, o chão continuava grudento, e ela não sabia o porquê. Não saber de onde vinha aquela meleca era o que realmente a deixava com nojo. Ela não queria ficar pegajosa. Além disso, estaria deixando Crystal, tia Dot e a si mesma na mão, coisa que se recusava a fazer.

Apesar do que Logan havia falado. Aquele grande idiota.

Portanto, restava apenas uma alternativa. Ela amarrou o avental e foi para o batente.

— Oi, Crystal, desculpe por isso.

Crystal olhou por cima do ombro quando Jeanie saiu da sala dos fundos. Suspirou de alívio.

— Graças a Deus — disse com um sorriso nervoso. — Você tá aqui.

Claro que estava, cacete, era a dona do maldito café. E apesar dos esforços de Norman e dos medos de Logan, ela não ia a lugar algum.

Jeanie se aproximou do balcão.

— Oi, Marco. O de sempre?

O homem abriu um sorriso simpático.

— Oi, Jeanie. Perfeito.

Jeanie assentiu e começou a trabalhar.

CAPÍTULO VINTE E NOVE

— Ok, cadê ele?
A voz de Annie invadiu a casa antes dela.
— Cozinha.
A avó de Logan nem hesitou antes de jogá-lo na fogueira.
— É grave? — perguntou outra voz.
Hazel também estava lá. Maravilha.
— Bastante. Ele limpou a casa de cima a baixo e reconstruiu o galinheiro.
Logan franziu a testa. Limpar quando ficava chateado era tão ruim assim? Havia jeitos piores de lidar com os sentimentos, e ele já estava querendo consertar aquele galinheiro fazia um bom tempo, mas só tinha conseguido agora que o Festival de Outono havia acabado. Além disso, já não precisava ajudar nenhuma dona de café bonita.

Seu estômago embrulhou, como sempre acontecia quando ele pensava no festival, e em Jeanie, e em tudo o que tinha acontecido depois. Fazia uma semana que ele não a via.

Uma semana que não tomava um café decente.

Que morte lenta.

Mas Logan sabia que acabaria ainda mais magoado se continuasse se envolvendo com ela. Em breve, Jeanie se daria conta de que seu pequeno experimento na cidade havia acabado. Ele não ia suportar.

— Beleza, Mr. Limpeza, larga o pano — disse Annie ao entrar na cozinha com uma cesta de muffins nas mãos.

— Na verdade, ele tem uma vibe mais Mr. Músculo — comentou Hazel, inclinando a cabeça para o lado e observando o amigo, que, como sempre, estava com a barba cheia e uma camisa de flanela.

— Rá. Rá.

Annie não fez cerimônia, afinal aquela era sua segunda casa desde a infância. Ela tinha cinco irmãos e ficava em algum lugar no meio. Era difícil não se perder dentro de uma família tão grande, por isso amava a atenção da avó e do avô do amigo, e Logan gostava de ter uma irmã postiça de vez em quando.

Não que ele fosse admitir isso naquele momento, enquanto ela andava de um lado para outro na cozinha dele, fazendo chá e metendo o bedelho na sua vida.

Hazel se sentou à mesa e pegou um muffin, mas Logan a flagrou observando-o de canto de olho, sentindo pena. A exata expressão que ele vinha tentando evitar. Annie colocou uma xícara de chá na frente de Hazel e se sentou à mesa, depois pegou um muffin e lentamente começou a tirar o papel, encarando Logan com aquela maldita cara de decepção. Era insuportável.

— Pelo amor de Deus, Annie, acaba logo com isso.

Ela franziu os lábios de desgosto.

— O que você fez?

— Por que você acha que eu fiz alguma coisa?

Ele jogou o pano sujo na pia e cruzou os braços.

Hazel acompanhou seus movimentos e notou pela sua linguagem corporal que ele estava na defensiva. Era o que diria se não tivesse deixado o sermão por conta de Annie. Por enquanto.

— Bom, pra começar, você e Jeanie estavam juntos no festival, cheios de gracinha um com o outro, e aí *puf*, você desapareceu.

— Eu não desapareci. Tô bem aqui.

Annie franziu a testa.

— Além disso, Jeanie está significativamente menos animada do que o normal, mas se recusa a falar sobre o assunto.

Ele sentiu um aperto no peito.

— O que você quer dizer?

Ela bufou, como se estivesse sendo difícil conversar com uma pessoa tão estúpida, o que devia ser mesmo verdade.

— Quero dizer que a Jeanie tá trabalhado pra caramba desde que o Norman foi embora, mas...
— Espera aí, o Norman foi embora?
— Ele pediu demissão — explicou Hazel, se intrometendo.
— Por que o Norman pediria demissão?
Hazel deu de ombros.
— Jeanie só falou que ele decidiu tentar outras coisas. Toda a situação foi estranha.
Logan balançou a cabeça e se largou em uma cadeira. Annie lhe entregou um muffin de banana com gotas de chocolate. Seu favorito. Pelo menos ela havia levado um lanche, no meio daquela missão de perturbá-lo.
— Eu não entendo. Por que o Norman pediria demissão e deixaria a Jeanie na mão desse jeito?
— Pra mim é óbvio — observou Annie. — Ele não gostou da nova gerência.
— Todo mundo gosta dela — resmungou Logan, e logo se deu conta de que parecia um maluco dizendo aquilo, mas era tarde demais.
Annie arqueou uma sobrancelha.
— Alguns mais do que outros.
— Ela não vai ficar, Annie. E, dessa vez, eu não estava a fim de prolongar a história.
— Como você tem tanta certeza assim?
Annie parecia prestes a pegar o muffin dele de volta para puni-lo, mas Logan o protegeu.
— Ela está pensando em vender o café, e pode ganhar muito dinheiro com isso. — Ele deu de ombros. — Essa coisa toda foi só um experimento, mais cedo ou mais tarde ela vai se cansar e voltar pra vida real dela.
Para uma mulher pequena e sempre enfiada nos livros, Hazel se mexia como um maldito ninja. Logan não previu o tapa na lateral da cabeça até a mão dela fazer contato com seu crânio.
— Ai! Haze, o que que foi isso?
Annie conteve uma risada.

— Essa é a vida real dela! Por que ela estaria se matando pra manter o café aberto a semana inteira mesmo com um buraco absurdo nos quadro de funcionários se planejasse ir embora? Por que ela entraria para o clube do livro e se inscreveria nas aulas de confeitaria se não gostasse daqui? Por que ela se apaixonaria por você se não planejasse ficar?

Logan se engasgou com o muffin que estava enfiando na boca enquanto Hazel fazia aquele discurso que mais parecia um soco no estômago. Migalhas explodiram de seus lábios, e Annie as jogou da mesa para o chão recém-varrido.

— Ela não me ama — disse ele, rouco, tossindo.

— Talvez ainda não — comentou Hazel, dando de ombros. — Mas eu vi o jeito que ela olha pra você, e o jeito que *você* olha pra ela, a propósito. Não é qualquer coisa. Não é como alguém olha pra uma aventura passageira.

Ele engoliu em seco.

— Em algum momento você vai ter que tentar de novo — acrescentou Annie. — Corra o risco. Jeanie vale a pena.

— Você precisa lidar com seus problemas de abandono — sugeriu Hazel, tomando um gole do chá.

— Meus o quê? — questionou Logan com dificuldade, e Annie deu um tapa forte em suas costas, fazendo com que mais migalhas de muffin se espalhassem pela mesa.

— Logan, seu pai foi embora quando você era bebê, sua mãe morreu quando você era criança e a única pessoa com quem você teve um relacionamento sério te largou. Acho que já ficou bem claro o que tá acontecendo aqui.

Hazel ajustou os óculos no nariz enquanto Logan a encarava, incrédulo.

— Faz sentido — concordou Annie. — Leu toda a seção de autoajuda de novo, Haze?

A mulher deu de ombros.

— Achei que todo mundo já soubesse disso.

Logan passou a mão pela barba.

— Caramba, Hazel, não economizou nos golpes hoje.
— Só tô tentando ser útil.
Ele quase riu. Aos olhos de Hazel, ser útil era jogar tudo na cara dele sem piedade. Mas ela não estava errada. Ver aquelas caixas ainda embaladas e a lista de imóveis não deveria tê-lo deixado tão nervoso. Ele deveria ter pelo menos conversado com Jeanie antes de fugir do apartamento dela.

Problemas de abandono. Parecia complicado, mas era simples: ele estava com medo. Com medo de Jeanie ir embora, com medo de as coisas darem errado de novo, com medo de se machucar.

E ele havia deixado esse medo guiar cada interação sua com Jeanie. Foi o que o fez querer negar sua atração por ela, esconder o que estava acontecendo entre os dois. Além de surtar e tirar conclusões precipitadas em vez de falar com ela.

Como se não fosse suficiente, ele se isolou no conforto e na segurança da fazenda e estava se escondendo desde então. Assim como seu avô havia alertado que faria.

Depois dessa série de percepções desconcertantes, as amigas se levantaram para ir embora. Annie colocou as canecas na pia e Hazel deu um beijo na testa de Logan.

— Boa sorte — desejou ela, e deu um tapinha com um pouco mais de força que o esperado em seu braço.

Quando Hazel tinha ficado tão forte?

— Eu sei que você vai conseguir consertar as coisas com ela. E deveria, no mínimo, passar pra tomar uma xícara de café. Estão dizendo por aí que você foi pra algum tipo de retiro de meditação ou está fazendo escalada no Peru.

Logan balançou a cabeça.

— Por quê?

— Meu pai sonhou com você e uma lhama em algum pico alto, algo assim. Ele não soube explicar direito.

— Cidade maldita.

Annie deu risada ao sair da cozinha.

— Que você adora. Até mais!

Logan tinha certeza de que as duas ouviram seu resmungo, mas elas não olharam para trás. Disseram o que precisava ser dito e deixaram muffins. Não havia mais nada que pudessem fazer agora senão deixá-lo refletir sobre as informações que elas haviam entregado de bandeja.

Norman pedira demissão.

Jeanie ainda estava lutando pelo café.

Pelo visto, ele tinha problemas de abandono.

E que raio estava fazendo? Fugindo assustado. Desistindo de algo bom antes mesmo de começar. E tudo isso por quê? Por causa de um único relacionamento fracassado com a pessoa errada?

Estava na hora de finalmente superar aquela merda.

CAPÍTULO TRINTA

Jeanie abriu um pacote de Oreo e inspirou o aroma familiar. Era um cheiro de infância, de casa, e ela achou que seria capaz de sobreviver àquele dia se enfiasse uns quatro deles na boca bem rápido antes de voltar ao café para cobrir o intervalo de Joe.

Ela checou o celular enquanto mastigava. Viu uma nova mensagem de voz da mãe, provavelmente sobre o Dia de Ação de Graças, com a qual ela lidaria mais tarde. Uma mensagem de texto de Jacob avisando o título do próximo livro do clube. E uma série de mensagens de Ben.

Ainda tá viva?
Faz uns dias que vc não dá notícia.
O fazendeiro bonitão te cortou em pedacinhos
e enterrou no canteiro de abóboras?!!

A última havia sido enviada havia vinte minutos.

Jeanie, sério. Vc tá bem?

Ops. Pelo jeito, ela não falava com Ben fazia alguns dias. Estava ocupada entrevistando pessoas para substituir Norman e trabalhando em qualquer horário que Crystal e Joe não pudessem preencher. As coisas estavam tão loucas que até Hazel e Annie estavam pegando turnos para ajudar, um gesto tão legal que fazia Jeanie quase chorar toda vez que pensava em como agora tinha amigas de verdade.

Ela mandou algumas mensagens rápidas para confirmar que não havia sido esquartejada e enterrada num terreno baldio.

Tô viva.
Desculpa!
Ocupadíssima.
Amo vc.

Ela esperou uma resposta enquanto comia mais um biscoito, espanando as migalhas do avental. O celular apitou.

Ufa! Me liga mais tarde.
Quero atualizações sobre esse seu negócio de sucesso.

Jeanie sorriu. Sucesso? Talvez. Ela tinha clientes suficientes. Havia resolvido o mistério de quem estava causando todos os problemas — ou melhor, o mistério havia se resolvido sozinho de maneira anticlimática. Se ela conseguisse alguns universitários responsáveis que pudesse contratar, tudo estaria em ordem.

Ah, e talvez fosse necessário encontrar um novo fornecedor de frutas, legumes e verduras para fazer os smoothies, já que sua vontade era de não ver Logan nunca mais.

Ele que se escondesse naquela maldita fazenda para sempre. No que dependesse dela, ele podia muito bem ir pra...

— Cadê a Jeanie?

A voz alta veio do Café Pumpkin Spice, e ela congelou na sala de descanso, com a boca ainda cheia de biscoitos. Será que tinha invocado o fazendeiro com seus pensamentos?!

— Ela tá no intervalo.

Boa, Joe, pensou Jeanie, mastigando freneticamente.

— Eu preciso vê-la — disse Logan, tão alto que todo mundo ouviu.

Ainda mais porque, assim que ele entrou, um silêncio assustador havia tomado conta do estabelecimento lotado de gente tomando café da manhã.

Ela não contou a ninguém o que tinha acontecido entre eles, mas o fato de terem andado pelo festival juntos, e então Logan ter desaparecido da cidade por uma semana, foi o suficiente para dar início a alguns boatos bem estranhos.

A última coisa que Jeanie ficou sabendo é que ele estava montando uma lhama e meditando.

— Ela... é...

Ah, não, Joe estava começando a gaguejar. *Seja forte, Joe! Não deixe o fazendeiro gigante intimidar você!*

— Jeanie — chamou Logan, mais alto, como se tivesse ignorado a mediação de Joe e agora fosse gritar o nome dela até ela finalmente resolver sair da sala de descanso.

Jeanie olhou para a única janela que havia ali, mas era pequena; impossível passar por ela. *Droga.*

— Jeanie, por favor. Preciso falar com você! Se não vier aqui, vou dizer tudo o que preciso dizer na frente de todos esses intrometidos.

Houve alguns cochichos no meio da multidão, uma certa discordância sobre a tal intromissão, até que os dissidentes foram silenciados por todos os outros que tentavam acompanhar o que aconteceria em seguida.

Ela hesitou.

— Tá bom, acho que essa é a minha resposta — continuou Logan.

— Jeanie, eu fui um completo babaca.

Alguém na multidão comemorou a admissão.

Ai, meu Deus, o que ele está fazendo?

Ela não podia deixá-lo fazer aquilo. Não na frente de todo mundo, não conhecendo Logan como conhecia. Ela não era um monstro.

Jeanie saiu correndo da sala de descanso.

— Não faz isso!

O olhar de Logan se fixou no dela. *Merda.* Jeanie tinha esquecido o jeito como aqueles olhos azuis a atraíam como um maldito ímã.

— Vem aqui, pelo amor de Deus.

Ela contornou o balcão, puxou Logan pela manga macia de flanela e o levou até a sala de descanso, para grande consternação do público.

Houve vaias de verdade quando os dois saíram do salão. Aquelas pessoas precisavam muito de um hobby.

Ficar longe dos olhares curiosos de uma porção de gente parecia uma boa ideia, mas então Jeanie se viu sozinha com Logan na minúscula sala de descanso. Por que ele era tão grande? E por que tinha um cheiro tão bom?

Seus olhos azuis a percorreram como se ele estivesse se embriagando com ela após a seca de ficar sem vê-la por uma semana. Jeanie odiava sentir o mesmo. Ela foi absorvendo cada detalhe, desde sua barba aparada até as olheiras escuras. Talvez ele não estivesse dormindo bem. Talvez pensasse nela tanto quanto ela pensava nele.

Não, Jeanie. Não. Você não vai cair na armadilha do fazendeiro bonitão de novo. Ele tinha sido um completo idiota. Dormiu com ela e depois teve a audácia de tomar decisões em seu lugar, de dizer que era melhor ela ir embora de vez! E então... e então desapareceu por uma semana enquanto ela era obrigada a resolver mistérios e administrar um café sozinha!

Se tinha uma coisa que Jeanie havia descoberto naquela semana, era que pertencia a Dream Harbor. Ela gostava de estar lá, gostava de quem era morando lá. Ainda não havia descoberto exatamente quem era a Nova Jeanie, mas sabia que não ia deixar homem nenhum, nem mesmo os da espécie *fazendeiro bonitão*, a tratarem daquele jeito.

Depois de reunir toda a sua raiva e determinação dentro da própria cabeça, Jeanie abriu a boca para dizer poucas e boas a Logan.

Mas ele já estava falando. Pedindo desculpas.

— Eu sinto muito. Deveria ter conversado com você antes.

Jeanie cruzou os braços. *Bem, isso é verdade.*

— E eu nunca deveria ter ido embora daquele jeito. — Ele passou a mão trêmula pela barba. — Eu tenho muita coisa pra resolver, sei disso. A situação com a Lucy me afetou mais do que eu queria admitir, e eu estava com medo de passar por tudo aquilo outra vez.

Lucy. Certo, mais um motivo pelo qual a coisa com Logan não daria certo.

— Olha, Logan. Eu não posso ser o que você quer. — Ele se retraiu. Ela continuou: — Eu tentei. Achei que queria ser essa nova pessoa, achei que eu *poderia* ser essa nova pessoa. E eu até mudei um pouco, mas continuo sendo a antiga eu. Sou meio bagunceira e provavelmente vou demorar muitos meses pra tirar todas as minhas coisas das caixas. Eu tenho reações exageradas, penso demais... tentei ser uma pessoa iluminada, tranquila, otimista, algum arquétipo perfeito de dona de café que mora numa cidade pequena. Tentei ser como a tia Dot, mas isso não é o que eu sou. Eu sou apenas eu e gosto de administrar esse café. *Meu* café. Não sei como a Lucy era, mas eu não sou ela. Eu sou...

— Não é ela que eu quero. — A resposta foi afiada, feroz.

— Então o que você quer, Logan? Porque eu já tentei, mas não consigo descobrir.

— Você. Eu quero você.

Jeanie suspirou, suas emoções ricocheteando entre raiva, mágoa e esperança.

— Eu não posso...

— Eu te quero exatamente como você é.

Ele deu um passo na direção dela, cercando-a com seu perfume de vida ao ar livre, e ela quase cedeu. Quase enterrou o rosto em sua camisa de flanela aquecida pelo sol e cedeu às suas palavras.

Logan se aproximou mais, continuando a enfraquecer a determinação de Jeanie.

— Eu quero a Jeanie que quase me deu uma pancada na cabeça, aquela que acredita em fantasmas, a que fala com as minhas galinhas e corre na chuva atrás de uma barraca do meu lado. Eu falei sério naquela noite: gosto de você assim, bagunceira, Jeanie. — Ele chegou mais perto. — Gosto de você de qualquer jeito. Gosto de você com a blusa toda abotoada e falando na reunião de moradores, gosto de você quando as mechas do seu cabelo ficam soltas ao redor do seu rosto e você usa aquele cardigã surrado, gosto de enxugar suas lágrimas... e sua risada é meu som favorito.

Jeanie engoliu o nó de emoções que ardiam em sua garganta.

— Mas você não acredita que eu vá ficar.

Ele soltou um suspiro pesaroso.

— Estou trabalhando nisso. E confio que você vai me dizer a verdade. Estou sempre disposto a ouvir. Se você ama mesmo esse lugar, então eu quero que fique.

Ele virou o rosto para o outro lado, dando a Jeanie a chance de respirar um pouco, longe da intensidade do seu olhar.

O coração dela estava acelerado. Ela o queria como parte de sua nova vida?

Logan voltou a encará-la e ela perdeu o fôlego. Ela o queria, é claro, mas não o deixaria sair dessa tão mole assim.

— Bom, eu vou ficar.

Ele assentiu, tomando cuidado com as expressões, tentando não presumir que a permanência dela significava alguma coisa a respeito dos dois.

— Resolvi o mistério sem você — continuou ela.

— Fiquei sabendo.

— Norman queria comprar o Pumpkin.

As sobrancelhas de Logan se arquearam com aquela informação.

— Sério?

— Ele estava chateado porque a tia Dot não quis vender o café pra ele, por isso estava tentando me assustar.

Logan bufou, balançando a cabeça.

— Sinto muito que você esteja lidando com isso sozinha.

Jeanie deu de ombros.

— Annie e Hazel têm me ajudado. E estou contratando mais umas pessoas.

— Fico feliz. Você contou pra Dot?

— Ainda não.

Logan assentiu de novo e trocou o peso de uma perna para a outra, desconfortável. Jeanie percebeu que a paciência dele estava se esgotando, percebeu que ele estava quase se abrindo para ela.

— Jeanie. — Sua voz saiu áspera como uma lixa, como cascalho sob os pneus de um caminhão.

O som do nome dela naquele tom arrancou as palavras de sua boca. Ela não conseguiu evitar.

— Eu também quero você — disse ela, incapaz de se conter.

Ele abriu um sorriso de lado enquanto se aproximava, cercando-a no espaço pequeno.

— Mesmo?

Ela assentiu, de repente incapaz de formar palavras. Ele segurou o rosto dela com as duas mãos e o ergueu em sua direção.

— Eu estou apaixonado por você, Jeanie.

A frase deslizou pela pele dela, quente e doce.

— Está?

— Estou. Já faz um tempo.

— Desde quando? — perguntou ela, com um sorriso provocante.

Logan contornou sua bochecha com o polegar.

— Provavelmente desde que te vi usando o pijama de ouriços.

— Ai, não — resmungou ela.

Logan abriu um grande sorriso.

— Ou pode ter sido desde que você me deu aquela aula sobre os melhores petiscos.

Ela riu.

— Bem, eu te amo desde o dia que vi quantas abóboras minúsculas você consegue carregar de uma vez só.

Ele soltou um longo suspiro, alívio e felicidade tomando seus olhos.

— Carregar abóboras é uma característica importante em um homem pra você?

— Parece que sim — respondeu Jeanie, sorrindo, e ele lhe deu um beijo. — É um bom treinamento pra isso aqui...

Ela pulou nos braços de Logan, que a segurou com um lufada escapando de seus lábios. As costas dele bateram nos armários, sacudindo-os, e Jeanie riu com o rosto em seu pescoço.

Ele apertou a cintura dela e a abraçou.

— Me avisa da próxima vez.

Ela o beijou.

— Fechado.

Logan a beijou de volta e sua língua encontrou a dela, o gemido de alívio dele vibrando entre os dois.

— Eu ouvi um barulho. Tá tudo bem por... — Joe ficou quieto assim que viu a cena na sala de descanso. — Hã... desculpa.

Jeanie fez um sinal de positivo para ele, ainda no colo de Logan. Ele enterrou o rosto no cabelo dela, e ela não soube dizer se o fazendeiro estava se escondendo ou sentindo seu cheiro.

— Tudo certo — respondeu a Joe enquanto o funcionário corria de volta para o café.

Logan resmungou perto de seu pescoço.

— Senti sua falta — disse, antes de deixar um rastro de beijos por sua pele.

Jeanie estava prestes a dizer o mesmo quando uma comemoração irrompeu no café.

— Discrição não é o ponto forte do Joe — comentou ela, esperando que aquilo não fizesse Logan fugir de novo.

— Ótimo.

Ele a beijou mais uma vez. E então, ainda segurando-a no colo, voltou para o café.

— O que você tá fazendo?! — gritou ela.

Logan segurou as coxas dela com firmeza enquanto todos os clientes ali se viravam na direção deles. Jeanie avistou o clube do livro inteiro em um canto, os olhos de Kaori arregalados enquanto ela cutucava Isabel. Jacob fez um sinal de positivo entusiasmado para Jeanie.

Hazel tinha aparecido para buscar o latte de sempre, Tim e Tammy estavam a caminho da academia, e até o prefeito Kelly ficou congelado na porta, Noah bem na frente dele.

Meu Deus, o que Logan estava fazendo?

— Eu amo essa mulher — anunciou ele em um tom combativo, como se estivesse esperando que aquilo fosse desencadear uma briga.

O café todo ficou em silêncio.

Lá vem. O ataque cardíaco do qual eu estava fugindo, pensou Jeanie. Pelo menos morreria nos braços de um homem lindo, em vez de sozinha em sua mesa. Já era alguma coisa.

— A gente já sabia! — gritou Linda do fundo, quebrando o silêncio.

Risos, aplausos e alguns assobios se espalharam pelo café.

— O mundo não gira em torno do seu umbigo, cara — disse Noah a ele, chegando ao balcão e dando um tapa nas costas do amigo. — Mas parabéns.

Logan soltou um suspiro frustrado.

— Cidade maldita — murmurou ele, e Jeanie riu. — Noah, você pode cobrir a Jeanie agora à tarde?

O pescador sorriu.

— Claro! — concordou e pulou por cima do balcão, colocando-se ao lado de Joe, surpreso com o movimento.

— Você vai tirar a tarde de folga — sussurrou Logan no ouvido de Jeanie.

— Acho uma ótima ideia.

Jeanie acenou por cima do ombro de Logan para os clientes do Café Pumpkin Spice, que já tinham voltado a bebericar seus pedidos e conversar sobre o tempo, como se declarações de amor durante o café da manhã fossem rotina.

CAPÍTULO TRINTA E UM

Jeanie voltou para os braços de Logan assim que ele fechou a porta de sua quitinete, a boca na dele, as mãos em seu cabelo.

Ela abriu a camisa dele com um puxão e a tirou.

— Isso tem que ir embora, tudo isso aqui — disse Jeanie, tirando a própria camisa.

Em seguida, ficou de frente para Logan e abriu o sutiã.

— Meu Deus, Jeanie — sussurrou ele, a voz densa e grave.

Ela deu um sorrisinho provocante e abaixou a calça. Era aquele sorriso que acabava com ele, um sorriso malicioso. Não havia mais o que esconder, ela já sabia o quanto ele a desejava. *Ótimo*. Logan não queria que restassem dúvidas.

Jeanie se aproximou e desabotoou a calça de Logan. O toque dos dedos dela em sua barriga acendeu faíscas por toda a sua pele. O som do zíper sendo aberto ecoou junto à respiração acelerada dos dois e ao ruído da chuva que havia começado a cair.

Logan gemeu enquanto Jeanie descia sua calça, passando por seus quadris e roçando sua ereção. Ela fixou nele aqueles olhos castanhos e contentes. Confiantes.

— Senti sua falta — disse ela, e o coração de Logan se partiu um pouco pela semana que havia perdido.

— Eu também. — Ele a puxou para perto, agarrando com vontade sua bunda inteira e se deliciando com os gemidos baixinhos que ela deixava escapar a cada apertada. — Me abraça com essas pernas lindas, Jeanie.

Ela encontrou seu olhar de novo e lhe deu um sorriso tão cheio de amor e desejo que fez o coração dele quase saltar do peito. Ele precisava tê-la naquele instante. Agora e sempre.

Jeanie pulou em seus braços, e ele a segurou com facilidade, colocando-a entre si e a parede. Quando a boca pousou na dela, não foi com delicadeza, mas ele não conseguia evitar. Pensava que a tinha perdido e, agora que ela estava ali, era impossível se conter. Não dava mais.

Pelo jeito como o beijava, ela devia sentir o mesmo.

— Logan. — Ela gemeu enquanto ele movimentava os quadris, pressionando-a.

Jeanie se curvou, e ele beijou seu pescoço. Depois, Logan abaixou a cabeça, encontrou seu mamilo com a boca e foi chupando, lambendo até Jeanie se contorcer contra o seu corpo.

— Logan, por favor. Preciso de você agora.

Ele gemeu e se afastou do seio dela. Prendeu-a na parede, segurando-a com uma mão só, e com a outra empurrando a calcinha para o lado.

— Você quer assim, Jeanie? Contra a parede?

A pergunta saiu rouca, mais ríspida que o planejado. Ele só queria saber se ela tinha certeza, se estava confortável com aquilo, mas a frase saiu como uma ameaça obscena.

Jeanie gemeu.

— Quero, assim. Por favor — respondeu ofegante, e Logan ficou mais duro do que achava ser possível.

Ele tirou a cueca boxer e encostou em Jeanie, encharcada.

— Camisinha? — perguntou, a voz quase irreconhecível, seu corpo tremendo de desejo.

— Voltei a tomar pílula.

— Graças a Deus — disse, suspirando.

Jeanie soltou uma risada ofegante, mesmo enquanto seu corpo tremia junto ao dele. Os dois se olharam.

— Por favor, Logan.

Ele a penetrou devagar, bem devagar, até ela se retorcer, até seu corpo estar colado ao dela. Testa com testa, os dois respiraram juntos.

— Ainda bem que você carregou todas aquelas caixas pesadas de abóbora, né? — comentou ela com um sorriso malicioso.

Logan deu risada. Uma risada que se transformou em um gemido quando ela o apertou dentro de si. Tão perfeita, sua Jeanie.

E então ele se mexeu dentro dela, segurando-a firme, as coxas dela agarradas aos seus quadris, e empurrou de novo e de novo até ela choramingar em seus braços.

Ele congelou.

— Tô te machucando? — quis saber, a respiração entrecortada.

— Não, não. — Jeanie se agarrou a ele, abraçou seu pescoço. — Continua. Tá bom demais.

Ele a beijou com intensidade, querendo mais, e ela o recebeu por inteiro, todinho. Logan mudou o ângulo do quadril e Jeanie suspirou junto aos seus lábios; ele repetiu o movimento e sentiu que ela estava perto, ofegante e gemendo, então fez de novo, e de novo, até que Jeanie se desfez ao seu redor. Ela cravou as unhas em seus ombros e os calcanhares em suas costas, ancorando-o naquele momento perfeito.

Logan permaneceu enterrado bem no fundo, com Jeanie presa à parede, e gozou forte dentro dela. Ele a abraçou, e a respiração acelerada dos dois era o único som no ambiente. Quando ele enfim a colocou no chão, as coxas de Jeanie tremiam e ela manteve os braços ao redor de seu pescoço.

Jeanie deu um beijo no peito dele antes de olhar em seus olhos.

— Foi um belo de um reencontro.

Ele não conseguiu evitar o sorriso.

— Eu te disse. Senti sua falta.

Jeanie sorriu.

— Bem, agora você não precisa mais.

Logan soltou um longo suspiro.

— Mas… — continuou Jeanie — definitivamente podemos fazer isso de novo.

Ele riu.

— Fechado.

Jeanie deitada em sua cama e a chuva fria de outono batendo nas janelas era a nova coisa favorita de Logan. Ela estava usando uma de suas velhas camisas de flanela e nada mais, com os cabelos espalhados em seu travesseiro. Ela foi abrindo um sorriso lento.

Logan estava apoiado em um cotovelo olhando para Jeanie e conseguia imaginar sua cara de bobo, mas não tinha como evitar. Estava feliz demais para se preocupar com o próprio rosto. De alguma maneira, teve a sorte de receber uma segunda chance com aquela mulher e não estava disposto a fazer pouco da oportunidade.

Jeanie deslizou um dedo em seu peito nu. O toque suave o fez querer mergulhar de novo entre as pernas dela, onde já havia passado a maior parte da tarde. Suas bochechas coraram como se ela tivesse pensado a mesma coisa.

— Obrigada por me sequestrar — disse ela, sorrindo. — Eu precisava de um dia de folga.

— Fico feliz em ajudar.

Ele se inclinou até suas clavículas expostas e foi dando beijinhos, encontrando seu pulso vibrante com os lábios. As risadas de Jeanie se transformaram em pequenos suspiros enquanto ele a trazia para mais perto.

— Talvez eu precise de outro dia de folga pra me recuperar de hoje — comentou ela, a voz ofegante e rouca.

Ele amava essa Jeanie também. A que o abraçava com as pernas e o puxava para si, a que o desejava tanto quanto ele a desejava.

Logan riu.

— Eu também.

O sorriso dela queimou sua pele a ferro quando ela enterrou o rosto em seu pescoço. Ele estava pronto para garantir que ambos precisassem de alguns dias de folga quando o estômago de Jeanie roncou alto. Quando tinha sido a última vez que ela havia se alimentado? Provavelmente de manhã. Eles tinham se distraído, para dizer o mínimo.

Logan recuou.

— Com fome?

Jeanie desembaraçou as pernas das dele.

— É. Percebi que estou faminta.

— Eu sou um sequestrador terrível... digo, anfitrião.

Jeanie riu, e o som de felicidade o envolveu.

— O pior que existe. — Passou os olhos pelo peito nu de Logan.
— Embora tenha sido muito receptivo de outras maneiras.

Ele semicerrou os olhos e capturou Jeanie em seus braços. Ela soltou um gritinho surpreso, rindo enquanto ele a prendia na cama novamente.

— Que bom que você pensa assim — rosnou enquanto beijava seu pescoço, as mãos encontrando suas curvas sob a camisa larga.

Jeanie se contorceu e Logan quase esqueceu suas intenções de alimentá-la, até ouvir o ronco do estômago dela outra vez.

— Droga — murmurou ela.

Ele riu, se afastando.

— Eu nunca me perdoaria se deixasse você definhar de fome.

Ele achou uma calça de moletom e vestiu, gostando do jeito como Jeanie o admirava da cama.

— Eu não guardo muita comida aqui, mas podemos arranjar alguma coisa.

— Contanto que não sejam Twizzlers, acho ótimo.

— Eu só como isso quando caço fantasmas.

Jeanie riu. Ela jogou as pernas para fora da cama, a camisa subindo pelas coxas, e afastou as mechas soltas de cabelo do rosto. A pele delicada do pescoço e do peito estava vermelha por causa do atrito com a barba dele.

Ela levou a mão até a região onde o olhar dele havia parado, bem acima do V sedutor que a camisa fazia. Logan a encarou sem disfarçar. E continuou encarando, em vez de buscar a comida, como deveria.

Depois de um tempo, ele sacudiu a cabeça e foi até a cozinha. Fazia a maior parte das refeições na casa principal, mas guardava algumas coisas ali para quando queria um lanche tarde da noite ou quando estava se escondendo da avó — o que tinha sido frequente na semana anterior.

Jeanie se juntou a ele e o ajudou a vasculhar os armários, como se morasse lá.

Céus, ele amava aquela ideia.

Ainda não, mas um dia. Ele conseguia imaginar perfeitamente.

Jeanie o pegou a encarando outra vez, fazendo-a corar de um jeito delicioso.

— Que foi?

Ele pigarreou.

— Nada. — *Só imaginando você aqui pra sempre.*

— Aah, Cup Noodles! Não como isso há um milhão de anos. — Ela puxou dois copos de macarrão instantâneo temperado. — Quero esses!

— Tá bom. — *Tudo o que você quiser é seu.*

Ela sorriu para ele.

Logan ferveu a água enquanto ela se acomodava na mesinha. Lá fora, o tempo estava cinzento e frio, então ele não ficaria surpreso se houvesse uma camada fina de neve úmida no chão pela manhã. Mas naquele momento estava quente e aconchegante dentro de sua casinha, e de repente aquilo pareceu o bastante. Aliás, mais que o bastante, como se a única coisa que faltasse em sua vida antes fosse aquela mulher sentada à mesa, usando sua camisa.

A chaleira apitou e ele despejou a água nos copos de plástico, observando o macarrão inchar como mágica e o caldo ganhar um tom dourado. Ele os levou para a mesa.

— Eba! — Jeanie aplaudiu. — Eu amo isso. A gente comia de madrugada no escritório. Faz tão mal pra saúde, mas é tão gostoso!

Ela suspirou enquanto sentia o cheiro salgado do macarrão. E, pela primeira vez desde que a conheceu, a menção à antiga vida de Jeanie não deixou Logan em pânico, com medo de que ela fosse embora.

Ele acreditava em Jeanie. Confiava nela. Sabia que o que havia entre eles era mais verdadeiro que qualquer experiência anterior.

Ela sugou o macarrão toda alegre, de pernas cruzadas. A chuva corria pela janela atrás dela.

— Como você acha que Noah se saiu no Pumpkin? — perguntou ela depois de alguns minutos comendo.

Já passava das quatro, então o café havia fechado.

— Deu tudo certo, tenho certeza. Ele cuida do bar pro Mac, sabe o que tá fazendo.

Jeanie assentiu.

— Foi legal da parte dele ajudar.

— Ele é um cara legal.

— Acho que ele tem uma quedinha pela Hazel — acrescentou Jeanie, com um sorriso misterioso.

Logan se engasgou de leve com o macarrão.
— Ah, sem a menor dúvida.
Ela riu.
— Eles ficariam bem juntos — comentou.
Logan deu de ombros. Ele ainda não sentia necessidade de opinar sobre as fofocas da cidade, mesmo que fosse desejando coisas boas para os seus amigos. Se Noah e Hazel queriam ficar juntos, era problema deles. Ele amava aquela cidade, mas não tinha planos de entrar para o clube do livro tão cedo.
— Acho que você deveria contar pra Dot sobre o Norman — disse ele, mudando de assunto.
Jeanie torceu o nariz, como se a ideia não lhe agradasse nem um pouco.
— Não sei. Não quero causar mais drama.
— Jeanie, o que ele fez com você foi bem escroto. Ele estava te atormentando.
Ela se mexeu na cadeira.
— Atormentar parece meio forte.
Logan franziu a testa.
— Ele também causou danos de verdade.
— Descontei do último salário dele o dinheiro pra trocar a janela e consertar a máquina de lavar louça. Não teve nada além disso.
— Jeanie.
Ela suspirou.
— Ele estava tão triste com a coisa toda. O café, tia Dot, tudo. Sei lá, me sinto mal.
— Você não tem que se sentir mal, ele é quem deveria se sentir assim.
As palavras saíram mais raivosas do que Logan pretendia, mas ele estava furioso com Norman. O sujeito havia feito Jeanie duvidar que seu lugar era ali, e isso era o suficiente para fazer Logan considerar bater em um homem quase tão velho quanto seu avô.
Jeanie abriu um sorriso.
— Eu sei. Ele se sente mal, eu acho.
— Dot ia querer saber.
Ela franziu a boca enquanto pensava no assunto.

— Primeiro vou colocar as coisas em ordem, garantir que tudo esteja funcionando bem, depois eu conto pra ela.

Jeanie ainda queria provar sua competência. Logan ficou com o coração apertado por ela, mas entendeu. Havia se sentido do mesmo jeito quando assumiu a administração da fazenda.

— Tá bem, combinado.

— Assim vai dar tempo de a tia Dot voltar de viagem, e eu não vou estragar as férias dela.

— Faz sentido.

Ela sugou o último macarrão e lambeu os lábios.

— Delicioso.

— Uhum.

As pupilas de Jeanie se dilataram. *Beleza, ela já está alimentada, de volta às atividades mais importantes.* Logan puxou a cadeira dela para perto de si e caiu de joelhos na frente dela.

— O que você...

A pergunta permaneceu no ar, inacabada, enquanto Logan a posicionava na beirada da cadeira e abaixava a cabeça até suas coxas, beijando a pele quente. Ele subiu a camisa dela até a cintura e viu suas pernas se abrirem para ele.

Logan a provou e ela gemeu, deixando a cabeça cair para trás.

Ela enroscou as mãos no cabelo dele, colocando-o bem onde queria. O gemido de Logan ressoou através dos dois. Ela o segurou ali, lambendo-a, os dedos dele se afundando em suas coxas até ela derreter, suspirando o nome dele, puxando seu cabelo. O peso das pernas de Jeanie nos ombros dele, o gosto dela em sua língua, os pequenos gemidos e suspiros — outro momento perfeito.

— Minha nossa... — sussurrou ela quando ele se agachou.

As pernas dela escorregaram de seus ombros. Jeanie se inclinou para a frente e pressionou a testa na dele.

— Melhor. Folga. Do. Mundo.

Logan sorriu, e ela o beijou. E enquanto a chuva caía lá fora, pela primeira vez em muito tempo, Logan se sentiu seguro o bastante para ficar feliz.

— Eu te amo, Jeanie — sussurrou.

Ele sussurraria aquilo todos os dias, gritaria no meio do Café Pumpkin Spice lotado, anunciaria numa reunião de moradores, se ela quisesse, faria questão de mostrar de todas as maneiras.

Jeanie sorriu.

— Eu também te amo. E não vou a lugar nenhum.

Ela deu um beijo na ponta do nariz dele. E Logan acreditou nela.

Uma batida na porta que dava para a casa principal tirou a atenção de Logan do rosto lindo e corado de Jeanie.

— Oi?

— Vocês querem jantar, queridos? — A voz da avó dele atravessou a porta. — Eu cozinhei.

Logan olhou para os copos de macarrão vazios na mesa e para o estado atual de Jeanie, sem roupas.

— É... eu já comi.

— Eu sei que a Jeanie está aí com você.

Jeanie riu.

— *Nós* já comemos — corrigiu ele.

— Devem ter comido porcaria, venham comer uma boa refeição caseira.

— Parece uma boa ideia — sussurrou Jeanie.

— É porque você nunca comeu a comida dela — sussurrou ele de volta.

Jeanie o empurrou de brincadeira.

— Não deve ser tão ruim assim.

Ele a encarou com um olhar severo. Ela não sabia no que estava se metendo, mas, se queria tanto jantar com os avós dele, salvá-la estava fora de seu alcance.

— Tá bom, vó. Vamos sair já, já.

— Maravilha! Vocês devem estar com bastante apetite!

O calor subiu ao rosto de Logan enquanto Jeanie se curvava em um ataque de riso.

— Amei sua avó!

Logan se levantou e se afastou das pernas de Jeanie.

— Sim, ela é uma figura — respondeu enquanto os passos da avó se distanciavam.
— Acho melhor eu tomar banho e me vestir.
Jeanie se levantou e foi para o chuveiro.
— É melhor eu ir com você.
Ela olhou para ele por cima do ombro, um sorriso brincando nos lábios.
— Ah, é?
— Você pode achar complicado mexer no chuveiro.
— Complicado?
— É, às vezes o registro emperra. É melhor eu entrar e ajustar a temperatura pra você.
Os olhos de Jeanie se enrugaram com a risada.
— Tá bom, deve ser melhor mesmo. Você é *tão* atencioso!
Logan passou os braços em volta dela por trás e deu um beijo em seu pescoço.
— Muito atencioso. Na verdade, tem algumas coisas em que pretendo prestar atenção enquanto estivermos juntos no chuveiro.
— Achei que você só fosse ajustar a temperatura pra mim.
Ele mordeu a pele macia do pescoço de Jeanie e ela se contorceu em seus braços.
— Talvez eu faça algumas outras coisas...
— Seus avós estão esperando a gente.
— Confie em mim, a comida da vovó não vai ficar mais gostosa se formos logo. E meu avô vai ficar enrolando ainda por pelo menos mais uma hora.
— Bem, nesse caso...
Jeanie se desvencilhou de Logan e correu para o banheiro, tirando a camisa de flanela no caminho. Ela olhou por cima do ombro novamente, rindo com os olhos, e ele a seguiu.
Se Jeanie ia sofrer com a comida da vovó, ela precisava mesmo ser recompensada. Pelo menos mais algumas vezes antes do jantar.

Jeanie estava de joelhos no chuveiro observando o rosto surpreso de Logan. Água morna escorria pelas costas dela, mas o boxe era bem grande, então ela estava confiante de que conseguiria fazer aquilo sem se afogar.

Ela envolveu a base da ereção dele com uma das mãos e então o colocou na boca.

Um som indistinto que poderia ser seu nome retumbou por Logan. Ela sorriu ao redor dele.

— Jeanie — disse ele, ofegante, enquanto ela o levava mais fundo.
— Você não precisa...

Ela parou e se afastou, olhando para ele através dos cílios molhados.
— Eu quero.

Ele piscou, incrédulo.
— Ah!

Pela expressão no rosto dele, Jeanie pensou que talvez ninguém nunca tivesse lhe dito aquilo antes, mas ela queria mesmo. Queria fazê-lo se sentir bem. Mesmo ali, no chuveiro, onde ela podia se afogar, mas provavelmente não ia.

— Você quer que eu continue?
— Com toda a certeza — murmurou ele, inclinando a cabeça para trás e a descansando contra a parede de azulejos.

Jeanie o colocou na boca outra vez, deixando o longo e duro comprimento deslizar contra sua língua. Ela descansou as mãos nas coxas de Logan, sentiu-as tensas e flexionadas sob suas palmas.

Ele enterrou os dedos em seu cabelo úmido, segurando-a perto, mas sem forçar. Era educado mesmo naquele momento, enquanto gemia e se retesava. Jeanie o recompensou levando-o ainda mais fundo.

— Caralho, Jeanie — xingou ele, enterrando mais as mãos, dando leves estocadas em sua boca. — É bom demais...

Então, ele ofegou e se afastou, puxando-a para cima de repente.
— Isso foi... você é...

Sem palavras, Logan devorou a boca dela, comunicando perfeitamente como estava se sentindo. Jeanie derreteu, sem fôlego. Ele a desmanchou com um beijo e então a colocou de frente para a parede.

— Eu preciso de você — sussurrou em seu ouvido, tateando e encontrando o lugar onde ela já esperava por ele, ávida e molhada.

— Eu também. Preciso de você também.
De novo. Sempre. Pra sempre.
Ela ainda estava impressionada com o quanto precisava dele, o desejava, o amava. E com quantas vezes eles tinham conseguido fazer aquilo naquele dia. *Mandamos bem*, pensou enquanto Logan abria suas pernas e a penetrava por trás.
Jeanie gemeu, apoiando a testa nos azulejos gelados. *Mandamos muito bem.*
Ele empurrou mais fundo, uma mão ainda acariciando entre suas pernas, até atingir o ponto dentro dela que a fez perder o ar.
— Logan — gemeu ela, um pouco preocupada que o som no banheiro ecoasse demais e eles estivessem dando um show para os avós de Logan.
— Isso, Jeanie — sussurrou ele em seu ouvido.
— Mais forte — pediu, ofegante.
Logan gemeu, apoiando a testa em seu ombro e empurrando com mais força. Ele segurou firme em sua cintura e a penetrou de novo e de novo, até ela se esquecer de tudo: quem ela era, quem queria ser, seu próprio nome.
Mas ainda lembrava o nome dele.
— Logan! — gritou quando o orgasmo a atingiu, tomando conta dela até suas pernas tremerem.
A única coisa que a mantinha de pé eram as mãos de Logan ainda em seus quadris enquanto ele empurrava mais uma vez e gozava com um xingamento.
— Caralho, Jeanie...
Ele a virou delicadamente, o que foi bom, pois ela tinha certeza de que suas pernas haviam perdido toda a força. Com um beijo na testa, ele a puxou para si e a abraçou. Jeanie sorriu contra seu peitoral, ouvindo o coração ainda acelerado.
O estômago dela roncou.
— O que você acha que sua avó está fazendo pro jantar? — perguntou ela, e a risada de Logan ressoou.
— Vamos terminar o banho e descobrir.

CAPÍTULO TRINTA E DOIS

— Ele te pegou no colo e te levou embora? — perguntou Annie, com os olhos tão arregalados que Jeanie quase riu.
— Isso.
— Jogada por cima do ombro ou tipo uma noiva?
Jeanie bateu a caneta nos lábios.
— Foi mais como se eu estivesse subindo em uma árvore, e a árvore criou pernas e começou a andar.
Annie assentiu como se isso fizesse todo o sentido.
— Tá, uma coisa meio bebê coala.
— Exatamente.
Hazel revirou os olhos e tomou outro gole de chá.
— Eu não acredito que perdi isso!
Já havia acabado o horário de expediente no café, e Annie e Hazel tinham ido tomar suas bebidinhas da tarde e jogar conversa fora. Aquele momento havia se tornado uma espécie de rotina na última semana. Elas se sentavam em volta de uma mesa alta e redonda, canecas e pratos de guloseimas que haviam sobrado na confeitaria dispostos ali. Era mais um dia chuvoso, e o Café Pumpkin Spice estava escuro, mas aconchegante, as janelas embaçadas com o calor lá de dentro. Alguém tinha desenhado um coração no vidro mais cedo, e ele ainda estava lá, um pequeno rabisco feliz se destacando na escuridão.
— Foi bem romântico — disse Jeanie, com um sorriso. Ela sentiu que estava com uma cara apaixonada e ridícula, mas não conseguia evitar. — Depois fomos pra casa dele e passamos o dia inteiro...
— Não! — Hazel levantou as mãos como se pudesse fisicamente impedir que as palavras de Jeanie a alcançassem. — De jeito nenhum.

Esse é o meu limite. Não quero ouvir o que vocês dois passaram o dia fazendo ontem. Não. Desculpa.

— Tá bom, tá bom... não vou entrar em detalhes.

— Obrigada.

— Só vou dizer que ele é muito bom no que faz.

— Aaargh! — Hazel cobriu os ouvidos e fechou os olhos com força. Annie gargalhou ao lado dela.

— Que bom, Jeanie. Fico feliz de saber que nosso querido Logan dá conta do recado. — Ela deu uma mordida no muffin. — Mas, sério, sem detalhes.

Jeanie assentiu e fez Hazel tirar as mãos das orelhas.

— Sem detalhes. Prometo.

Hazel soltou um longo suspiro dramático de alívio. Jeanie sorriu pensando na primeira vez que as duas mulheres entraram no café para alertá-la a respeito de Logan e, agora ela percebia, tentaram proteger o coração do amigo. Era motivo de alegria saber que não apenas Logan confiava nela, mas suas melhores amigas também.

Uma batida forte na porta da frente assustou as três.

— Pelo amor de Deus... quem é? — murmurou Annie.

Uma figura alta usando um casaco impermeável preto esperava do lado de fora. A chuva escorria por seu capuz e o vento o atingia de lado. Jeanie ficou orgulhosa de si mesma por ter pensado somente por um segundo que era um assassino antes de cair em si e concluir que não devia ser.

A figura levantou a mão em um cumprimento.

— Noah — disse Hazel com um suspiro, reconhecendo-o primeiro.

— Ah! — Jeanie pulou do banco e correu para abrir a porta. — Noah, o que você tá fazendo aí fora?

Noah entrou acompanhado por uma rajada de vento e chuva, fazendo uma bagunça instantânea no chão do café. Ele abaixou o capuz e sorriu para ela.

— É só um pouquinho de água.

Então, voltou seu olhar para onde Hazel e Annie ainda estavam sentadas e abriu um sorriso mais largo.

— Eu estava procurando você — disse ele, o olhar agora fixo apenas em Hazel.

Jeanie percebeu o rubor que lentamente subiu pelas bochechas da amiga.

— Estava? — Os olhos de Hazel se arregalaram por trás dos óculos. — Por quê?

O sorriso de Noah desapareceu, sua confiança habitual vacilando diante da pergunta chocada de Hazel.

— Eu... é... queria saber se chegou aquele livro... que eu encomendei.

— E você precisa dele agora? — perguntou Hazel, gesticulando em direção à tempestade pela janela.

— Ah, eu tô bem animado pra ler.

Annie deixou escapar uma risada, mas Jeanie a advertiu com o olhar. Aquela interação entre Noah e Hazel era fofa e constrangedora demais para ser interrompida.

Hazel suspirou e pegou o casaco nas costas da banqueta.

— Recebi alguns pedidos hoje. Acho que podemos ir conferir.

— Ótimo.

Noah esfregou as mãos de empolgação, e Jeanie teve que segurar a própria risada.

— Vamos lá. — Hazel colocou o capuz e foi em direção à porta.

— Até mais, pessoal — disse por cima do ombro, e Noah a seguiu sob a chuva.

Annie desabou na mesa.

— Meu Deus! Esses dois são ridículos!

— Eu acho fofo.

Annie revirou os olhos.

— Já faz semanas que ele fica encomendando livros. Livros aleatórios, Jeanie! Tipo, eu acho que ele nem olha o título antes de comprar. Tudo só pra ter uma desculpa pra entrar e ver a Hazel.

— Que romântico!

Annie fez uma careta.

— É doloroso de ver. Ele deveria chamá-la pra sair logo e acabar com esse drama.

Jeanie riu, subindo de volta na banqueta.
— E você?
— O que tem eu?
— Você e Mac.
Annie ficou de queixo caído, mas se recompôs.
— Eu e Mac somos inimigos mortais, então eu não consigo nem imaginar do que você tá falando.
— Beleza. Desculpa. Não sei o que eu estava pensando.
— Para de graça, Jeanie.
— Eu não tô fazendo graça — replicou ela, com um tom nítido de risada.
Annie semicerrou os olhos.
— Vai atrás do seu felizes para sempre com o Logan e deixa o resto de nós em paz.
— Claro. É o que pretendo fazer.
Ela deu uma mordida em um biscoito e sorriu para Annie. A nova amiga olhou feio para ela.
Foi adorável.

— Onde ele está?
Tia Dot invadiu o café em uma tarde tranquila de novembro, o xale de lã voando atrás dela como uma capa.
— Tia Dot! Você voltou!
Jeanie deu a volta correndo no balcão para cumprimentá-la.
Dot a puxou para um abraço com cheiro de patchuli, um de seus enormes brincos batendo no rosto de Jeanie. Aquilo a fez se lembrar de quando visitava a tia na infância. O Café Pumpkin Spice e os fins de semana com tia Dot costumavam ser sinônimo de liberdade, diversão e infinitas xícaras de chocolate quente com canela. Agora o lugar significava coisas diferentes para ela: sua casa, um trabalho gratificante e amigos a apenas alguns passos de distância. Significava descer as escadas no iniciozinho da manhã

e tomar uma xícara de café com Logan antes de ele voltar para a fazenda. Aqueles momentos tranquilos antes do amanhecer eram seus favoritos.

O aperto forte da tia ficou marcado nos braços de Jeanie assim que ela se afastou do abraço, segurando a sobrinha imóvel enquanto a inspecionava.

— Você está feliz? — perguntou ela, sua expressão se suavizando ao ver o sorriso de Jeanie.

— Muito.

Dot assentiu, e as estrelas-do-mar penduradas em suas orelhas balançaram para a frente e para trás. Seu cabelo grisalho estava preso em um coque, e ela ostentava um bronzeado dourado. A mulher tinha até um cheiro de coco. Mas seu rosto não estava relaxado. Na verdade, sua expressão havia voltado a ser aquela determinada que exibira ao entrar no café momentos antes.

— Está lindo aqui! — A tia deu uma olhada no pequeno espaço, depois engachou o braço no de Jeanie. — Você está cuidado bem desse lugar.

Jeanie corou de orgulho, esquecendo por um instante de perguntar o que estava incomodando a tia.

— Obrigada.

Nas últimas semanas, sem Norman, Jeanie passava o tempo inteiro preocupada, com medo de dar um passo em falso e levar o café à falência. Mas, no fim das contas, seus anos de trabalho para Marvin haviam lhe ensinado a ser organizada e eficiente. Ela era boa em lidar com as pessoas, mesmo com as mais irritadiças. E se virava bem em situações de caos e alta pressão. Talvez não tivesse se dado crédito suficiente a princípio. Talvez ela, Jeanie, fosse a escolha certa para administrar o café, afinal.

Talvez tia Dot soubesse disso o tempo todo.

Adelyn, uma das mais novas baristas do café, sorriu atrás do balcão.

— Posso anotar seu pedido?

— Chá de hortelã, por favor — respondeu tia Dot, seu olhar ainda vagando pelo estabelecimento.

Ela estava quase vibrando de nervosismo, e chá de hortelã era outro sinal de que estava tensa com alguma coisa. Dot sempre dizia que hortelã acalmava seus nervos, e, naquele momento, ela parecia tudo menos calma. Jeanie nunca a tinha visto assim antes.

— Como foi sua viagem? — perguntou Jeanie enquanto se acomodavam em uma mesa no canto.

— Foi boa. Muito boa. — Ela finalmente voltou seu olhar intenso para a sobrinha. — Sinto muito por ter deixado você em uma situação tão ruim.

Jeanie hesitou. Ela havia contado à tia sobre Norman alguns dias antes, e com certeza não esperava uma visita surpresa.

— Tá tudo bem. Sério. Tudo resolvido agora.

A tia bufou, como se discordasse.

— Aqui está seu chá. — Adelyn deixou a caneca na frente de Dot e correu de volta para seu posto, obviamente sentindo o clima na mesa.

Jeanie de repente desejou também poder se esconder atrás do balcão.

— Não está nada bem, e é por isso que exigi que ele me encontrasse aqui hoje.

— Você o quê?

Jeanie havia conseguido não esbarrar em Norman desde seu pedido de demissão, o que se mostrou mais complicado do que ela esperava.

Outro dia, no supermercado, ela havia passado vinte minutos se escondendo no corredor de congelados enquanto Norman terminava suas compras, para evitar que se encontrassem por acidente no caixa. Seus dedos estavam tão dormentes que ela mal conseguiu tirar o cartão da carteira quando foi pagar.

— Precisamos resolver as coisas — declarou Dot, e cruzou as mãos sobre a mesa, seus muitos anéis de ouro tilintando.

Quem precisava resolver as coisas? Dot e Norman? Norman e Jeanie? Da parte de Jeanie, ela se sentia muito bem se nunca mais visse o homem.

O sino da porta tocou e sua atenção se voltou para a entrada. Logan a localizou na mesma hora, abrindo um sorriso que transformava seu rosto: de estoico a carinhoso em um instante. Ele notou a presença de Dot em seguida e arqueou uma sobrancelha, como se fizesse uma pergunta silenciosa. Jeanie deu de ombros enquanto ele caminhava em direção à mesa delas.

— Ei, Dot. O que te traz à cidade?

— Logan! Por favor, junte-se a nós. Ouvi dizer que você e minha sobrinha se tornaram um casal.

Jeanie observou com alegria as bochechas de Logan corarem.

— É... sim... a gente... quer dizer, eu...

— Senta logo, Logan — disse Jeanie, dando risada, e ele afundou na cadeira ao lado dela, agradecido.

Adelyn veio com seu café preto de sempre, e ele agradeceu, sorrindo.

Dot voltou os olhos ávidos para a porta de novo, balançando a perna de nervosismo sob a mesa e esbarrando na de Jeanie sem parar. A tia estava tão preocupada assim sobre confrontar Norman? Claro, ele era rabugento, mas o homem não era lá muito ameaçador.

— O que tá acontecendo? — sussurrou Logan no ouvido dela, quebrando o silêncio desconfortável.

— Tia Dot chamou o Norman para vir pra cá. Pra gente resolver as coisas — explicou Jeanie, chegando mais perto dele e de seu calor reconfortante.

— Ótimo. Tenho algumas coisas que gostaria de resolver com aquele cara também — murmurou ele.

Jeanie estava prestes a lembrar a Logan que sob nenhuma circunstância ele tinha permissão para brigar com Norman, quando a porta se abriu outra vez e o homem em questão entrou.

Norman examinou a sala até encontrar Dot. A tia respirou fundo e seu corpo inteiro ficou imóvel. Ele permaneceu com os olhos colados nela, como se estivesse assimilando sua figura, absorvendo cada parte de Dot. Jeanie sentiu o desejo. A angústia. O amor.

Minha nossa. Hazel estava certa. Havia algo grande acontecendo aqui.

Norman ajustou os óculos e passou a mão pelo colete. Jeanie flagrou tia Dot colocando as mechas de cabelo grisalho que haviam escapado do coque atrás da orelha enquanto Norman ia na direção dos três. Um rubor incomum subiu pelas bochechas da tia.

— Dorothy — disse ele, acenando de leve com a cabeça.

— Norman.

Jeanie olhou para Logan. Ele arqueou as sobrancelhas e deu de ombros, tão perdido com toda a situação quanto ela.

— Eu gostaria de me desculpar — começou Norman.

— É bom mesmo — retrucou Dot, os corações imaginários de desenho animado que circulavam sua cabeça caindo no chão.

Logan conteve uma risada e Jeanie o chutou por baixo da mesa.

— Sinto muito pelos danos que causei ao café e ao estado de espírito da Jeanie também. As coisas foram muito mais longe do que eu pretendia.

Ele olhou para Jeanie, que lhe deu um pequeno aceno de perdão. Ao lado dela, Logan, sentindo-se muito menos tranquilo, olhou feio para o senhor.

Norman se voltou para Dot — não que ela estivesse muito mais simpática. Pobrezinho. Jeanie realmente se sentia mal pelo homem. Aquele nível de constrangimento parecia uma punição mais severa do que era de fato necessário.

— Você aterrorizou a pobre garota. Quase a matou de susto no meio da noite!

— Para ser justa, não foi ele — interrompeu Jeanie, mas Dot não tirou os olhos de Norman e a ignorou.

Gotas de suor se formaram na testa do pobre homem.

— Eu nunca quis que isso acontecesse. Só pensei em causar uma pequena confusão, mas fui longe demais. Eu paguei pelos danos.

— Bem — Dot bufou e cruzou os braços —, era o mínimo que você podia fazer.

Norman assentiu com firmeza.

— Eu sei. Minhas ações são imperdoáveis.

— Já tá perdoado, Norman — disse Jeanie.

Dot então olhou para a sobrinha, porém com uma expressão mais suave.

O foco de Jeanie oscilava entre Dot e Norman, mas se ela não existisse os dois nem sequer perceberiam; estavam presos no olhar um do outro. Ela deu um empurrão de incentivo no ombro da tia.

— Imagino que, se a Jeanie te perdoa, eu também posso perdoar. Talvez.

Norman suspirou e se livrou de um pouco da tensão, mas a angústia ainda estava gravada em suas feições.

— Eu estava magoado — comentou ele. — Quando você foi embora, eu pensei, bem... depois de todos esses anos trabalhando juntos, pensei que fazia sentido eu comprar o café. Que eu deveria assumir no seu lugar.

— Ou você poderia ter ido comigo.

— O quê? — Jeanie colocou a mão na boca, sem querer interromper novamente, mas, sério, *o quê?!*

Norman piscou, abrindo e fechando a boca sem encontrar as palavras certas.

— Dorothy... eu não entendo...

A tia soltou um longo suspiro.

— É claro que não. Acho que parte da culpa é minha, mas a razão pela qual não deixei o Café Pumpkin Spice pra você foi porque eu esperava que você também se aposentasse e que pudéssemos... pudéssemos finalmente...

Dot se calou quando Norman se sentou na cadeira mais próxima.

— Eu n-não sabia — gaguejou ele.

Dot deu de ombros, toda a raiva se esvaindo dela.

— Eu nunca te disse.

Jeanie nunca tinha visto a tia ser outra coisa senão confiante e forte. Ela encarava o mundo sempre do seu jeito. Mas agora, olhando do outro lado da mesa para o homem por quem parecia estar apaixonada fazia anos, Dot estava tímida, nervosa até, e Jeanie compartilhou do frio na barriga que a tia devia estar sentindo.

— Talvez seja melhor a gente... — sussurrou Logan, mas Jeanie o dispensou com um aceno.

— Shhh.

Não ia embora agora. As coisas estavam só melhorando. A cidade realmente a havia contagiado.

Norman estendeu as mãos por cima da mesa e segurou as mãos de Dot.

— Dorothy, sou apaixonado por você há anos.

Dot fungou, e Jeanie passou um guardanapo para ela. Nunca tinha visto a tia chorar na vida. Ela enxugou as lágrimas e colocou as mãos de volta nas de Norman.

— Eu deveria ter te contado antes — disse ela. — Mas acho que fiquei com medo.

— Medo de quê?

— De você não me amar de volta.

Norman balançou a cabeça.

— Impossível.

Jeanie sorriu. Logan pegou sua mão por baixo da mesa e tentou mais uma vez levá-la dali para dar um pouco de privacidade à tia.

Dessa vez, Jeanie concordou. Os dois se levantaram e ficaram juntos atrás do balcão, observando Dot e Norman se aproximarem cada vez mais até a tia descansar a cabeça no ombro dele.

Jeanie suspirou.

— Imagine amar alguém por tanto tempo e nunca dizer nada — murmurou ela.

— Ah, eu *imagino* — disse Logan, a aspereza de sua voz escondendo a emoção que Jeanie sabia estar por trás da frase.

— Imagina? Você disse que me amava depois de um mês — respondeu ela, encostando o ombro no dele. Ela amava o quanto ele era firme.

Logan soltou uma risadinha.

— Eu sei, mas você facilitou.

Jeanie sorriu.

— Facilitei?

— É. Estava meio óbvio.

— Ei! — Ela deu um tapinha brincalhão no braço dele. — Você também deixou bem óbvio.

— Sério?

— Nada grita "eu te amo" mais alto do que instalar fechaduras novas.

— É mesmo?

— Qualquer coisa que envolva uma caixa de ferramentas, na verdade. Consertar uma coisa, construir... são gestos estrondosos de "eu te amo".

— Uau, eu não tinha ideia.

Jeanie se recostou nele outra vez.

— Pois é.

— Que bom que nós dois deixamos óbvio — disse ele, antes de os dois voltarem a prestar atenção no reencontro de Dot e Norman.

Jeanie não conseguia imaginar trabalhar ao lado de Logan todos os dias e não poder dizer a ele como se sentia, segurar sua mão, beijá-lo. Seria uma tortura.

Mas ela conseguia imaginar alguém se considerando indigno de amor. O pensamento devia ter passado pela sua cabeça uma ou duas vezes. O fato de sua tia corajosa e forte sentir o mesmo fez Jeanie achar que talvez ninguém tivesse tudo sob controle.

E talvez isso fosse bom.

Talvez ela pudesse ser alegre e sombria, bagunceira e competente, sol e chuva, a Nova Jeanie e a Velha Jeanie, tudo misturado.

Logan beijou sua testa, e ela sentiu o calor do gesto se espalhar até os dedos dos pés.

Parecia estar dando tudo certo até o momento.

Talvez a vida perfeita de cidade pequena que ela havia idealizado não existisse, mas ela achava a vida que tinha construído ali perfeita pra caramba.

EPÍLOGO

O apartamento de Jeanie estava lotado de gente — gente e caixas vazias. Logan estava na porta, desmontando as caixas uma por uma conforme eram esvaziadas. Ele já tinha acumulado uma pilha bem satisfatória, e cada caixa que adicionava a ela só confirmava a veracidade daquilo, que Jeanie ia ficar.

E, mesmo que ela não ficasse, ele ainda tinha valor como pessoa. Ou ao menos era o que seu novo terapeuta dizia. Ele estava se esforçando para resolver seus problemas uma vez por semana com o dr. Stephens, e Jeanie estava se adaptando à sua nova vida, porém o mais importante é que os dois estavam fazendo isso lado a lado.

O mutirão para desempacotar a mudança havia sido ideia de Isabel. Ela recrutou o clube do livro, Annie e Hazel para ajudar Jeanie a finalmente se estabelecer em seu novo apartamento.

Noah implorou para Logan convidá-lo também, então o espaço limitado no momento estava abarrotado com todos os novos amigos de Jeanie.

Ela sorria no meio da sala, dando instruções a Noah sobre onde pendurar cada coisa.

— Acho que um pouco mais para cima do lado esquerdo.

— Não, não. Agora tá torto — protestou Hazel, apontando para o lado mais alto. — Abaixa esse lado de novo.

Noah segurava a pintura gigante de uma vaca roxa acima da cabeça, se esforçando para ajustá-la outra vez.

— Assim?

— Não sei. Agora o lado direito parece alto demais. — Hazel conteve uma risadinha.

Jeanie colocou a mão na cintura e inclinou a cabeça para o lado.

— Talvez eu nem queira que fique nessa parede.
Noah abaixou a pintura com um resmungo.
— Vocês duas se decidam. Preciso de uma bebida.
Jeanie e Hazel caíram na gargalhada no sofá.
— Desculpa, Noah! Você é ótimo — disse Jeanie enquanto ele passava para pegar uma cerveja na cozinha.
Logan o seguiu, passando ao lado de Jacob, que estava aflito e prestes a perguntar a Jeanie por que ela tinha tantos cachecóis grossos.
Noah pegou duas cervejas da geladeira e deu uma para Logan. Havia uma pilha de caixas de pizza no balcão: o pagamento pela ajuda de todos.
Era véspera de Ação de Graças, e Jeanie disse que aquela seria a ceia antes da ceia. O Café Pumpkin Spice ficaria fechado no dia seguinte; eles iam para Nova York passar o fim de semana do feriado com a família de Jeanie. Logan estava um pouco nervoso quanto a conhecer os pais e o irmão dela, Ben, que decidiu de última hora vir da Califórnia para comemorar junto com todos. Jeanie disse que era porque ele estava morrendo de vontade de conhecer seu fazendeiro bonitão, um comentário que, embora sempre bem-vindo quando Jeanie fazia, não tranquilizava Logan nem um pouco.
— Acho que ela me odeia — disse Noah, sem precisar especificar a quem se referia.
— Acho pouco provável.
Logan tomou um gole da cerveja, deixando de lado por um momento a ansiedade quanto a conhecer a família de Jeanie.
— Tenho quase certeza — insistiu Noah com um sorriso melancólico. — Mas eu sou bom em vencer as pessoas pelo cansaço.
Logan riu.
— Esse é um dos seus talentos especiais.
Noah concordou e tomou outro gole de cerveja para se blindar das provocações de Hazel e Jeanie.
— Beleza. Vou voltar lá.
— Boa sorte, cara.
— Obrigado.

Apesar da preocupação, Noah claramente se deliciava com a atenção que recebia de Hazel. Seu rosto se iluminou assim que ele voltou para onde ela estava. O cara estava muito ferrado.

Logan balançou a cabeça, observando Noah assumir seu posto na parede outra vez enquanto Hazel admirava a bunda dele sem nem disfarçar. Pois é, ela com certeza não o odiava.

Ele se apoiou na porta da cozinha e analisou o esforço coletivo. Pouco a pouco, o apartamento de Jeanie começava a parecer um lar. Ele ainda nutria um desejo secreto de que ela fosse morar com ele na casa principal da fazenda algum dia, mas não ia apressá-la. Por enquanto, as coisas iam bem entre eles.

Jeanie, sentada no sofá, olhou para trás e o viu sorrindo para ela.

— Tá ficando bonito, não tá? — perguntou.

— Tá, sim.

— Parece que eu moro mesmo aqui.

— Você é uma verdadeira Dream Harboriana? Dream Harborense?

— Uma verdadeira dreamer — corrigiu Hazel, e Logan revirou os olhos, mas no fundo amou aquilo.

Ele amava aquela maldita cidade, e aquelas malditas pessoas intrometidas, e amava especialmente a mulher que o fitava de canto de olho por cima do sofá.

Jeanie se levantou e deu a volta para ficar ao lado de Logan, se aconchegando nele daquele jeito que ele amava.

— Seja qual for o nome certo, é uma grande evolução pra quem não tinha ajuda nem quando ficava doente.

— Verdade. Olha só todas essas pessoas que sem dúvida viriam limpar seu vômito.

Jeanie riu e enterrou o rosto no peito dele.

— Mas não conte isso a eles — disse em um sussurro teatral. — Ou não vão mais querer ser meus amigos.

— Não contar o quê? — perguntou Kaori, saindo do quarto. — Que você é uma desleixada? Nós já sabemos e ainda te amamos.

— Nossa, obrigada.

Kaori sorriu.

— De nada.

Jeanie se afastou de Logan e voltou para o sofá, sentando-se no encosto. Ela pigarreou.

— Eu só queria agradecer a vocês pela ajuda. Por tudo. Por me ajudarem a fazer o café funcionar bem e por hoje. Significa muito pra mim.

— Claro, querida. — Nancy deu um tapinha em sua perna enquanto se acomodava no sofá ao lado dos pés de Jeanie. — Você é uma de nós agora, para o bem ou para o mal.

Jeanie sorriu.

— Com certeza para o bem.

Logan veio por trás e a abraçou pela cintura. Ela encostou a cabeça em seu peito, e ele não podia concordar mais.

Tudo era melhor em Dream Harbor com Jeanie ao seu lado.

AGRADECIMENTOS

Sempre achei que em algum lugar dentro de mim havia um livro contemporâneo de cidade pequena, e fico muito feliz por ter tido a chance de escrevê-lo. Então, antes de tudo, gostaria de agradecer a Jennie Rothwell por confiar em mim com esta série (e pela permissão para desenvolvê-la!). Agradeço muito a todos os outros da *One More Chapter*, especialmente à minha editora Ajebowale Roberts por todas as ideias, o incentivo e a empolgação pela série.

Agradeço também aos meus pais: ao meu pai, por estar sempre disposto a conversar sobre trabalho comigo, e à minha mãe, pelo entusiasmo infinito por praticamente tudo que faço.

Ao meu marido, por nunca achar que essa coisa de escrever era uma ideia maluca, e aos meus filhos, por serem os primeiros a preencher "escritora" na pergunta "o que sua mãe faz?" em todos os questionários de Dia das Mães na escola. Se vocês acreditam, então acho que eu também acredito.

E, por último, agradeço muito aos leitores, porque sem vocês esses livros são apenas um monólogo. Obrigada por me darem uma chance e espero que voltem mais vezes!

1ª edição	ABRIL DE 2025
reimpressão	MAIO DE 2025
impressão	IMPRENSA DA FÉ
papel de miolo	HYLTE 60 G/M²
papel de capa	CARTÃO SUPREMO ALTA ALVURA 250 G/M²
tipografia	MINION PRO E JOSEFIN SANS